불편한
점심시간

불편한
점심시간

렉스 오글 글 · 정영임 옮김

다봄.

일러두기
- 이 책의 외래어는 국립국어원 외래어 표기법에 따릅니다.
- 일부 표현과 내용은 저작권자의 허락을 받아 편집되었습니다.

이 책은 가난한 아이, 가난하지 않은 아이
모두를 위한 이야기입니다.

차례

쿠폰

배 속이 꼬르륵거린다. 오늘 아침밥을 건너뛰었다. 하지만 건너뛰고 싶어서 그런 건 아니었다. 엄마가 문 두 개짜리 낡은 소형차를 몰아 크로거 마트 앞 주차장에 들어서자, 난 구시렁거렸다.

"장 보러 가기 싫은데."

"그럼 먹을 걸 어떻게 살 건데? 다른 뾰족한 수라도 있어?"

"뭐 살 건데요? 엄만 내가 먹고 싶은 건 한 번도 사 준 적이 없잖아요."

"네가 돈 벌면 네 돈으로 먹고 싶은 거 다 사 먹을 수 있겠네."

"전 아직 돈 벌 수 없잖아요, 그럴 나이가 아니라고요."

"그건 네 문제지. 내 문제가 아니야."

"리엄 엄마는 마트에 가면 리엄이 갖고 싶은 건 뭐든 다 사 주신대요. 팝 타르트, 딸기 파이 과자, 초콜릿 바, 감자칩, 뭐든 다요."

"그건 리엄이 버릇없는 녀석이라서 그래. 게다가 걔네 엄마는 돈이 많잖아."

"리엄네가 돈이 많은 건 아니에요. 평범한 집에서 살던데요."

"아무튼 우리보다는 돈이 많잖아!"

엄마가 소리를 꽥 질렀다. 그리고 차에서 내려 문을 쾅 닫았다. 난 안전띠를 풀지 않았다. 엄마는 차를 빙 둘러 쿵쾅쿵쾅 걸어와 내 쪽 문을 열려고 낑낑댔다. 차 문을 여는 데 시간이 좀 걸린다. 문 옆이 움푹 찌그러지면서 뻑뻑해 열 때마다 애를 먹는다.

엄마가 문을 힘껏 잡아당기자, 차체와 문이 서로 확 떼어지며 열렸다.

"당장 차에서 내려!"

"갖고 싶은 거 딱 한 가지만 사면 안 돼요?"

"당장 차에서 내려. 안 그러면 엉덩이 두들겨 맞을 줄 알아."

난 꼼짝하지 않고 정면만 노려봤다. 그리고 철벽 수비하듯 팔짱을 끼었다. 그 상황에서 왜 그렇게 화가 났는지 모르겠다. 내 인생은 예전부터 쭉 이랬다. 언젠가, 내 인생이 몹시 싫어지는 어떤 날엔 누군가와 한번 제대로 맞붙고 싶다. 엄마와 맞붙고, 다른 아이들과 맞붙고, 세상과 맞붙고 싶다. 누구든 빈털터리인 내 고통을 없애 줄 수만 있으면 된다.

"셋 셀 때까지 내려!"

엄마는 이를 꽉 물고 호통을 쳤다. 엄마가 주먹을 쥐려고 손을 오므리는 게 보였다.

"하나."

"알겠어요!"

난 소리쳐 대답했다. 차에서 내려 고장 난 문을 쾅 닫았다. 로봇 손톱이 칠판을 긁는 듯 차에서 끼-이-익 소리가 났다. 평소라면 난 의견을 굽히지 않는다. 하지만 엄마 눈이 점점 벌게지면 나도 안다. 이쯤에서 싸움을 그만두는 게 더 좋을 거라는 걸.

카트 보관소에서 카트 하나를 당겼다. 바퀴 하나가 영 신통치 않아서 앞으로 굴러가지 않고 자꾸 왼쪽, 오른쪽으로 돌아갔다. 카트를 다시 갖다 놓고 새 걸로 가져올까 망설이다 카트가 딱하다는 생각이 들었다. 이렇게 엉망이 된 건 카트 잘못이 아니니까.

엄마와 나는 통로 하나를 쭉 지나 다른 통로를 지나갔다.

입 안에 침이 고였다. 통로에는 먹을 게 가득했다. 땅콩 잼, 파스타, 햄버거나 타코 재료, 온갖 종류의 시리얼, 정말 다양한 칩과 곁들여 먹는 치즈 소스와 살사소스, 쿠키와 과자, 육포, 모차렐라 치즈 스틱, 와플, 사과파이, 도넛, 수십 가지 아이스크림……. 그런데 난 카트에 아무것도 담지 못했다. 뭐라도 사 달라고 하느니 차라리 입 다물고 있는 편이 낫다. 엄마의 대답은 늘 한결같으니까. "안 돼." 아니면 "절대 안 돼." 아니면 "제정신이니? 갖다 놔. 너무 비싸."

감자칩 한 봉지가 너무 비싸다고 하는 건 말도 안 된다. 한 봉지가 4달러 정도니 비싼 것 같기도 하다. 하지만 그 한 봉지를 열 번으로 나눠서 그럭저럭 한 끼를 때운다면 한 끼에 고작 40센트인 셈이다.

이제 내 배 속은 꼬르륵 우르릉 난리 났다. 엄마 뒤에서 텅 빈 카트를 밀고 가며 꼬르륵 소리를 무시하려고 애썼다. 오늘 아침 우리 집에 있는 시리얼과 우유는 한 사람이 먹기에도 턱없이 부족한 양이었다. 내가 가장 먼저 일어났으니 내가 먹을 수도 있었다. 하지만 그러지 않았다. 포드를 위해 남겨 두었다. 포드는 남동생인데 겨우 두 살이다. 그러니 나보다는 포드 입에 뭐라도 넣어 줘야 했다.

엄마는 내 손에 봉투를 쥐어 주었다. 뜯어진 봉투 안에는 기한이 지난 청구서가 있었다.

"이걸 뭐 어쩌라고요?"

"뒷면을 봐야지, 멍청한 녀석."

뒷면에 장 볼 거리가 적혀 있었다. 엄마의 과장되고 구불구불한 필기체 글씨는 좀처럼 읽기 힘들었지만, 우리에게 필요한 물건이 모두 적혀 있었다. 우유, 시리얼, 빵, 약간의 불량식품. 평소에 엄마는 장 볼 목록에 있는 것들만 산다. 하지만 어떤 날엔 '오늘의 특별 세일'이나 '재고 정리 세일'을 한다는 노란 간판을 보면 마음을 바꾸기도 한다.

"봐 봐! 이 다짐육 할인해서 1달러에 팔아!"

그런데 그 소고기는 전부 이상한 갈색이었다. 난 얼굴을 찌푸렸다.

"신선한 소고기는 분홍빛이어야 하잖아요."

엄마는 눈을 치켜뜨며 카트에 소고기를 던져 넣었다.

"아직 괜찮아. 바싹 익혀 먹으면 돼."

옆 통로 쪽으로 고개를 돌리니, 시식 코너 직원이 보였다. 난 카트를 세워 두고 얼른 달려갔다. 직원이 미소를 띠며 물었다.

"메이플우드 소시지 좀 먹어 보겠니?"

한입 크기 소시지가 꽂힌 이쑤시개를 얼른 집어 겨자소스에 푹 찍어 입 속에 쏙 넣었다. 육즙이 팡 터져 풍미가 가득했다. 하지만 입안에서 너무 빨리 사라졌다. 직원이 안 된다고 하기 전에 얼른 두 개 더 집었다. 활짝 웃으며 "고맙습니다."라는 말도 잊지 않았다.

"엄마, 시식 소시지예요. 진짜 맛있던데, 살까요?"

내가 소시지를 가리켰다. 엄마는 아무 대꾸도 하지 않았다. 쿠폰 지갑을 뒤지느라 너무 정신이 없었다. 엄만 일요일마다 온종일 신문에서 쿠폰을 오린다. 그러고는 우리에게 화요일에만 장을 보러 갈 수 있다고 못을 박았다. 화요일은 '두 배로 할인 쿠폰 데이'다.

엄마는 승리에 취한 듯 말했다.

"좋아! 이 쿠폰은 2달러를 깎아 주네! 두 배니까 4달러를 아낄 수 있어!"

"엄마, 4달러 아꼈으니까 맥앤드치즈 한 팩 좀 사도 돼요?"

"그건 안 돼."

"포드가 제일 좋아하는 건데요."

"어린애가 무슨, 좋아하는 게 어딨어?!"

엄마와 내가 다음 코너를 돌자 다른 시식 직원이 서 있었다. 치즈와 크래커를 나눠 주고 있었다. 무료라는 표시는 없었다. 난 최대한 공손하게 물었다.

"무료로 먹어 볼 수 있어요?"

직원은 날 흘깃 보며 한마디 툭 던졌다.

"사면 먹을 수 있지."

엄마가 느닷없이 소리쳤다.

"저기요! 안 산다고 해서 뭐 어떻다는 표지도 안 보이는데, 뭘 그래요. 렉스, 어서 가자. 먹고 싶은 만큼 가져와."

난 얼굴이 화끈거렸다. 아무리 배고파도 무례하게 굴고 싶진 않았다. 네모난 작은 치즈가 올려진 가장 조그만 크래커를 집었다. 그리고 "감사합니다." 나지막이 속삭였다.

"저 사람한테 감사해하지 마라."

엄마가 나에게 쏘아붙이더니 직원을 째려봤다.

"저 사람은 자기가 우리보다 훨씬 낫다고 착각하고 있어. 치즈나 파는 주제에."

직원은 혼잣말로 중얼거렸다.

"트레일러에 사는 비렁뱅이 같으니."

엄마가 직원에게 고함을 쳤다.

"우린 이제 트레일러에서 살지 않아! 그러니까 그 입 닥쳐!"

엄마는 카트를 움직이더니 우리를 밀어냈다. 난 마음이 놓였다. 순간 엄마가 싸움을 거는 줄 알았다. 뭐, 처음 있는 일도 아니었다. 엄마는 부끄러워하며 피하는 법도 없다. 특히 상대와 얼굴을 맞대고 있을 때.

계산대로 가는 데 몇 분이 흘렀지만, 엄만 여전히 흥분해서 정신 나간 사람처럼 혼자 중얼거렸다.

"우릴 무시하다니. 날 알지도 못하면서. 내 처지도 모르잖아. 자기가 우리보다 몇 배는 더 낫다고 생각하나 봐. 엿이나 먹어라."

계산대에 도착하자 난 카트에 담긴 물건들을 계산대로 옮겼다. 사탕 진열 선반을 쳐다보자, 계산원은 날 주시했다. 늘 계산원들은 내가 뭔가 슬쩍 훔치기라도 할 사람인 것처럼 쳐다본다. 마치 내가 죄라도 지은 것처럼. 내 옷차림이 허름해 보여 그런가 보다.

계산원이 물건마다 바코드를 찍는 동안 엄마는 지갑을 꺼냈다. 엄마는 돈을 세고 있었는데, 일반 지폐와는 달라 보였다. 한 번도 본 적이 없는 지폐였다. 모노폴리 보드게임에 있는 장난감 지폐처럼 보였다. 전부 다 밝은색이고 '푸드 스탬프'(미국 정부가 저소득층에게 주는 식품 구매 할인권 - 옮긴이)라고 쓰여 있었다.

내가 물었다.

"이게 뭐예요?"

"몰라도 돼."

엄마가 쏘아붙였다. 그러고는 날 계산대 끝으로 밀어냈다.

"거기 그렇게 멍하게 서 있지만 말고, 봉투에 물건들 담아."

계산원은 바코드 찍는 걸 끝내자, 쿠폰으로 할인 코드를 찍고 총금액을 알려 줬다. 엄마는 그 이상하고 가짜 같은 돈을 건네주었다. 계산원은 버튼을 누르더니 말했다.

"푸드 스탬프를 내고도 10달러 38센트가 모자라네요."

내가 물었다.

"푸드 스탬프가 뭔데요?"

"몰라도 된다니까."

엄마는 같은 말을 반복했지만, 이번에는 날 쏘아봤다.

스탬프는 우체국에서 쓰는 거다. 난 엄마가 장 본 걸 집으로 부칠 건지 궁금했다. 하지만 그건 말이 안 됐다. 차를 몰고 왔으니, 평소처럼 물건들을 차에 싣고 집으로 가면 되니까.

엄마는 지갑에서 지폐와 동전을 탈탈 털어 쏟아 냈다. 엄마는 꼬깃꼬깃 접힌 1달러 지폐 여덟 장을 펴고, 동전을 하나씩 셌다. 동전들은 거의 1센트짜리였다. 다 세어 보니 모두 97센트였다. 엄마의 손은 잔뜩 경직되어 손가락이 매의 발톱 같아 보였다. 엄마가 겨우 입을 열었다.

"조금 모자라네요."

계산원은 어깨를 으쓱했지만 사실 정말 짜증 나 있었다. 표

17

정에서 알 수 있었다. 카트에 물건을 꽉 채운 채 우리 뒤에 서 있던 여자가 두 팔을 들며 말했다.

"왜 이렇게 오래 걸리는 거예요?"

우리 옆줄에 서 있던 남자는 헛기침을 했다. 마트에 있는 모든 사람이 우리를 쳐다보고 있는 기분이었고, 난 어쩔 줄 몰랐다. 엄마가 긴장된 표정을 짓자, 이마의 핏줄이 툭 불거졌다. 갑자기 엄마가 난처해 보였다. 난처하긴 나도 마찬가지였다.

엄마는 쇼핑 봉투 맨 위에 보이는 빵 한 덩어리를 냅다 꺼냈다. 그리고 계산원에게 들이밀었다.

"자! 이건 빼세요. 이제 됐어요?"

장 보는 건 늘 이런 식이다. 무슨 이유에서인지는 몰라도 이번에는 더 끔찍했다. 아마도 푸드 스탬프 때문이 아닐까? 엄마가 수치스러워하는 것 같았다. 모두가 우리만 쳐다보고 있었다. 난 장 볼 목록을 꺼내 보았다. 목록의 절반도 사지 않았다. 우리에겐 장 볼 돈이 턱없이 부족했다.

엄마와 나 사이에 침묵만 흘렀다. 난 봉투 하나를 차 뒷좌석에 내려놓았다. 내가 앞좌석에 타자마자 엄마는 울음을 터뜨렸다. 난 무슨 말을 해야 할지 몰라 아무 말도 하지 않았다.

엄마와 나는 차에 한참 앉아 있었다. 엄마 손 위에 올려놓으려고 손을 뻗자, 엄마는 내 손을 찰싹 때리며 치웠다.

"나한테 손대지 마! 다 네 잘못이야! 감사할 줄도 모르는 괘씸한 자식 하나 키우는 데 돈이 얼마나 많이 들어가는지 알기나 해?!"

난 배가 꼬이는 것 같았다. 화가 나서 그런 건지, 슬퍼서인지 아니면 그냥 배가 고파서 그런 건지 알 수 없었다. 아마다 그래서 그랬던 건지도.

목사님이나 신부님, 스님, 토크 쇼 진행자들은 정말 똑똑하고 지혜롭거나 뭐 그래야 하는 사람들인데 늘 이런 한심한 이야기를 늘어놓는다.

"돈이 전부는 아닙니다." 아니면 "인생에서 가장 중요한 것들은 무료입니다."

하지만 그 말들은 틀렸다. 난 돈이 전부라고 생각한다. 인생에서 가장 중요한 것들은 무료가 아니다. '사랑은 무료다.' 같은 멍청한 말은 하지 말아라. 왜냐하면 그렇지 않으니까. 사랑하는 사람을 돌보려면 돈이 든다. 엄마가 일거리가 없을 때면 늘 화내고 슬퍼한다. 보통의 엄마들처럼 날 사랑해 줄 수 없다. 엄마는 사소한 것 하나하나에 불같이 화낸다. 일거리가 없다는 건 돈이 없다는 거고, 그래서 장 볼 돈이나 전기료를 낼 돈이 없다는 거다. 결국 엄마에게서 모든 사랑이 빠져나간다. 마치 풍선에서 공기가 피식 빠져나가듯. 어느 누가 바람 빠진 풍선을 갖고 싶을까?

엄마가 일자리를 구하면 훨씬 다정해진다. 돈이 생기면 확실히 날 더 사랑해 준다. 왜냐하면 먹을거리를 살 수 있고 월세나 자질구레한 요금을 제때 낼 수 있으니, 이성적으로 생각할 수 있다. 엄마가 날 사랑해야 한다는 걸 잊지 않게 된다.

그러니 나에게 사랑이 무료라는 말은 말이 안 된다. 나도 알고 있으니까. 이 세상 무엇 하나도 공짜는 없다는 것을. 아주 사소한 것일지라도 어떠한 비용을 치르기 마련이다. 하지만 어떤 이유에서인지 가난한 사람은 모든 상황에서 훨씬 더 많은 것들을 치르게 된다.

개학 첫날

　내일이 개학 첫날이라 준비물을 모두 챙겼는지 확인하고 있다. 준비물 목록을 써서 확인했다. 목록을 쓰는 일이 모범생이 하는 짓이긴 해도, 준비물을 빠뜨리지 않으려면 가장 확실한 방법이다.

- 수업 시간표
- 사물함 번호
- 사물함용 자물쇠
- 책가방
- 펜 여러 개
- 공책
- 집 열쇠

난 몇 번이나 준비물 목록을 확인했다. 뭘 빠뜨린 거지? 10시에 잠자리에 누웠지만 빠뜨린 걸 알아내지 못하면 잠을 못 잘 게 뻔했다. 가끔 어떤 생각을 떨쳐 버리지 못하고 계속 그 생각이 꼬리에 꼬리를 문다. 오늘 밤도 그랬다.

결국 잠이 들지 않아 일어났다. 빠뜨린 게 뭔지 기억해 내려고 방안을 이리저리 서성거렸다. 내 방은 서성일 수 있을 정도로 공간이 넓다. 가구 하나 없이 바닥에 침낭 하나만 덩그러니 있으니까.

난 다시 바닥에 주저앉아 수업 시간표를 들여다보았다. 올해는 설렌다. 어떤 아이들은 학교를 좋아하지 않지만, 난 집에 있는 것보다 차라리 학교에 있는 게 더 좋다.

중학교(미국의 중학교 1학년은 우리나라 초등학교 6학년에 해당한다.–옮긴이)에서는 과목 두 개를 선택할 수 있다. 엄마는 나더러 가정을 들으라고 했지만 그건 어리석은 선택 같다. 난 이미 집안일을 다 떠맡고 있으니까. 요리부터 시작해서 청소, 아기 돌보기, 엄마의 통장 잔액을 확인하는 일까지. 학교에서까지 그 일을 또 하고 싶지 않았다. 대신 난 미술을 선택했다. 그림 그리고 색칠하는 수업 말이다.

11시 무렵, 드디어 뭐가 빠졌는지 번뜩 떠올랐다. 바로 급식비였다.

거실로 나가 보니 엄마와 샘 아저씨는 소파에서 서로 끌어 안고 있었다. 티브이는 틀어 놓은 채 둘만의 이야기를 속삭이며 웃고 있었다.

"저기요, 엄마."

엄마가 톡 쏘며 말했다.

"지금까지 뭐 한 거야? 이미 잠들었을 시간인데."

"급식비를 까먹었어요."

엄마가 샘 아저씨를 쿡 찌르며 말했다.

"얘는 항상 '내놔. 내놔. 내놔.' 그 말만 해. 으악."

엄마와 샘 아저씨는 웃음을 터뜨렸다.

난 언성을 높였다.

"아니잖아요. 그래도 급식비는 주세요. 점심은 먹어야 하니까요."

"그-그러니?"

샘 아저씨는 말을 더듬었다. 날 놀리는 게 아니라 원래 말투가 그렇다.

"우-우리 아-아-아버지한테 급식비-비 받으려면 나-난 일-일을 해야 했는데."

엄마는 잔인한 미소를 지으며 말했다.

"너 그거 아니, 백 년 전에는 부모가 길거리로 아이들을 막

쫓아낸 거? 아이들 스스로 먹을 걸 구해야만 했어. '헨젤과 그레텔'처럼. 지금은 안 그러는 게 참 안타깝다."

"그러게요, 참 안타깝네요. 그런데 이제 자러 가게 그냥 급식비 주면 안 돼요?"

"올해는 급식비 안 내도 돼."

엄마는 몸을 돌려 티브이 화면에 시선을 고정한 채 말했다.

"널 무료 급식 프로그램에 등록했어."

"뭐라고요?"

엄마는 일일이 설명해야 하는 상황에 짜증이 나서 툴툴 댔다.

"그러면 가난한 아이들은 급식비를 내지 않아도 된대. 마누엘라 엄마가 세탁실에서 알려 줘서 널 등록해 놓았어."

"정말요? 어째서 급식비도 못 내요? 우리가 그 정도로 가난하진 않잖아요."

엄마는 소파에서 용수철처럼 일어나 내 팔을 움켜잡았다. 너무 세게 잡는 바람에 엄마의 손가락이 내 근육을 지나 뼛속까지 파고드는 것 같았다.

"그러면 네가 급식비를 내지 그래? 아니면 아빠한테 전화해서 내 달라고 하던지?"

난 소리쳤다.

"아빠가 매달 양육비 보내 주잖아요. 이런 돈 내라고 보내 주는 거 아니에요? 나 밥 먹이라고?"

"밥 먹이고 있잖아!"

엄마는 소리를 지르며 내 몸을 세게 흔들었다.

"넌 입을 옷이 없니? 머리 위에 비바람 막아 줄 지붕이 없니? 일할 필요도 없잖아! 다른 사람이 가진 것보다 오히려 가진 게 많은 줄 알아. 이 버릇없는 괘씸한 놈!"

난 엄마 손아귀에서 벗어나려고 몸을 비틀었지만, 그럴 수 없었다. 그래서 엄마에게 고함쳤다.

"이런 쓰레기장 같은 곳에서 엄마랑 사니 버릇없어질 수밖에 없지!"

이 말은 하지 말았어야 했다. 입에서 말이 나오는 순간에야 깨달았다. 하지만 한번 뱉은 말은 주워 담을 수 없다. 다음에 일어난 상황은…….

말하고 싶지도 않다.

우리 가족

가장 어릴 적 기억은 부모님이 싸우는 모습이다. 샘 아저씨가 아니라, 엄마와 친아빠 말이다. 두 사람이 이혼하기 전.

우리 셋은 샌안토니오에서 트레일러 여럿이 모여 있는 곳에서 살았다. 엄마와 아빠가 싸울 때면 트레일러 전체가 흔들거렸다. 지진이 일어난 듯이. 마치 여러 신들이 서로 쿵쿵 부딪쳐서 세상이 무너져 내릴 것만 같았다. 엄마 아빠의 전쟁은 우주를 덜거덕 흔들어서 모든 게 부서져야 끝이 날 것 같았다. 결국 어두운 공간에 나 홀로 남겨져 있곤 했다.

아빠는 내가 다섯 살 때 집을 떠났다. 이후로 엄마는 남자친구를 여럿 사귀었다. 어째 사귀는 사람마다 죄다 나쁜 놈들이었지만, 그나마 점점 나아졌다. 그러다 샘 아저씨를 만났다. 아저씨는 우리 아파트 단지의 유지보수 일을 맡아 했다. 처음에는 엄청 착해서 나에게 자전거 타는 법이나 수영하는 법도 잘 가르쳐 주었다. 날 데리고 나가 피자도 사 주었다. 그러던 어느 날 엄마를 때리기 시작했다.

난 늘 샘 아저씨가 떠나길 바랐다. 그런데 포드가 태어났다. 포드라는 이름은 샘 아저씨가 좋아하는 자동차 회사의 이름을 따서 지은 건데, 좀 이상한 것 같다. 같은 엄마 배에서 태어났으니, 포드는 내 동생이다. 포드는 아기는 아니지만, 꼭 아기처럼 군다. 포드는 두 살 반인데 정말 짜증 나는 아이다. 그래도 난 포드를 사랑한다. 내 동생이니까 사랑해야 한다. 포드가 내 물건을 망가뜨리는 때가 있을지라도.

포드를 잘 보살피고 돌봐야 하는 건 늘 내 몫이다. 하루도 빠짐없이 포드 밥을 챙기고, 내가 보고 싶은 프로그램은 포기하고 시시한 아이들 프로그램을 보게 양보하며, 포드랑 같이 노는 등 여러 일을 한다. 게다가 글자를 가르쳤더니, 포드는 조금씩 글을 읽을 줄 알게 됐다. 포드는 정말 영리한 아이다. 하지만 자기 마음대로 되지 않으면 고래고래 소리를 지르고 난리를 피운다. 그럴 때면 내 속이 뒤집힌다. 그나마 드디어 포드가 대소변을 가릴 수 있게 돼서 기쁘다. 이젠 기저귀를 갈 필요가 없으니까. 기저귀를 갈 때마다 정말이지 구역질이 날 것 같았다.

지금도 내 자유시간을 모두 써 가며 포드를 돌보는 건 재미없다. 특히 친구들은 자전거를 타거나 영화 보러 가거나 재미있게 노는데, 누구나 그렇듯 기분이 좀 그렇다.

샘 아저씨랑 같이 산 지 이제 5년 정도 됐다. 샘 아저씨는 자기가 새아빠라고 하지만 굳이 따져 보면 그렇지도 않다. 정작 우리 엄마랑 결혼도 하지 않았으니.

한번은 샘 아저씨가 술에 진탕 취해서 소파에 거의 기절하다시피 널브러져 있었다. 왜 우리랑 같이 사는지 궁금증을 참지 못하고 이때다 싶어 샘 아저씨에게 물었다. 엄마랑 툭하면 싸우기 일쑤인데 말이다. 그랬더니 샘 아저씨는 "포-포-포드 때문이지."라고 대답했다. 내 생각엔 대다수 부모라는 사람들은 자식 때문에 같이 사는 것 같다. 하지만 우리 아빠는 그러지 않았다. 날 남겨 두고 떠났다. 난 괜찮다.

샘마코스에서 몇 년 지낸 후 엄마는 이사하기로 정했다. 샘 아저씨와 엄마는 버밍햄으로 이사 오기 전까지 여러 곳을 전전했다. 그런데 버밍햄에 오면서부터 엄마와 샘 아저씨는 평소보다 더 싸웠다. 가끔은 정말 말도 안 되게 사소한 것을 두고 싸웠다. 대개는 돈 때문이었다. 아마 둘 다 일자리를 찾지 못해서 그랬던 것 같다.

엄마는 일자리 찾기가 생각보다 훨씬 힘들다고 한다. 하지만 이상하다. 식당에서 설거지할 사람을 구한다는 전단은 여기저기에서 보인다. 설거지가 뭐 그리 어려운 일이라고. 난 아무도 돈을 주지 않는데도 매일 설거지하는데 말이다.

일할 사람을 구한다는 광고지는 마을 곳곳에 붙어 있었다. 심지어 신문 '구인란'에는 다양한 일자리가 쭉 나열돼 있다. 한번은 내가 팔을 걷어붙이고 신문을 샅샅이 살펴보며 괜찮아 보이는 일자리에 동그라미 표시를 몇 개 해 놓았다. 엄마는 그걸 보고 엄청 짜증을 내며 빽빽 소리를 질렀다.

"난 그따위 일 안 해!"

샘 아저씨도 불같이 화를 내며 이렇게 말했다.

"그-그런 일은 너-너 같이 멕시코계 놈들이나 하는 일-일이라고. 나? 난-배-백인이잖아. 더 좋은 대-대-대우를 받아야지."

샘 아저씨와 엄마 둘 다 지금 당장 일자리가 없다. 아무튼, 우리 넷은 방 두 개, 화장실 하나인 아파트에 산다. 이만하면 뭐 나름 괜찮은 것 같다. 우리 집은 햇빛이 들어오는 2층인데 베란다에서 아이들이 뛰노는 마당이 훤히 내려다보인다.

두꺼운 모직 천으로 엮어 따끔거리는 소파와 낡은 흑백 티브이를 빼면 우리 집엔 가구라곤 눈을 씻고도 찾아볼 수 없

29

다. 그나마 티브이와 소파도 샘 아저씨가 여기로 이사 온 첫 날 쓰레기 처리장에서 찾아온 거다. 샘 아저씨가 소파와 티브이 옮기는 걸 도와 달라고 하는 바람에 난 허리가 거의 나갈 뻔했다. 엄마는 세균이 있을지도 모른다고 걱정하며 거의 이틀 내내 소파와 티브이를 닦고 또 닦았다. 아, 샘 아저씨와 엄마 방에 누군가한테 받은 침대가 하나 있긴 하다. 포드는 엄마와 샘 아저씨와 한방에서 잔다.

내 방에는 침낭 하나와 옷가지가 담긴 하드보드 상자 몇 개가 전부다. 책도 몇 권 있다. 난 책 읽는 걸 좋아한다. 내 물건이 더 있긴 했는데, 매번 이사할 때마다 엄마는 하나둘씩 내다 버렸다. 특히 아빠가 선물로 준 물건들을. 보통 다른 아이들은 방에 자기 물건들이 많다. 그 아이들의 부모님도 집안 곳곳에 여러 물건을 두고 산다. 다른 집과 비교하면 우리 집에는 물건이 많지 않다. 그래도 난 상관없다. 어떤 친구들은 집에서 물건을 망가뜨리면 야단을 맞는다던데, 우리 집에는 망가뜨릴 물건이 아무것도 없다.

점심시간

통학 버스에 올라타자마자 리엄이 소리쳤다.

"우와 씨! 쟤 시퍼렇게 멍든 눈 좀 봐!"

버스 운전자는 백미러로 리엄을 쳐다보더니 경고장을 날렸다.

"말조심!"

리엄은 늘 이런 식이다. 큰 소리로 떠들어 관심을 한 몸에 받는다. 리엄은 이렇게 행동할 때마다 미소를 띠는 동시에 깔깔 웃으며 말한다. 그래서 사람들이 절대로 리엄한테 진짜로 화낼 수가 없다. 리엄은 그냥 재미있고 유쾌한 녀석이다. 리엄은 내가 여기로 이사하고 나서부터 가장 친한 친구다. 리엄은 그레이슨 빌리지라는 동네에 사는데, 그곳은 정말 좋은 주택

단지다. 그 뒤로 내가 사는 아파트 단지인 비스타 누에바가 있다.

내가 리엄이 맡아 준 자리에 앉기도 전에 리엄이 물었다.

"이번에는 얼굴에 뭔 짓을 한 거냐? 이 바보 녀석."

"문에 박았어."

거짓말을 했다. 이건 단순히 엄마의 잘못이 아니었다. 나의 잘못이기도 했다. 엄마에게 목소리를 높이지 말았어야 했다. 난 정말 착한 아이가 되려고 애를 쓰지만, 가끔 너무 화가 난다. 모든 것에 핏발이 선다. 피가 불에 들끓는 느낌이고 토악질하거나 기절할 것 같다. 아니면…… 모르겠다. 정신을 차려 보면 난 있는 힘껏 소리 지르고 있다. 할 수 있는 거라고는 소리치는 것밖에 없다. 엄마가 날 진짜 아프게 해도 난 엄마를 때리지 않는다.

리엄이 웃으며 말했다.

"내가 태권도 하다 멍들었을 때보다 네 눈이 훨씬 시퍼렇다. 나랑 풋볼 팀에 들어가 보자. 그럼 적어도 헬멧 하나는 건질걸?"

버스를 타고 가는 내내, 마치 여름 방학인 것처럼 중학교 생활에 들떠보려고 노력했다. 하지만 그럴 수가 없었다. 버밍햄에는 초등학교는 세 개가 있지만 중학교는 딱 한 개뿐이다.

그건 중학교에 모르는 학생이 많을 거라는 뜻이다. 모두가 내 눈을 빤히 쳐다보며 왜 저렇게 됐나 궁금해할 것이다. 누구에게도 내 진실을 알리고 싶지 않다. 부끄럽다. 여자는 화장할 수 있으니 좋겠다. 눈에 멍이 들더라도 화장으로 가릴 수 있을 것이고, 그러면 아무도 눈에 멍이 든 걸 못 알아볼 테니까.

첫 교시 역사 수업을 시작으로 수학과 영어 수업이 있었다. 난 거의 집중할 수 없었다. 애들이 계속 날 힐끔힐끔 쳐다봤다. 옆줄에 앉은 여자아이 둘은 수업 시간 내내 쪽지를 앞뒤로 계속 주고받았다. 그중 한 명이 날 바라보며 고개를 끄덕였다. 그러더니 둘은 깔깔대고 웃었다.

선생님들도 마찬가지였다. 영어 교실에 들어서자, 영어 선생님은 여기저기 구멍 난 내 신발과 발목 위로 껑충 올라온 청바지, 너무 헐렁한 티셔츠, 낡아 빠진 중고 책가방, 그리고 멍든 내 눈을 쳐다봤다. 그러고 나서 바로 날 좋아하지 않기로 마음먹었다. 선생님이 마트 계산원처럼 정말 혐오하는 눈빛으로 날 바라봤기 때문에 직감했다. 선생님은 손가락 끝으로 흰 머리카락 한 가닥을 뒤로 쓸어 넘기고는 안경을 고쳐 썼다. 그러고는 아이들에게 말했다.

"교실 안에서든 밖에서든 싸우면 안 돼요. 폭력에 대해선 벌점을 많이 줄 거니까요. 모두 알겠죠?"

선생님은 반 전체 아이들에게 말했지만, 말하는 내내 시선은 나에게 고정되어 있었다. 선생님은 날 문제아라고 여기고 있었다. 이제부터 내가 문제아가 아니라는 걸 증명하기 위해 특별히 더 열심히 공부해야 한다. 정말 실망했다. 이런 식으로 새 학기를 시작하려는 건 아니었는데.

3교시를 마치자, 점심시간이었다. 다행이었다. 뱃가죽이 등가죽에 붙을 것 같았으니까. 급식 줄은 엄청나게 길었다. 아는 친구가 없나 두리번거렸다. 몇 명 있긴 했지만 그리 가까운 사이가 아니라서, 줄에 끼어들지 못하고 할 수 없이 그냥 줄 끝에 섰다. 그렇게 학생이 많은 건 처음 봤다. 이 학교 학생이 2천 명쯤 될 거라는 말이 들리긴 했지만, 두 눈으로 직접 보니 정말 많았다. 그만큼 테이블도 많았다. 대략 백 개 정도. 리엄을 찾는 건 쓰레기 더미에서 동전 하나 찾는 것 같았다.

마침내 테이블에 앉은 리엄을 발견했다. 리엄이 같이 앉자고 손을 흔들었다. 그제야 마음이 놓였다. 적어도 점심을 받아 어디로 가서 앉을지 알게 됐으니.

줄은 빨리빨리 움직였다. 플라스틱 식판을 잡고 내밀었다. 급식실 아주머니들을 보면 외할머니, 아부엘라가 생각난다. 아부엘라는 스페인어로 할머니란 말이다. 외할머니는 멕시코

출신이다. 급식실 아주머니들은 으깬 감자, 초록 콩, 생선튀김 스틱 등을 국자 한가득 떠 주곤 했다. 그러면 난 늘 스페인어로 '감사합니다'라고 인사했다.

초콜릿 우유 한 팩을 집어 들고 나서야 점심값이 없다는 게 생각났다. 설상가상으로 이놈의 '무료 급식 프로그램'이라는 게 어떻게 운영되는지 알 길이 없었다. 배가 갑자기 뭉치고 아픈 기운이 느껴졌다. 내 앞에 세 아이를 지켜보았다. 그중 한 명이라도 무료 급식 대상자이길 바랐다. 그러면 그대로 따라 하면 되니까. 하지만 셋 다 현금을 냈다. 난 주위를 둘러보았다. 사방이 온통 사람들이었다. 몰래 점심을 가져갈 수도 없을 것 같았다. 어쨌든 그렇게는 하고 싶지 않았다. 난 돈이 없어도, 도둑질은 하지 않는다.

얼굴이 화끈거리고 이마에 식은땀이 흘렀다. 손에도 땀이 났다. 난 이러기 싫었다. 왜 엄마는 돈을 줄 수 없었을까. 적어도 오늘은 개학 첫날인데. 왜 모든 상황이 그냥 쉽게 흘러갈 수는 없을까.

계산원이 말했다.

"2달러란다."

"아, 어……."

어렵게 입을 뗐지만, 무슨 말을 해야 할지 머릿속이 하얘졌다. 나도 모르게 자꾸 내 뒤만 돌아봤다. 아마 모두 날 지켜 보고 있어서 그랬던 것 같다.

"얘야, 2달러 내야지."

계산원은 나이가 많아 한 아흔 살은 돼 보였다. 삐쩍 마른 몸이 너무 약해서 부러질 것만 같았다. 계산원은 얼룩이 묻은 두꺼운 안경 너머로 눈을 가늘게 뜨고 쳐다봤다.

"제가요…… 아시다시피."

"뭐라고?"

"그 프로그램을 등록했거든요. 그러니까, 어, 그게."

"얘야, 목소리 좀 높여 보거라. 난 한 쪽 귀가 안 들린단다."

내 뒤에 있던 아이들이 슬슬 짜증을 냈다.

"왜 이렇게 오래 기다리게 하지?"

"야, 빨리 좀 해."

"아, 배고파 죽겠네."

난 계산원 쪽으로 최대한 가깝게 몸을 기울여 말했다.

"제가 무료 급식 프로그램에 등록돼 있어요."

"미안한데, 얘야, 다시 한 번 말해 주겠니?"

계산원이 자기 귀를 가리키며 말했다.

"무료 급식 프로그램에 등록돼 있다니까요!"

난 날카롭게 대꾸했다. 일부러 그런 건 아니었다. 앞서 말했듯이, 가끔 분노가 치민다.

"그렇게 소리칠 필요는 없잖니."

계산원은 빨간 바인더를 꺼내서 색인표를 이리저리 펼치기 시작했다.

"이름이 뭐니?"

난 소리 지르고 싶었다. 내 뒤에 있던 아이들이 들썩였다. 모두가 날 쳐다보며 말했다.

"얼른 돈 내고 가라."

"왜 저렇게 오래 걸리는 거야?"

"나 오늘 안에 먹을 수 있는 거지?"

계산원이 다시 물었다.

"이름이 뭐라고?"

공손하게 말하려고 마음먹었지만, 나도 모르게 이를 꽉 깨물며 확 내뱉었다.

"렉스 오글이요."

폭삭 늙은 계산원은 페이지를 넘길 때마다 엄지손가락에 침을 묻혔다. 마침내 내 이름을 찾아서 이름 옆에 빨간색으로 표시했다.

"이제 됐구나."

계산원에게 감사하다는 인사를 하지 않았다. 식판을 갖고 황급히 자리를 떴다. 심장이 쿵쾅거렸다. 손바닥엔 땀이 흥건했다. 공기가 제대로 들어올 수 없을 만큼 폐가 꽉 조여 왔다. 5학년 때는 학교에서 이런 적이 한 번도 없었다. 늘 학교에 있으면 안전하게 느꼈고 집에서 탈출한 기분이었다. 내가 병에 걸린 걸까? 심장 마비라도 오려는 걸까? 아니면 미치광이가 되려는 걸까? 머리를 절레절레 흔들었다. 난 미치지 않았다. 이 상황은 내가 제어할 수 있다.

숨을 훅 깊이 들이쉬었다. 한 번 더 들이쉬었다. 이윽고 리엄에게 갔더니 테이블은 8인용이었다. 그런데 자리가 다 차 있었다. 나도 모르게 투덜거렸다.

"자리 맡아 줘서 고-오-맙다."

"자식, 진정해. 나도 맡아 주려 했는데 오늘이 개학 날이잖냐."

리엄은 친구인 데릭에게 몸을 기울이며 말했다.

"웩, 쟤는 내 여자친구라도 되는 줄 아나 봐?"

라임과 데릭은 날 비웃었다. 난 쿵쾅쿵쾅 걸어가며 키 작은 아이들 몇 명을 어깨로 치고선 소리쳤다.

"멍청이들아, 저리 비켜."

말을 뱉고 곧장 후회했지만, 사과하지는 않았다. 그냥 계속 걸어갔다. 결국 2층 텅 빈 테이블에 앉았다. 리엄과 데릭이 낄

낄거리는 게 보였다. 아마도 날 비웃는 거겠지.

급식 식당에 혼자 앉은 건 나뿐이었다. 한 명도 빠짐없이 모두 친구들과 같이 앉아 있었다. 올해는 굉장한 해가 될 줄 알았다. 그런데 개학 첫날인데 이미 모든 게 너덜너덜해졌다. 어제는 몹시 설렜는데 분노와 짜증이 뒤범벅된 외톨이가 돼 있었다. 이렇게까지 된 건 도대체 뭣 때문일까? 난 시퍼렇게 멍든 눈을 하고 학교에 와서 점심을 공짜로 달라고 구걸해야 했다. 이건 말도 안 된다. 누구도 지원금 받는 걸 남들에게 알리고 싶지 않을 거다. 특히 아이들은. 이제 내가 비렁뱅이라는 게 모두에게 까발려졌다. 원래 올해는 멋진 한 해가 돼야 했다. 그런데 벌써 글러 먹은 것 같다.

기생충

학교를 마치고 집으로 돌아와 할머니한테 전화를 걸려고 했다. 수화기를 드니 발신음이 들리지 않았다. 아무 소리도 나지 않았다.

"엄마, 전화가 안 돼요."

"그럴 수밖에. 전화 요금을 안 냈으니까. 돈 낭비일 뿐이야. 어차피 우리 집에 걸려 오는 전화는 돈 내라는 전화밖에 없잖아."

"할머니도 있잖아요!"

내가 할머니를 상기시켰다.

엄마는 눈을 치켜떴다.

"외할머니한테 정말 할 말이 있으면 전화비 좀 내 달라고 해.”

“할머니가 그러겠다고 했잖아요!”

“됐어, 할머니 돈은 필요 없어. 게다가 우린 전화도 필요 없고.”

“할머니한테 개학 첫날에 전화한다고 했단 말이에요.”

“그럼, 세탁실 옆에 있는 공중전화로 해. 수신자 부담으로 말이야. 할머니도 좋아하시겠네.”

할머니가 전화 요금 내는 걸 그리 반가워할 것 같지 않았다. 게다가 수신자 부담 전화 요금은 정말 비싸다. 1분까지 1달러고 이후엔 1분이 지날 때마다 50센트가 든다. 할머니는 우리 집 전화가 끊겨서 우리 소식을 듣지 못하면 속이 까맣게 탈 거다. 그러니 내가 전화하면 할머니는 어쨌든 수신자 부담이더라도 전화를 받을 거다.

내가 인사했다.

“알로, 아부엘라(안녕, 할머니 – 옮긴이).”

“코모 에스타, 미 니에또 파보리또(내가 제일 좋아하는 손자, 잘 지냈니 – 옮긴이)?”

수화기 너머에서 할머니의 웃음소리가 들렸다.

“할머니, 저 스페인어 할 줄 모르는 거 아시잖아요.”

할머니가 웃더니, 스페인어 억양이 섞인 말투로 말했다.

"그래, 알지. 하지만 배워야지. 그러면 일자리 얻는 데 도움이 될 거야."

"전 일하기에는 너무 어리잖아요!"

"그런가?"

할머니는 또 한 번 웃었다. 전화할 때마다 할머니의 음성은 늘 따뜻하다.

"네 얘기 좀 들어 보자. 이 세상에서 제일 아끼는 내 손자가 어떻게 지내고 있나?!"

"잘 지내요."

난 너무 진지해지고 싶지 않았다.

"할머니 보고 싶어요."

"나도 보고 싶단다. 하늘만큼 땅만큼 보고 싶은걸. 얼마나 보고 싶은지 재 보렴. 띠 아모(사랑한다 – 옮긴이)."

"저도 할머니 사랑해요."

난 할머니한테 얘기하는 걸 좋아한다. 할머니는 늘 진심으로 다정하고 반가운 말투로 날 얼마나 사랑하는지 표현해 주기 때문이다. 이런 표현이 좀 유치하다는 걸 알지만, 가끔 들으면 기분이 참 좋다.

"학교에서도 선생님마다 분명히 널 좋아하실 거야. 우리 손자는 참 잘생겼지, 정말 똑똑한 데다가 정말 예의도 바르니까."

"그건 잘 모르겠네요."

"흠. 학교에서 별로 즐겁지 않았던 거 같구나. 그랬니?"

할머니가 아니라고 말하길 바란다는 걸 잘 알지만, 거짓말은 하기 싫었다.

"네, 별로였어요."

"수업이 어렵든?"

"아니요."

"선생님들은 좋으셨어?"

"몇 분은요."

"그러면 무슨 일이니?"

할머니한테 걱정을 끼치지 않고 어떻게 사실을 전할까 이리저리 머리를 굴려 봤다. 할머니는 엄마에 대해 잘 아니까, 엄마가 이상해지는 것도 알고 있다. 하지만 우리 둘 다 할 수 있는 게 아무것도 없다. 그래서 내가 입을 열었다.

"우리 학교에 다니는 애들은 모두 부자인가 봐요. 다 좋은 옷을 입고, 준비물도 좋은 걸로 갖고 다니고, 그 아이들 부모님이 학교에 데려다줄 때 보면 정말 멋져 보이더라고요. 그 아이들은 부족한 게 없고 돈은 신경도 안 써요! 저도 그렇게 한 번 살아 보면 좋겠네요."

"헛된 기대는 품지 않는 게 좋아. 가질 수 없는 걸 바라며

네 시간을 낭비하지 말거라. 늘 깨끗이 씻고, 깨끗하고 단정한 옷차림으로 다니면 된단다. 예의 바르게 행동하고. 좋은 성적 받고. 넌 잘해 낼 거야. 넌 아주, 아주 용감한 아이니까. 이호(내 새끼 - 옮긴이)."

"할머니 손자니까 그렇게 말씀하시는 거예요."

할머니는 깔깔 웃으며 대답했다.

"그래, 그래도 사실이니까 그렇게 말하는 거란다!"

하지만 할머니 말씀을 생각하면 생각할수록 좌절감이 점점 더 느껴졌다.

"할머니, 할머니는 이렇게 지내는 게 얼마나 힘든지 잘 모르실걸요. 다른 사람들은 모든 일이 너무 쉬울 거예요. 돈이 있으니까요. 전 평범한 일들도 백배도 넘게 힘들다고요. 돈이 없으니까요. 이건 불공평해요."

할머니는 말이 없어졌다. 할머니는 말할 때마다 단어를 신중히 고른다. 목소리가 여전히 따뜻했지만, 진지해지기도 했다. 할머니는 솔직했다.

"인생이 늘 공평하건 아니란다."

"에잇, 정말 짜증 나요!"

소리 지르려고 했던 건 아니었는데 소리를 지르고 말았다. 그래서 재빨리 수습했다.

"죄송해요. 할머니한테 화난 건 아니에요. 그냥 모든 상황이 좀 더 쉬워졌으면 좋겠어요."

"내가 네 나이일 때는 말이다, 우리 가족은 멕시코에서 방한 칸짜리 집에서 살았단다. 사방이 벽으로 막혀 있었고 흙마루였는데, 비가 내릴 때마다 지붕에서 비가 뚝뚝 샜단다. 그때는 배수관도 수돗물도 화장실도 없었어. 우리는 낮이고 밤이고, 여름이든 겨울이든, 무조건 밖으로 나가서 볼일을 봐야 했지. 난 어머니 아버지, 그리고 13남매와 함께 코딱지만 한 작은 집에서 살았단다. 어느 날, 여동생 둘이 병에 걸려 그만 세상을 뜨고 말았지. 항생제만 있었으면 살 수 있었을 텐데 말이야. 하지만 부모님은 약을 살 돈이 없었어. 우리 가족 인생이 공평했다고 생각하니? 아니란다. 내 인생도 쉽게 흘러가진 않았단다. 하지만 우리가 어떻게든 잘해 냈으니, 너도 잘해 낼 거야."

"할머니, 전 몰랐어요."

난 부끄러워졌다.

"할머니 여동생들이 돌아가셨는지 몰랐네요. 정말 죄송해요."

"그럴 필요 없단다. 그게 인생인걸. 하나님은 신비한 방법으로 일하시지. 하나님이 여동생을 천국으로 데려갔으니, 더 이

45

상 고통받지 않았을 거야. 그다음 해, 우리 아버지는 일자리를 찾으셨어. 돈을 많이 벌지는 못했지만, 쌍둥이 형제가 아팠을 때는 약을 지을 돈은 있었어. 형제들은 다 나아서, 그중 한 명은 지금은 멕시코에서 의사가 되었단다. 의사가 되다니! 너도 원하면 언젠가 의사도 될 수 있단다."

"어른이 돼서 뭐가 되고 싶은지 잘 모르겠어요."

"나중에는 알게 될 거야. 그때까지 열심히 살아야 한단다. 알겠지?"

난 고개를 저었다. 할머니는 내가 보이지도 않는데 말이다.

"네. 하지만 열심히 사는 걸 좋아할 필요는 없잖아요. 그렇죠?"

할머니가 웃음을 터트렸다.

"나라고 뭐 매일 일하는 게 즐거울 거 같니? 아니란다! 절대 아니지. 하지만 하루하루 열심히 산단다. 내가 번 돈으로 자식들, 손주들, 그리고 형제자매들, 멕시코에 계시는 부모님에게도 돈을 보내 줄 수 있으니까. 힘들지만, 열심히 사는 거란다."

"우와 할머니가 그러시는 것도 몰랐는걸요. 왜 저한테 말씀 안 하셨어요?"

"그런 일을 굳이 떠벌리고 싶진 않단다. 아무튼 내가 어떻게 사는지 너도 알게 된 게 중요하지. 이젠 너도 이런 상황을 이해할 만큼 컸으니.”

“할머니, 이야기 들려주셔서 고마워요. 대단하세요. 할머니도 그거 아시죠?”

“아니. 난 그냥 나일 뿐이고, 넌 그저 너일 뿐이란다. 하지만 넌 강한 아이야. 푸에르떼(강해 – 옮긴이).”

“그래도 우리가 돈이 많으면 사는 게 훨씬 쉬웠을걸요. 버밍햄에 사는 사람들은 돈이 있잖아요. 커다란 집에서 살고, 액세서리도 하고 다니고, 아이들은 원하는 건 얼마든지 다 가질 수 있고요. 그런데 전 돈 한 푼 없이 쇼핑몰에 있는 기분이에요. 원하는 게 뻔히 보여도 가질 수가 없는 거죠. 똥구멍이 찢어지게 가난한 건 정말 짜증 나요.”

“똥구멍이 찢어진다고?”

할머니가 웃으며 말했다.

“내가 어렸을 때 여동생 몸에 기생충이 있었단다. 멕시코에는 기생충이 아주 흔했거든. 기생충은 아주 커다란 리본처럼 길고 평평하게 보이는 벌레인데, 사람들 창자 속에서 자라지. 사람들이 먹은 음식을 기생충이 먹으니, 결국 영양분을 훔치는 꼴이야. 동생이 엉덩이를 자꾸 가려워하는 바람에 우리 가족은 동생 몸에 기생충이 있다는 걸 알게 됐어. 글쎄, 가끔

동생 똥구멍을 잘 보면 기생충 끄트머리가 나오는 게 보이기도 했단다. 기생충을 없애려면 병원에 가야 하는데, 부모님은 그럴 돈이 없었어. 동생은 고통스러워하는데 말이지. 그래서 어느 날 밤, 우리 엄마와 내가 기생충을 쭉 잡아당겨 빼냈어. 동생 똥구멍에서. 그런데 그 기생충이 거의 60센티미터나 되더라고. 그러니 정말 고통스러웠겠지."

준비물

엄마는 월마트로 걸어가는 내내 푸드 스탬프 장수를 세고 있었다. 난 이리저리 주위를 둘러보며 아무도 푸드 스탬프를 보지 않기를, 우리 학교 아이들한테 들키지 않기를 바랐다. 그러자 축 가라앉는 느낌이 들었다.

엄마가 말했다.

"어머, 집에다 쇼핑 목록을 두고 왔네. 이따가 우유 사라고 말 좀 해 줘."

"우유 사야 해요."

난 웃기려고 한 말이었다. 엄마는 못마땅한 눈빛으로 날 쏘아봤다. 그 눈빛이 무슨 뜻인지 안다. '짜증 나게 하지 마.'란 뜻이다. 그래서 카트를 밀며 학용품이 진열된 통로에 이를 때까지 난 입을 꾹 다물고 있었다.

엄마가 나를 데리고 마트에 온 것만으로도 다행이라 생각했다. 이번 주 내내 엄마는 나한테 학교 준비물에 대해 이러쿵저러쿵 불평을 쏟아 냈다. 기름값을 낭비하고 싶지 않다나. 하지만 불행 중 다행으로 할머니가 준비물 살 돈을 보내 주었다. 할머니는 카드를 하나 보냈는데, 카드 안에 포일로 감싼 20달러 지폐 두 장이 들어 있었다. 카드에는 '얘야, 학교 준비물은 좋은 걸로 사렴.'이라고 적혀 있었다. 엄마는 20달러 지폐 한 장을 가져갔다. 그래서 지금 나에겐 겨우 20달러만 남아 있다.

엄마와 샘 아저씨가 날 책임지고 있다는 게 싫다. 어른들이 항상 아이들보다 똑똑한 건 아니다. 부모라면 마땅히 해야 할 일들을 내가 대신 늘 맡아서 하고 있다. 티브이나 오디오에 전선을 연결하거나 차에 시동을 거는 일조차도.

뭐 이런 일쯤이야 식은 죽 먹기다. 엄마는 토스트 만드는 법도 모른다. 난 조리법을 보지 않고도 스무 가지 정도의 음식을 뚝딱 만들어 낼 수 있다. 게다가 난 책을 많이 읽어서 상식도 풍부하다.

내가 샘 아저씨보다 아는 게 많은 건 분명하다. 아저씨는 한 문장도 제대로 쓰지 못한다. 그래서 가끔 나한테 자기 대신 구직 지원서를 써 달라고 한다. 난 수학을 잘한다. 엄마는 나에게 수표책을 늘 다시 확인해 달라고 부탁한다. 엄마는 가진 돈보다 더 많이 쓴다. 그러면서도 은행에서 잔액이 부족해서 수표가 반송되었다는 전화가 오면 엄마는 대뜸 화낸다. 참나, 엄마는 쉬운 더하기 빼기도 할 줄 모르나? 어떤 수준인지 알 만하다. 엄마는 간단한 셈조차 할 줄 모른다.

엄마가 말했다.

"어머, 준비물 적은 걸 집에 두고 왔네."

엄마의 꿍꿍이가 빤히 보였다. 엄마는 학교 준비물을 사 주기 싫어서 작년에도 똑같이 말했다. 내가 주머니에서 종이를 꺼냈다.

"제가 챙겨 왔어요. 연필이랑, 펜이랑……."

"왜 연필이랑 펜 둘 다 필요한 거니?"

난 어깨를 으쓱했다.

"그리고 바인더, 링 바인더용 구멍 뚫린 종이, 공책……."

"왜 링 바인더에 끼는 종이랑 공책 둘 다 필요한 거냐고!"

난 다시 한번 어깨를 으쓱했다.

"목록에 그렇게 적혀 있는걸요."

엄마는 코웃음을 쳤다.

"둘 중 하나만 살 거야. 그건 돈 낭비야. 구멍 뚫린 공책으로 골라. 그럼 필요할 때마다 뜯어서 바인더에 끼면 되니까."

난 물러서지 않았다.

"그러면 종이 끝이 너덜너덜해질걸요. 그런 종이로는 숙제 낼 수 없는……."

엄마는 다시 한번 날 노려봤다. 난 불평을 그만 늘어놓았다.

"인덱스 카드, 형광펜……."

"뭐 하러?"

"공부하는 데 쓰겠죠."

나도 잘 모르겠다. 하지만 형광펜을 사고 싶은 마음이 굴뚝 같았다. 난 형광 분홍, 노랑, 초록, 주황, 네 가지 색 형광펜 세트를 집으려고 손을 뻗었다. 엄마는 가격을 확인하더니 기겁했다.

"4달러 97센트라고? 안 돼. 안 되고말고. 다시 갖다 놔. 형광펜은 한 개만 사."

엄마는 제일 값싼 형광펜을 집어 카트에 휙 던져 넣었다.

"목록에는 3종 형광펜이라고 적혀 있어요. 여러 개. 한 가지 이상."

"그러든지 말든지. 또 뭐 필요해?"

"책가방요."

"작년에 메던 책가방 쓰면 되잖아!"

엄마는 고함을 쳤다.

나도 엄마에게 고함을 쳤다.

"알고 있다고요! 그냥 읽은 거라고요!"

사실 그래서 말한 건 아니었다. 작년에 쓰던 책가방 바닥에 커다란 구멍이 났다. 그래서 책가방을 거꾸로 메고 다녀야만 했다. 엄마는 아마 그 사실을 알지 못했거나 설사 알았더라도 신경 쓰지 않았을 것이다. '엄마는 신경 쓰지 않았다.'에 돈을 걸고 싶지만, 난 내기할 돈도 없다.

난 목록을 계속 읽었다.

"계산기 한 개……."

"넌 중학교에 다니는 거지, 일하러 다니는 게 아니잖아! 근데 계산기는 왜 필요해?"

엄마의 소리가 너무 커서 같은 통로에 서 있던 아주머니가 우리를 쳐다보았다.

"모르겠다고요. 방정식 풀 때 필요하대요."

"계산기 안 쓰는 수학 수업은 없어?"

"중학교에서는 다 계산기 쓰는 거예요."

나도 확신할 순 없었다.

엄마는 가장 싼 계산기를 살펴보더니 큰 소리로 말했다.

"얘, 이건 못 사. 할머니가 고작 20달러밖에 안 보냈는데."

할머니가 40달러를 보내지 않았느냐고 따지려다가 이를 꽉 깨물고 참았다.

"이런 쓰레기 같은 물건은 안 사줄 거야. 학생이 정말 필요한 거면 학교에서 제공해야지. 사실, 학교에서 준비물을 다 줘야 하는 거 아니야? 내가 낸 세금이 그런 데 쓰여야 하는 거 아니냐고?"

"세금에 대해선 난 아무것도 몰라요!"

"학교에 가서 교장 선생님에게 엄마가 준비물 사는 거 거절했다고 전해라. 교장 선생님이 분명히 어디선가 빈둥거리고 있을 거다."

"싫어, 안 그럴 거야!"

엄마는 늘 이런 말도 안 되는 말을 한다. 게다가 진심으로. 그러니 내가 소리 지를 수밖에 없다.

"필요한 물건이나 잘 사 줘. 제발, 좀."

엄마는 내 팔을 꽉 움켜쥐더니 날 흔들었다.

"엄마한테 말 곱게 해."

난 엄마의 손아귀에서 내 팔을 홱 빼냈다.

"안 그러면 뭐?!"

"너, 이런 식으로 행동할 거란 말이지? 그래 좋아!"

엄마는 통로 한가운데에서 카트에 있는 물건들을 다 꺼내

버려 놓고 출구 쪽으로 성큼성큼 걸어 나갔다.

"아무것도 안 살 거야! 너도 그러고 싶은 거지?"

"아니!"

"그럼, 당장 사과해."

난 팔짱을 끼고 대답했다.

"싫어."

"사과하란 말이야!"

엄마가 바락바락 소리 질렀다. 아주머니 한 무리가 우리를 빤히 쳐다봤다. 잘 차려입은 아주머니들이었다. 적어도 우리 엄마보다는 근사해 보였다. 여러 색감의 옷차림에 머리는 단정했고, 반짝이는 액세서리도 하고 있었다. 모두 보통 엄마들 같아 보였다.

우리 엄마는 그런 모습과는 거리가 멀었다. 오늘은 샤워도 하지 않아 머리카락이 완전히 엉겨 붙어 있었다. 낡은 추리닝 바지에 꼬질꼬질한 셔츠를 걸치고 슬리퍼를 신고 있었다. 화장도 안 하고, 액세서리 하나 걸치지 않았다. 액세서리라곤 아예 없으니까.

난 애써 분노를 꾹꾹 누른 채 소리를 낮춰 말했다.

"사람들이 다 쳐다보잖아요."

"누가? 저 사람들이?!"

엄마는 아주머니들 쪽을 가리켰다.

"난 저 사람들 몰라! 저 사람들이 뭐라 생각하든 무슨 상관이야!"

엄마가 사람들 앞에서 야단법석을 떨자, 난 점점 소름이 돋았다. 사람들이 하나둘 걸음을 멈추고 우리를 지켜봤기 때문이다. 마치 버스 사고를 구경하듯이 사람들은 우리한테서 눈을 떼지 않았다. 결국 사람들이 지켜보는 가운데 내 인생이 얼마나 애석하고 망가졌는지 들켜 버렸다.

엄마는 씩씩대며 막말을 퍼부었다.

"당장 나한테 사과해. 안 그러면 마트에서 당장 나갈 거야. 그럼, 학교에 준비물은 하나도 못 가져가는 거야."

난 머뭇거렸다. 엄마에게 따지고 싶었다. 아주머니 한 명이라도 내 편을 들어주길 바랐다. 엄마가 이 자리에서 체포되거나, 사라지거나, 혹은 착한 아주머니가 당장이라도 날 입양하길 바랐다. 하지만 그런 일은 절대 일어나지 않을 거다. 끝끝내 난 굴복하고 말았다. 난 속삭였다.

"죄송해요."

"잘 안 들려."

엄마가 소리쳤다.

"죄송하다고 했잖아요!"

나도 목소리를 높였다. 엄마는 별안간 승리의 웃음을 지었다.

"그게 그렇게 어렵든?"

엄마가 어떻게 저럴 수 있는지 도무지 이해할 수가 없다. 엄마는 다른 사람들이 자신을 어떻게 생각하는지 전혀 신경 쓰지 않는다. 오히려 엄마는 고개를 빳빳이 들고 어깨를 쭉 편 채 카트를 밀며 겁에 질려 얼빠진 아주머니들 곁을 지나갔다. 그리고 한마디 툭 던졌다.

"뭘 그리들 쳐다봐요?"

난 엄마의 말에 불쾌한 아주머니들을 지나가며 고개를 푹 숙였다.

돈이란 참 이상한 물건인 것 같다. 돈은 작은 동전, 지폐 조각, 수표 또는 은행 계좌에 찍힌 숫자를 말한다. 현실에서는 눈에 보이지 않게 떠돌아다니는 숫자일 뿐이다. 그렇더라도 난 돈이 있으면 좋겠다.

나한테 돈이 있으면 학교 준비물 때문에 마트에서 엄마랑 싸울 필요가 없었을 텐데. 나한테 돈이 있으면 부모님이 내야 할 돈도 다 내줄 텐데. 그러면 우리 가족은 여느 사람들처럼 좋은 집에서 살 수 있을 텐데. 나한테 돈이 있으면 우리 학교에 다니는 아이들처럼 좋은 옷을 입을 텐데. 나한테 돈이 있으면 돈이 없는 사람한테도 나눠 줄 텐데. 그러면 그 사람들이 지금 내 감정을 느끼지 않아도 될 텐데. 나한테 돈이 있으면 참 행복할 텐데. 하지만 돈이 없다. 그래서 난 행복하지 않다.

급식 줄

금요일 아침, 비가 세차게 내렸다. 난 우산이 없었다. 그래서 버스를 탈 때에는 머리부터 발끝까지 이미 홀딱 다 젖었다. 처음엔 좀 웃기기도 했다. 양팔로 겨드랑이를 꾹 누르니 '뿡' 방귀 소리가 나서 버스 안 아이들 모두 한바탕 웃기도 했다.

한 시간 뒤, 학교에서도 여전히 젖어 있었다. 걸음을 옮길 때마다 신발에서 삑삑 소리가 크게 났고, 열 손가락 전부 쭈글쭈글했다. 첫 교시, 교실은 에어컨 때문에 얼어 죽을 듯이 추웠다. 한겨울 북극에서 산타의 요정들이 추위에 몸을 숨기고 있는 모습이 절로 떠올랐다. 텍사스만큼 거대한 에어컨이 시끄럽게 윙윙거렸지만, 이가 하도 딱딱 부딪히는 바람에 그

소리가 잘 들리지 않을 정도였다. 온몸을 사시나무 떨듯 떨며 이렇게 닭살 돋은 채 죽는 게 아닐까 생각했다.

수업을 마치는 종이 울리자, 화장실로 냅다 달렸다. 거울을 보니 입술이 시퍼렸다. 얼른 옷을 벗어 뜨거운 바람이 나오는 손 건조기 아래로 급히 몸을 숙였다. 화장실에 들어오는 사람마다 날 정신 나간 놈처럼 쳐다봤다.

3교시 교실에 들어서자, 윈스테드 선생님이 말했다.

"시간이 지체됐구나."

"네? 무슨 말씀이세요?"

모두 날 비웃었다. 선생님이 지각했다는 말을 일부러 고상하게 한 말이었다. 선생님은 도대체 왜 저런 식으로 말하는지 모르겠다.

어찌 됐든 오늘은 금요일이다. 이번 한 주는 떠올리기조차 싫다. 작년에 친했던 친구들은 거의 보이지도 않았다. 토드와 제크는 시간표가 달랐다. 리엄도 달랐다. 그래도 리엄은 급식 시간에 가능하면 적어도 내 자리 하나는 맡아 줬다. 5학년 때, 우리 넷은 킹스톤 선생님 반이었다. 매일 함께 어울려 다니며 재미있게 지냈다. 학교에 있을 때도, 학교가 끝났을 때도. 그런데 지금은 우리 넷이 다 같이 듣는 수업이 하나도 없다.

"렉스!"

뒤돌아보니 제크였다. 서로 주먹을 부딪쳤다. 막 제크를 생각하고 있던 참이었지만, 굳이 그 사실을 입 밖으로 꺼내지 않았다. 여자애 같다느니 뭐 그런 말 따위는 듣고 싶지 않다. 제크가 말했다.

"너 이번 주 내내 안 보이더라. 어디에 숨어 있었냐?"

"숨어 있긴. 학교가 좀 크냐. 학생도 엄청 많고."

"어떻게 지냈는지 말 좀 해 봐. 야, 점심 먹으러 갈 거지? 같이 먹자."

제크랑 같이 앉을 걸 생각하니 좋았다. 우리가 리엄과 토드도 찾으면 좋겠다고 생각했다. 예전처럼 다 같이 앉아서 먹게. 그러다 문득 무료 급식 프로그램이 떠올랐다.

제크는 진짜 재미있는 친구이지만, 별거 아닌 걸로 사람을 놀린다. 작년엔 내가 아직도 액션 피규어를 갖고 논다는 걸 알고선 걸핏하면 놀려 댔다. 아직도 그 이야기를 꺼낸다. 제크가 내가 무료 급식 프로그램에 등록된 걸 알면, 난 평생 놀림을 받아야 할지도 모른다.

'제크가 먼저 계산하고 가면 날 기다리지 않을 수도 있고 ……'

"자, 숙녀분 먼저."

우리 둘이 급식 줄에 서자 제크가 말했다.

진땀이 나기 시작했다. 내가 말했다.

"그렇다면 자, 먼저 서시죠."

"말도 안 돼. 네가 나보다 더 여자애 같잖아."

"아니거든!"

난 톡 쏘아붙였다. 나도 모르게 더 성질을 내고 말았다.

제크는 여자처럼 높은 콧소리로 내 말을 따라 했다.

"아니거든!"

우리 뒤에 서 있던 7학년 둘이 마구 웃어 댔다. 얼굴이 확 달아오른 게 느껴졌다. 이 상황이 싫었다. 이젠 배가 고프지도 않았다. 구역질이 날 것 같았다. 그대로 있다가는 제크가 날 놀려 댈 게 뻔했다. 하지만 내가 자리를 떠도, 제크는 날 놀려 댈 거다. 그래서 그냥 있기로 했다. 난 더 허리를 꼿꼿이 세우고 턱을 내밀었다. 제크가 서 있는 자세처럼.

제크가 눈치채고 말했다.

"나 따라 하지 마, 이상한 자식아."

"안 따라 했거든."

난 코웃음을 쳤다. 그리고 플라스틱 식판을 집어 줄을 따라갔다. 급식 아주머니에게 고개를 끄덕이며 말했다.

"치킨너깃 주세요."

"치킨너깃 주세요."

62

제크는 콧소리를 내며 내 말을 따라 했다. 작년 여름엔 나도 그게 재미있다고 생각했다. 그런데 이제는 아니다. 요즘엔 이런 모든 상황에 부아가 끓는다.

돈을 낼 차례가 다가오자, 얼른 입을 열었다.

"아, 숟가락이랑 포크 안 가져왔네! 가서 가져올게. 너 먼저 돈 내고, 우리 자리 맡고 있어. 얼른 따라갈게."

"알았다, 멍청한 놈."

난 포크를 천천히 고르며 제크가 계산원에게 돈을 내고 자리를 뜨는 것까지 지켜보았다. 그리고 다시 줄을 섰다. 계산원이 말했다.

"2달러란다."

난 눈을 치켜뜨거나 투정 부리거나 날카롭게 대꾸하지 말아야겠다고 마음을 다잡았다. 매일 계산원과 똑같은 대화를 반복하고 있었다. 계산원은 도대체 왜 날 기억 못 하는 걸까? "무료 급식 프로그램이요."라고 최대한 재빠르고 작은 소리로 말했다. 내 뒤에 서 있던 7학년 둘은 떠들다가 내 말을 듣고, 짐짓 눈짓을 주고받았다.

계산원이 물었다.

"이름이?"

"렉스 오글이요."

계산원은 빨간 바인더에서 이름을 찾아 표시했다.

제크를 따라가려 발걸음을 내딛고 나서야 안도의 한숨을 쉬었다. 매일 매번 이런 상황을 겪으면서까지 점심을 같이 먹을 친구가 정말 필요한 건지 의문이 들었다.

풋볼 팀

쉬는 시간 종이 울리면 학교 복도는 흥분의 도가니다. 아이들이 커다란 강물처럼 마구 쏟아져 나와 분주하게 돌아다닌다. 빠르고 거친 물살이 압도하는 영화의 한 장면 같다. 쉬는 시간은 고작 4분밖에 안 된다. 학생들은 교실에서 나와 사물함에서 교과서를 꺼내 들고 다음 교실로 향한다. 4분은 결코 길지 않다. 난 사물함 자물쇠 다이얼을 돌리기에도 빠듯할 정도다.

버밍햄 중학교는 6학년부터 8학년까지 있다. 죄다 나보다 크다. 난 늘 또래보다 키가 작고 깡마른 편이다. 생일이 8월이라 같은 반 친구들보다 나이가 어리기도 하다. 그래서 걸을 때도 다른 아이들과 '퍽' 하고 잘 부딪친다. 정말 짜증 난다. 8학년의 덩치가 산만 한 형들은 보지도 않고 걷는지, 날 맨날

치고 다닌다. 게다가 아이들 책가방에 '팍' 맞기도 한다. 여기서 끝이 아니다. 사물함에 '쾅' 부딪히기도 한다. 마치 핀볼 게임기 속에 있는 것 같다. 난 여기저기서 후려치고 때리는 작은 은색 공이다.

점심시간 무렵이 되면 기진맥진한 샌드백이 된 기분이 든다. 하지만 오늘은 드디어 조금 운이 따랐다. 드디어 리엄, 토드, 제크와 다 같이 앉을 수 있었으니까. 다만 리엄의 친구 데릭도 있었다. 데릭은 날 싫어하는 게 분명하다. 왜 그런지는 모르겠다. 데릭은 항상 나랑 의견이 맞지 않고, 내가 뭔가 감추고 있다는 눈빛으로 쳐다본다. 같은 테이블의 나머지 자리에는 모르는 애들 셋이 앉았다.

"개학한 지 3주밖에 안 됐지만, 전에 너희한테 말했지. 과학 선생님 진짜 싫다고. 대체 살면서 과학이 뭔 필요냐?"

제크가 말했다.

"맞아. 최악이야."

토드가 맞장구쳤다.

"진짜 그래."

리암도 덧붙였다.

"너희 다 같은 수업 듣는 거야?"

내가 물었더니, 토드가 대답했다.

"어, 우리 수업 몇 개는 같이 듣고 있어. 넌 왜 우리랑 같은 수업이 없냐?"

'하나님은 날 싫어하시니까.'라고 말하고 싶었지만, 어깨를 으쓱하며 말했다.

"몰라."

"너, 바보 같은 녀석들이랑 보충 수업 듣고 있지?"

제크가 씩 웃으며 말했다.

"아니거든."

난 시간표를 꺼내 아니라는 걸 증명하려고 책가방 안으로 손을 뻗었다.

제크가 덧붙였다.

"아니면 우등반에 있는 여자애 같은 녀석 중 하나가 너 아니야?"

토드와 리엄도 웃음을 터뜨렸다. 난 시간표를 꺼내려다 말았다. 사실 우등반 수업 세 개를 듣고 있다. 하지만 아이들이 날 여자애라고 놀리게 하고 싶지 않았다.

"풋볼 팀에 지원할 사람?"

데릭이 물었다.

리엄과 토드, 제크가 손을 번쩍 들었다. 이윽고 나도 손을 들며 말했다.

"멋지겠다!"

우리끼리 모두 하이 파이브를 했다.

"너도 지원할 거야?"

데릭이 나에게 물었다.

"내가 왜 안 하겠어?"

"키가 너무 작잖아. 이리저리 치일걸."

목구멍에서 분노가 차올랐다. 데릭은 번번이 날 무시할 거리를 찾나 보다. 하지만 리엄이 끼어들었다.

"뭔 소리야? 렉스는 수비수나 펀트 리터너, 러닝백은 할 수 있을 거야. 키가 작으니까 이런 포지션은 잘할 거야."

내가 말했다.

"알겠지?"

나는 그게 무슨 포지션인지 몰랐지만 으스댔다. 난 한 번도 풋볼을 한 적도 없고, 본 적도 없다. 우리 집 티브이는 신통치 않아서 채널 두 개만 간신히 나온다. 하지만 난 이미 모든 걸 스스로 공부하고 있으니, 풋볼쯤이야 쉽게 배울 수 있을 거다.

"체육관에서 널 본 적 있어. 넌 계속 치일 거야."

데릭이 나에게 한마디 던졌다.

리엄이 웃으며 데릭에게 말했다.

"야, 네가 렉스보다 1센티미터 정도 작은 거 알지?"

"아니, 안 작아!"

데릭은 얼굴이 점점 빨개졌다. 토드와 제크는 마구 웃기 시작했다. 나도 웃음이 터졌다. 붉으락푸르락해진 데릭의 얼굴을 보니 정말 기분이 좋았다. 데릭은 진짜 얼간이다. 난 데릭을 열받게 하기 위해서라도 풋볼 팀에 들어가야겠다고 결심했다.

* * *

엄마와 샘 아저씨에게 물을 용기를 내는 데 거의 일주일이 걸렸다. 풋볼 팀에 들어가려면 부모님의 사인이 필요했다. 오늘 밤 물을 작정이었다.

샘 아저씨 말로는 요리는 여자들이 하는 일이란다. 하지만 엄마는 요리할 줄 모른다. 그래서 우리 집에서는 내가 요리한다. 오늘은 '두 배로 할인 쿠폰 데이'라 웬일로 집에 먹을 게 있었다. 난 저녁으로 인스턴트식 파스타를 만들었다. 식탁에 종이 접시를 놓고 키친타월을 접어서 놓고 플라스틱 컵과 금속 포크와 숟가락을 놓았다. 엄마는 포드를 어린이용 의자에 앉혔다. 그동안 나는 삶은 고기와 파스타를 숟가락으로 떠서 접시에 담았다. 고기가 종이 접시 표면을 뜨겁게 덥혀서 접시

69

가장자리가 축축해졌다. 난 소금과 후추를 많이 뿌렸다.

샘 아저씨가 날 가리키며 말했다.

"엄지손가락 당겨 봐."

"싫어요."

"그냥 해 봐."

내가 아저씨 엄지손가락을 당기자, 아저씨는 '빵' 방귀를 뀌었다. 포드가 깔딱 넘어갈 듯 웃는 바람에 음식이 목에 걸릴 뻔하자, 엄마가 화를 냈다.

난 음식을 씹으며 풋볼 이야기를 어떻게 꺼낼까 초조해했다. 왜 초조할까. 내가 뭘 요청하든 두 사람은 거의 매번 안 된다고 해서 그런 것 같다. 엄마는 안 된다고 하고서 몇 주가 지나서도 내가 얼마나 이기적인지 두고두고 얘기한다. 난 숨을 한 번 깊게 들이마시고 결국 다시 먹기만 했다. 기다렸다. 엄마가 샘 아저씨에게 일거리를 찾아보라고 그만 닦달할 때까지. 이윽고 난 주머니에서 풋볼 팀 지원서를 꺼내 식탁 중앙으로 쓱 밀었다.

"풋볼 팀에 들어가고 싶어요."

"푸우웃보올!!"

포드가 외쳤다. 포드는 파스타 한 움큼을 집어 던졌다. 파스타를 내 얼굴에 맞혔다. 샘 아저씨가 더듬거리며 말했다.

"역-역시 내 아-아들. 자-자-알 던지네."

엄마가 말했다.

"당연히 안 되지. 다치면 어쩌려고."

"그렇게 위험하진 않을 거예요. 친구들 다 할 거래요."

"친구가 다 절벽에서 뛰어내린다고 너도 따라 할 거니?"

엄마는 늘 이런 식으로 멍청한 질문을 한다.

내가 말했다.

"절벽이 뛰어내릴 만한 높이면요."

"정답은 절대로 안 된다는 거야."

엄마와 나는 이 대화가 이렇게 끝날 줄로만 알았다. 하지만 끝이 아니었다. 샘 아저씨가 입을 열었다.

"잠-잠깐만, 여보. 렉스가 하-하-하고 싶다면 내가 도-도와줄게. 매일 책-책-책만 읽는 것보다 나-나-낫잖아. 그-근육도 좀 생기고, 여-여-여자친구가 생길지도 모-모르잖아. 이제 계-계집애처럼 구는 건 그-그만해야지."

빈정거리긴 했지만, 샘 아저씨의 말을 듣고 깜짝 놀랐다. 샘 아저씨는 그동안 내 편을 들어준 적이 없었다.

샘 아저씨가 내 편을 들어준 거라고 온전히 깨닫는 데 꼬박 1분이 걸렸다.

"네. 아저씨 말이 맞아요."

엄마는 다시 쏘아붙였다.

"아니! 지원서에 절대로 사인 안 해 줄 거야. 그까짓 별것도 아닌 경기를 하다 목이 부러질 수 있다고."

"별-별 것도 아-아니라니. 렉-렉스가 친-친구들 사-사귀는 데 도-도움이 될 거야."

"안 된다고 했지!"

엄마는 두 손으로 식탁을 쾅 치며 소리쳤다.

내가 다시 소리쳤다.

"왜 안 되는데요? 엄만 내가 아무것도 못 하게 하잖아요. 이번에는 좀 허락해 주세요. 제발!"

눈에 멍이 이제야 사라졌는데, 엄마의 매서운 눈초리를 보자 새로 멍이 들 것 같은 예감이 들어 마음의 준비를 했다.

"그-그냥 한번 해 보게 해-해 주자."

"제발요, 엄마. 엄마가 원하는 건 뭐든 할게요. 성적도 잘 받고, 집도 깨끗이 청소하고……."

엄마가 목소리를 낮게 깔고 말했다.

"안 된다고 했어. 누가 운동에 그렇게 신경을 쓴다고?!"

"내-내가."

"아, 그러니까, 당신이 예전에 레슬링 선수였을 때? 그래서 잘 풀렸어? 이젠 땡전 한 푼 못 벌어 오는 주제에."

"말-말 조-조-조심해."

엄마가 소리를 질렀다.

"안 그러면 뭐 어쩔 건데? 협박하지 마!! 좋아! 렉스가 풋볼한다고 쳐 봐! 그러면 돈은 누가 낼 건데? 어? 무슨 돈으로 헬멧이며 패드랑 유니폼을 살 건데? 어? 누가 경기장에 데려다줄 거고? 우리는 일하러 가고 렉스는 풋볼하러 가면 누가 포드를 볼 건데? 아이 돌보미? 그 돈은 누가 낼 건데? 그리고 렉스가 다치기라도 하면? 어? 어?! 우린 직장도 없으니, 보험도 없잖아. 렉스가 빌어먹을 목이라도 다쳐서 누워 있어야 하면 내가 엉덩이라도 닦아 줘야 할 텐데, 도대체 누가 병원비를 댈 거냐고?!"

"엄마, 내 엉덩이 안 닦아 줘도 돼요."

이 상황을 진정시키려고 꺼낸 말이었다. 하지만 엎어진 물은 다시 담을 수 없었다. 샘 아저씨와 엄마가 서로 열을 올렸다.

엄마가 악을 썼다.

"도대체 그 돈을 다 누가 댈 거냐고?! 대답해 봐!"

"내-내가 다 낼 거야."

누가 더 충격을 받았는지 알 수 없었다. 엄마인지 나인지. 이윽고 엄마의 눈빛이 얼음처럼 살벌해졌다. 그리고 한쪽 입꼬리만 씰룩거리며 잔인한 미소를 지었다.

"그럼, 어떻게 돈을 낼 건데? 당신은 한심한 데다 게으름뱅이잖아. 돈도 못 벌어 오면서. 땡전 한 푼 없잖아."

샘 아저씨는 식탁을 들어 옆으로 내동댕이쳤다. 난 몸을 숙여 간신히 식탁을 피했다. 종이 접시와 포크, 숟가락이 공중으로 날아다니고 파스타가 하얀 벽에 튀었다. 이제껏 식탁이 옆으로 누워 있는 건 본 적이 없었다. 어디서부터 잘못된 걸까? 마치 중력이 거꾸로 작용하는 것 같고, 꿈을 꾸는 기분이었다.

모든 일이 순식간에 벌어졌다. 샘 아저씨는 엄마 바로 앞에 얼굴을 들이밀고 소리를 질렀다. 말을 더듬지도 않았다. 하지만 엄마는 물러서지 않았다. 두려워하지 않았다. 이 난리 통에서도 견뎌 냈다. 이제는 엄마가 샘 아저씨에게 가까이 다가가 손가락질하며 얼굴과 가슴을 쿡쿡 찔렀다. 엄마는 침이 튈 정도로 바락바락 악을 썼다.

포드를 쳐다보니 얼굴에서 눈물이 주룩주룩 흐르고 있었다. 폭풍이 휘몰아치는 듯한 엄마와 샘 아저씨의 고함 속에 포드가 우는 소리는 묻혀 있었다. 난 내 뺨을 한 대 쳤다.

'이건 꿈이 아니야.'

포드를 얼른 안고 내 방으로 데려갔다. 방문을 닫는 순간, 나와 포드는 밖에서 일어나는 일을 두 눈으로 보지 않아도 됐다. 하지만 얇은 플라스틱 문 뒤에서도 소리는 들렸고 흘러가는 상황을 짐작할 수 있었다.

싸우는 소리를 듣지 않으려고 난 라디오를 켰다. 포드를 위해 베개로 성을 쌓아 줬다. 그런데 내가 잘 때 쓰는 베개 딱 하나밖에 없었다. 게다가 베개는 크거나 화려하지도 않고, 부들부들한 소파 쿠션도 아니다. 다행히 지난번 이사할 때 썼던 짐 상자 몇 개가 남아 있었다. 이불을 벽에 압정으로 박아 성의 벽, 통로, 지붕을 새로 만들었다. 그리고 우리 둘은 미로 속으로 숨어 위풍당당한 성 짓는 놀이를 했다. 큰 목소리로 포드에게 모든 벽돌과 장벽을 설명해 주고, 이런 무기가 밖에 있는 괴물로부터 보호해 줄 거라고 말해 줬다.

이불과 상자 벽으로 둘러싸인 침낭 속으로 깊숙이 숨은 뒤, 난 손전등을 켜고 포드를 가까이 끌어당겨 안았다. 포드에게 이곳에서 멀리 떨어진 세상의 이야기를 지어 들려주었더니 포드는 이내 잠이 들었다. 나도 잠들려고 노력했지만, 성벽 밖에서 여전히 전투 소리가 들려왔다. 난 어떤 미동도 하지 않고, 눈물 한 방울 흘리지 않으려 꾹 참았다. 혹시라도 동생이 깰까 봐.

난 좀처럼 나에게 화가 나지 않는다. 포드에게 화가 나고, 엄마에게 화가 난다. 보통 싸움은 내 잘못이 아니다. 하지만 이번에는, 내 잘못이다.

* * *

아침에 나가 보니 가구가 뒤집혀 있었다. 의자 하나는 다리가 없어졌고 전등은 깨져 있었다. 어제저녁에 먹은 파스타가 여기저기 튀어 있었다. 바싹 말라 딱딱해진 채로. 풋볼 팀 지원서는 갈기갈기 찢어져 색종이 조각처럼 거실 바닥 곳곳에 흩어져 있었다.

엄마가 커피를 마시려고 나왔는데 한마디도 하지 않았다. 엄마는 데릭이 날 쳐다볼 때처럼 날 쏘아봤다. 다 내 잘못이고, 그런 내가 한심한 것처럼.

엄마가 날 싫어하니까 나도 엄마를 싫어하고 싶다. 소리 지르고 싶다. 엄마가 좋아하든 말든 난 풋볼 팀에 들어가고 싶다고. 엄마도 철 좀 들라고. 어른답게 행동하고 일자리 좀 얻어서 내 인생을 그만 고달프게 하라고 말하고 싶었다. 이 모든 생각들과 내 마음 전부를 엄마에게 쏟아 내고 싶었다. 하지만 그러지 않았다. 대신 엄마를 안으려고 다가갔다.

엄마는 날 밀쳐 냈다. 그리고 나에게 물었다.

"어때, 이젠 기분 좋니?"

자유 독서

"학교 다니기 싫어."

리엄이 말했다. 리엄과 나는 버스에서 내려 사물함으로 걸어가고 있었다.

"학교 오는 거 너무 싫다."

"그래, 나도 싫어."

난 거짓말을 했다.

"차라리 집에 있고 싶어."

리엄의 말에 아무 대꾸도 하지 않았다. 난 절대로 집에 있고 싶지 않다. 포드를 제쳐 두고서라도 집에 있어서 좋은 건 하나도 없다. 차라리 학교에 있는 게 낫다. 학교에선 엄마와 샘 아저씨 사이에 있었던 일을 생각하지 않는다.

하나를 생각하면 내 머릿속은 어두운 생각들로 가득 차버린다. 떠올리고 싶지 않은 기억으로. 그래도 어쩔 수 없이 떠올리게 되면, 숨 쉬기 힘들 정도로 폐가 아프다. 배도 아파져서 펑펑 울고 싶어진다. 그러다 정말 울음이라도 터지면 절대 그칠 수 없을 거다. 어쨌든 남자는 울어서는 안 된다. 여자만 울어도 된다.

내가 학교를 좋아하는 이유는 이렇다. 안심된다. 학교에서는 일체 집 생각을 하지 않으니까. 생각하는 거라고는 수업, 친구들 같은 것뿐이다. 미술 수업과 스케이트보드, 화제가 되는 영화 따위를 생각한다. 어떻게 하면 좋은 성적을 받거나 멋지고 인기가 많아질까 궁리한다. 비록 난 멋지지도 않고 인기도 없지만. 아무도 내가 얼마나 지독하게 가난한지 알지 못하게 내 비밀을 지킬 수 있을지도 고민한다. 물론 사물함 열쇠가 작동하는 원리 같은 단순한 생각을 하기도 한다.

난 사물함 비밀번호를 자꾸 잊어버린다. 다이얼을 네다섯 번은 돌려 봐야 한다. 보통 한두 번 만에 열지만, 아직도 종종 왼쪽부터 돌려야 하는지 오른쪽부터 돌려야 하는지 헷갈리는 걸 보면 아무래도 내가 까마귀 고기를 먹은 것 같다.

무료 급식 프로그램과 날 열받게 하는 데릭을 빼면 학교는 꽤 좋다. 개학한 지 한 달밖에 안 됐지만, 이젠 내가 수업받는 교실이 어딘지 잘 안다. 시간표도 다 머릿속에 있어서 시간표를 볼 필요도 없다.

1교시 역사, 짐머맨 선생님.

2교시 수학, 터커 선생님.

3교시 영어, 날 싫어하는 윈스테드 선생님.

그리고 점심시간. 재미있을 텐데. 무료 급식 프로그램만 아니라면.

4교시 기술. 로페즈 선생님.

5교시 컴퓨터 과학 시간인데 과학하고 아무런 상관이 없다. 우리는 그저 타자 연습만 계속한다. 레이건 선생님이 보지 않으면 난 게임을 한다.

6교시 진짜 과학 수업. 창 선생님.

7교시 미술. 맥캘리스터 선생님인데 정말 좋다. 미술은 내가 가장 좋아하는 과목이다. 선생님은 아무 이유 없이 매달 마지막 금요일에 피자 파티를 연다. 내가 선생님이 된다면 미술 선생님처럼 되고 싶다. 할 수 있다면 그냥 학생들에게 좋은 걸 해 주고 싶다.

윈스테드 영어 선생님은 정반대다. 선생님은 아무 이유 없이 나한테 가장 나쁘고 못되게 군다. 뭐 선생님 나름대로 이유는 있겠지. 선생님은 내가 가난하니까 화를 낸다. 그건 내 잘못도 아닌데 말이다. 사람들은 내가 이야기를 지어낸다고 생각할지도 모르겠지만, 지어낸 이야기가 아니다.

내가 영어 교실에 들어서자마자, 윈스테드 선생님은 내가 선생님 물건을 훔치기라도 할 것 같은 눈빛으로 쳐다봤다. 선생님은 가슴에 가방을 꼭 쥐고 있다가 책상 서랍에 얼른 넣고선 열쇠로 잠갔다. 그러는 내내 내게서 눈을 떼지 않았다. 선생님의 이런 행동은 나에 대한 커다란 편견에서 비롯된 것 같다. 내 겉모습을 보고 그럴 거다.

우리 아빠는 백인이고, 엄마는 멕시코 사람이다. 난 아빠 코를 닮고 엄마의 피부색을 닮았다. 난 정말 쉽게 탄다. 밖에 있다가 보면 늘 텍사스의 강렬한 햇볕에 피부가 어두운 갈색으로 탄다. 완전히 멕시코 사람 같다. 게다가 내 옷은 또 어떻고. 죄다 너무 헐렁하다. 윈스테드 선생님은 아마도 내가 옷을 훔쳐 입었다고 생각할지도 모른다. 하지만 그렇지 않다. 엄만 '굿윌'이나 '구세군' 같은 중고 가게에서 옷을 산다. 이웃들은 옷을 내다 버리기 전에 엄마가 먼저 옷을 살펴보게 해 준다. 그래서 내 옷이 죄다 너무 큰 거다. 이미 여러 번 입어서 늘어나기도 했을 뿐만 아니라 대개 성인 치수 옷이다. 그렇다고 더러운 건 아니다. 엄마는 가져온 옷을 입히기 전 항상 두 번씩 빤다.

영어 수업에서 가장 먼저 하는 일은 공책을 꺼내는 거다. 칠판에는 뜻을 알아야 할 단어 열 개와 스펠링을 알아야 할 단어 열 개가 쓰여 있다. 우리는 그 단어들을 적어야 한다. 말해서는 안 된다. 윈스테드 선생님은 조용히 있는 걸 좋아한다.

내가 단어를 적고 있을 때였다. 선생님이 내 책상을 지나가며 코를 킁킁거렸다. 선생님이 킁킁대다니! 꼭 개 한 마리가 코를 벌름대며 냄새를 맡는 것 같았다. 말했듯이 난 냄새 나지 않는다. 내 옷은 깨끗하다. 게다가 매일 아침 샤워도 한다. 물론 비누와 샴푸로. 윈스테드 선생님은 다시 한번 나에게 킁킁댔다. 까짓것 좋다. 계속 킁킁대라지.

우리는 단어를 다 적고 나면 10분 동안 '자유 독서' 시간을 갖는다. '자유 독서'란 읽고 싶은 건 뭐든 읽을 수 있다는 뜻이다. 난 책 읽기를 아주 좋아한다. 유치한 아이들 책이 아니라 어른들 책을 좋아한다. 특히 공상 과학 소설이나 공포 소설이 좋다.

난 가방에서 책을 꺼내고선 들뜬 기분으로 이야기에 푹 빠져들었다. '자유 독서' 시간은 겨우 10분밖에 안 되지만, 하루 중 가장 행복한 시간이다.

교실은 조용했다. 윈스테드 선생님이 느닷없이 내 손에서 책을 휙 잡아채 가기 전까지는.

"이게 무슨 책이니?"

아이들 시선이 모두 나에게 쏠렸다. 왜 선생님이 그렇게 묻는지 모르겠다. 그러니까 선생님은 글을 읽을 줄 아는데, 책 제목 정도는 당연히 읽을 수 있는 게 아닌가? 선생님은 내 책이 성인 잡지라도 되는 것처럼 빤히 쳐다봤다.

"이게 무슨 책이냐고?!"

선생님이 다시 물었다. 선생님은 글을 읽을 줄 모르는 걸까? 영어 선생님이 그렇다니 어이가 없다.

난 책 제목을 가리키며 큰 목소리로 또박또박 읽었다.

"스티븐 킹 작가가 쓴《스탠드》요."

"이 책 읽고 있지 않았잖아."

"선생님이 가져가기 전까지 읽고 있었는데요."

"천 페이지가 넘는 책이야."

"그래서요? 세상이 멸망하는 내용이에요. 전 그런 내용을 좋아하는데⋯⋯."

"다른 사람의 관심을 끌려고 거짓말하면 안 돼."

몇몇 아이들은 코웃음을 쳤다. 그 아이들은 재미있다고 생각하는 모양이다.

"거짓말한 거 아니에요."

내 얼굴이 확 달아올랐다. 사람들이 날 쳐다보는 게 싫다.

사람들 앞에서 엄마가 싸움을 걸 때가 떠오른다.

"정말로 읽고 있었어요."

"그랬다면, 이런 형편없는 책은 읽으면 안 돼."

선생님은 레몬 하나를 깨문 듯 얼굴을 찌푸렸다. 그리고 아주 교활하게 입꼬리를 올리며 말했다.

"너희 엄마한테 전화해야 할지도 모르겠구나. 네가 무슨 책을 읽고 있는지 말씀드리게."

우리 집 전화가 끊겼다는 것을 잘 알고 있는 마당에, 하마터면 "그러시든가요."라고 말할 뻔했다. 하지만 선생님에게 그런 상황까지 알리고 싶진 않았다. 그래서 대신 이렇게 말했다.

"저희 엄만 상관 안 하실걸요. 엄마가 사 주신 책이거든요."

교실 전체에 와락 웃음이 터졌다. 머리끝까지 화가 난 선생님은 내 책상에 책을 쾅 내려놓고 자리를 획 떠났다.

엄밀히 말하면 엄마가 사 준 책은 아니었다. 내가 산 책이다. 하지만 엄마는 내가 이 책을 산 걸 알고 있다. 엄마는 책 사는 것을 허락하지 않는다. 그건 돈 낭비라고. 메인 스트리트에 책방이 하나 있는데 중고 책만 판다. 그 책방은 상태가 좋은 중고 책만 거래해서 자주 간다.

책에 대한 엄마의 유일한 규칙은 로맨스 소설이 아니라면

다 괜찮다는 것이다. 난 죽었다 깨어나도 그런 책은 한 권도 사고 싶지 않다. 하지만 책 표지에 우주선이나 낯선 도시나 괴물이 있으면 가슴이 뛴다. 판타지물도 아주 좋아한다. 현실 세계에서는 일어날 리 없는 일이 일어나니까. 예를 들면 책에 서는 윈스테드 선생님 같은 악당은 늘 처벌받는다. 더군다나 대개 해피엔딩이다. 난 해피엔딩을 좋아한다. 그게 비록 환상 일지라도.

내 자리

점심시간에 줄을 섰는데, 내 뒤로 여자아이 둘이 있었다. 둘 다 풍성한 금발에다 옷이 새것처럼 보였다. 게다가 금과 보석이 박힌 액세서리를 하고 있었고, 향수 냄새도 풍겼다.

한 여자아이가 말했다.

"켈리네 아빠가 잘렸대. 걔네 엄마는 일한 적도 없는데. 그래서 지금 걔네 집이 완전히 빈털터리가 됐나 봐. 켈리는 점심 사 먹을 돈도 없는지 걔네 엄마가 매일 볼로냐 샌드위치를 싸 준대. 불쌍하지?"

"웩, 볼로냐 샌드위치 역겨워."

"그러니까. 너무 안됐어. 켈리는 이제 점심시간에 우리랑 같이 못 앉겠다."

나는 그 여자아이들에게 켈리라는 아이의 상황이 그리 특별한 게 아니라는 걸 말하고 싶었다. 정상적인 가정이라고. 순간, 여자아이 머리채를 확 잡아당기고 싶다는 생각이 번뜩 들었다. 샘 아저씨가 엄마에게 하듯 말이다. 하지만 난 그러지 않았다. 난 그런 사람이 아니다. 난 절대로 여자를 때리지 않는다. 절대로. 그저 생각하는 것만으로도, 엄청난 무게가 내 가슴을 짓눌렀다. 난 악마가 아닐까? 그런데 그런 생각이 떠오르는 건 나도 어쩔 수가 없다. 가끔 나도 내 생각을 통제할 수가 없다.

여자아이 둘은 예전에 친했던 친구 얘기로 웃음을 터뜨렸다. 정말 형편없는 아이들이다. 그런데 여전히 마음 한구석에는 그 아이들처럼 되고 싶은 마음도 있었다. 사실 그냥 그 아이들의 돈이 부러웠다. 난 설령 돈이 있더라도 가난한 사람들을 불쾌하게 대하진 않을 거다.

왜 사람들은 가난해지면 병이라도 걸린 것처럼 반응할까? 이해가 안 된다. 가난하게 사는 건 고달프고 부자로 사는 건 편한 것뿐이다.

여자아이 둘은 점심값을 건네며 계산원에게 눈길조차 주지 않았다. 둘은 돈에 대해 고민해 본 적도 없고, 어디서 돈이 생기는지 궁금하지도 않을 게 뻔했다. 아마도 부모님이 매일 20달러씩 줘도 눈 한번 깜빡하지 않고 아무 거리낌 없이 받을 거다. 반면 난 매일 계산원과 가까워질수록 배가 아프다. 정말 싫다.

점심시간마다 무료 급식이라고 말하지 않아도 되는 여러 방법을 시도해 봤다. 하지만 어떤 시도도 통하지 않았다. 한 번은 종이에 내 이름과 '무료 급식 프로그램'이라고 써서 계산원에게 건넸다. 제발 글씨를 읽을 수 있기를, 내 주위에 아무도 계산원이 하는 말을 못 듣기를 간절히 바라며. 하지만 계산원이 말했다.

"아, 얘야. 내가 집에다 안경을 놓고 왔구나. 좀 읽어 주겠니?"

이 방법도 통하지 않았다.

지난주에는 맨 뒤에 서려고 했다. 도대체 몇 번을 이렇게 말했는지 모른다. "먼저 가." 아이들은 끊임없이 계속 몰려왔다. 결국, 점심시간 마치는 종이 울리는 때까지 겨우 2분 동안 점심을 다 먹어 치워야 했다.

오늘은 새로운 아이디어가 떠올랐다. 계산원에게 가서 빨간 바인더를 가리키며 이렇게 말했다.

"14쪽에 렉스 오글이요."

계산원은 고개를 끄덕였다. 나이가 많아 보이는데 행동은 굼뜨지 않았다. 평소보다 훨씬 빨랐다. 계산원은 빨간 바인더를 집어 14쪽을 펴서 내 이름 옆에 표시를 했다.

1초 동안 잠시, 방법이 통했다는 걸 깨달았다. 드디어 해냈다. 기분이 날아갈 것 같았다. 이제 말하지 않아도 되는구나. 입 밖으로 꺼내기 싫었던 말. 거지처럼 느껴졌던 그 말. 무료 급식.

기쁨을 누린 순간이 한 2초나 됐을까? 내가 자리를 떠나자, 뒤에 있던 아이들이 수군거렸다.

"빨간 바인더에 뭐가 있는데?"

난 뒤돌아보지 않았다. 대신 머리를 숙이고 냅다 뛰었다. 선생님이 소리칠 때까지.

"급식실에서 뛰면 안 돼, 렉스!"

설상가상으로 리엄이 앉은 테이블로 갔는데 이미 앉을 자리가 없었다. 리엄은 "다음엔 더 빨리 와."라고 말했다. 데릭은 날 보면서 야비하게 히죽히죽 웃었다.

토드와 제크는 옆 테이블에 앉아 있었다. 딱 한 자리가 남아 있었다. 다른 아이가 막 앉으려고 할 찰나, 얼른 뛰어가 먼저 자리를 잡았다.

"미안."

토드가 말했다.

"야, 유니폼이 얼마나 불편한지 알아?"

"운동복이 너무 꼭 끼어."

"어떤 운동복인데?"

내가 물었다.

"우리 풋볼 팀 유니폼이지."

리엄이 자리를 바꿔서 우리랑 같이 앉았다.

"우리가 풋볼을 다 같이 하게 되다니, 정말 기쁘다. 엄청 재미있을 거야."

토드가 말했다.

"맞아. 첫 번째 경기 빨리하면 좋겠어. 치어리더들이 우리를 응원할 테니까."

리암이 물었다.

"넌 어떻게 된 거야, 렉스? 너도 같이하는 줄 알았는데."

메스꺼운 뭔가가 내 배를 움켜잡고 비틀었다. 난 으깬 감자튀김 두 조각을 얼른 입에 털어 넣고선, 씹느라 말할 수 없다는 손동작을 보였다. 뭐라 말해야 할지 몰랐다. 그럴싸한 이유를 대야 했다. 마침내 입을 열었다.

"풋볼을 정말 내 취향이 아닌 거 같아."

"거봐, 내 말이 맞잖아."

제크가 토드에게 말했다.

"뭐라고 했는데?"

"넌 겁먹고 안 할 거라고. 항상 그랬잖아."

"아니거든."

난 큰소리쳤다.

"맞아. 예전에 스케이트보드 타러 갔을 때처럼. 경사로 타는 거 시작도 못 했잖아."

"그땐 발목을 삐어서 그랬지."

"어쨌거나."

제크는 눈을 치켜뜨며 말했다.

친구들 모두 낄낄대며 웃었다. 날 비웃으면 기분이 나쁘다. 그래서 난 해서는 안 될 말을 하고 말았다.

"적어도 난 여드름 가리려고 화장은 안 한다."

토드와 리엄은 손가락질하며 으하하 웃음을 터뜨렸다. 절대 말하지 않겠다고 제크에게 약속했던 건데…… 평소라면 난 약속을 절대로 어기지 않는다.

어째서 제크는 저런 식으로 날 놀려야만 했을까? 제크는 얼굴이 빨개져서, 날 칠 듯한 기세로 두 주먹을 불끈 쥐었다. 내몸 구석구석 긴장감이 흘렀다. 하지만 제크는 날 때리지 않았다. 설사 제크가 날 쳤더라도 제크를 탓하지 않았을 거다.

제크가 말했다.

"꺼져. 계집애 같은 자식아. 너희 나라로 돌아가."

리엄과 토드는 날 비웃고 있었다. 내가 말했다.

"오, 재밌네! 커버걸(소녀 잡지 모델 - 옮긴이)."

제크가 내뱉었다.

"재수 없는 스픽(히스패닉계 이민자를 비하하는 말 - 옮긴이)."

리엄과 토드는 숨도 못 쉴 정도로 웃느라 얼굴이 시뻘게졌다. 나도 재밌는 척하며 억지웃음을 지어 보였다. 분위기를 맞추려고 그랬을 거다. 그래도 나 자신을 비웃다니, 이상했다. 우리 할머니를 비하하는 말이라는 걸 알면서 말이다. 할머니한테 들은 얘기도 생각났다. 그 말로 비웃는다는 건 뭔가 잘못되었다는 느낌이 들었다. 제크도 자기가 날 이겼다는 걸 감지했는지 느긋한 표정으로 미소를 지었다. 다른 친구들도 서로에게 이렇게 못되게 구는지 궁금해졌다.

다음날 점심시간, 친구들이 늘 앉는 자리로 갔더니 모두 다른 테이블에 앉아 있었다. 토드와 리엄 사이에 빈자리가 하나 보였다. 내가 앉으려고 하자 데릭이 나섰다.

"여기 앉지 마. 풋볼 선수만 앉는 자리야."

"그러든가 말든가."

난 꿋꿋이 앉으려 했다.

데릭은 벌떡 자리에서 일어나 말했다.

"진짜야. 여기 앉지 말라니까."

난 리엄과 토드, 제크 쪽으로 돌아봤다. 이 친구들은 괜찮다며 내 편을 들거니까. 그런데 리엄은 자기 신발만 물끄러미 쳐다봤다. 토드는 느닷없이 책을 펼쳐서 책장을 넘기기 시작했다. 제크는 데릭과 주먹을 부딪치며 말했다.

"데릭 말이 맞아."

중학교에서는 점심시간에 앉을 자리가 있는 게 중요하다. 앉을 자리가 있다는 건 친구가 있다는 거니까. 학교에서 소위 잘나가는 아이들은 한 테이블에 모여 앉는다. 풋볼 선수들은 그 자리 근처에 앉는다. 치어리더도 마찬가지다. 음악 밴드 아이들도, 신문부나 졸업앨범 동아리 아이들도, 기독교 동아리 아이들도 테이블 하나씩을 차지하고 있다. '던전 앤드래곤' 연극부 아이들도 그렇다. 이렇게 급식실 전체를 각기 다른 무리가 차지하고 있다. 모두 자기 자리가 있는 거다. 나만 빼고 모두가.

흰 토끼와 보아뱀

"중학교 다니는 건 어때?"

베니가 물었다. 베니는 우리 동네에 사는 아이다. 머리는 오렌지색인데 지저분하고 온몸에 주근깨가 나 있다. 나보다 두 학년 아래지만, 우리 둘 다 애니메이션 〈지아이 조〉 액션 피규어나 헤비메탈 음악을 좋아하는 취향이 비슷해서 가끔 같이 어울려 논다.

"재미없어."

난 막대기로 흙을 쿡쿡 찌르며 대답했다.

"나도 학교 다니기 싫어."

베니는 〈지아이 조〉 피규어에서 떨어진 손을 태우려고 자기 아빠 라이터를 켰다.

"내가 글을 잘 못 읽는다고 날 멍청이들 반에 넣었어."

"짜증 나겠다."

베니에게 내 점수를 말하지 않았다. 내가 똑똑해서라든가 뭐 그래서 그런 건 아니었다. 난 똑똑하지 않다. 정말 열심히 공부할 뿐이다. 늘 공부한다. 정말 똑똑한 사람들은 그럴 필요가 없다. 똑똑한 사람들은 한 번만 보고 들어도 절대 까먹지 않는다. 내 뇌는 그렇지 않다. 어쩌면 항상 끼니를 걸러서 그럴 수도.

"학교가 왜 싫은데?"

난 어깨를 으쓱했다. 싫은 건 학교가 아니다. 친구들이다. 아니면 난 가진 게 아무것도 없다는 사실일까. 하지만 난 그런 말은 하지 않았다.

"아가들아, 여기서 뭐 하고 있냐?"

브래드가 물었다.

"우리 아가 아니야."

베니가 자기 형에게 소리쳤다.

브래드는 열세 살인데 담배를 피운다. 날씨가 푹푹 쪄도 늘 가죽 재킷을 걸치고 다닌다. 브래드는 자비와 잘 어울려 다니는데, 자비는 관리실 아저씨의 조카다.

"나한테는 아기 같아 보여."

브래드는 담배 한 모금을 빨아들이고는 베니 얼굴에 훅 연기를 내뿜었다.

"인형이나 갖고 노는 주제에."

"인형 아니야."

베니가 대답했다. 난 〈지아이 조〉에 나온 '스톰 쉐도우'와 '스네이크 아이즈' 피규어를 주머니에 슬쩍 찔러 넣었다.

"청소년 관람 불가 영화 볼래? 가자."

자비가 우리에게 물었다.

엄마는 브래드와 자비 같은 녀석들이랑 어울리지 말라고 했다. 엄마는 그 둘을 '질 나쁜 아이들'이라고 불렀다. 난 상관없다. 엄마는 무더운 일요일 오후, 날 아파트에서 쫓아내기 전에 자기가 한 말부터 생각해 봐야 한다.

"벌건 대낮에 책이나 붙들고 있으면 어쩌니."

엄마는 날 현관문 밖으로 떠밀어 냈다. 숙제라고, 정말 숙제하는 거라고 했는데 엄마는 내가 무슨 말을 해도 관심 없었다. 엄마는 포드가 낮잠이 들면 날 집에서 쫓아내고 샘 아저씨와 단둘이만 있으려고 한다. 늘 그런 식이다.

나와 베니는 브래드와 자비를 따라갔다. 자비는 자기 삼촌 아파트로 우리를 데려갔다. 집 안 공기는 시원했지만, 퀴퀴한 냄새가 났다. 바퀴벌레 몇 마리가 숨을 곳을 찾아 후다닥 도망갔다. 거실에는 빈 병과 피자 상자, 더러운 빨랫거리, 낡은 잡지가 널브러져 있었다. 밑에 깔린 카펫이 잘 보이지 않을 정도였다. 엄마가 늘 우리 집을 깨끗하게 하는 것이 처음으로 다행이라는 생각이 들었다.

"이리 와."

자비는 삼촌의 침실로 우리를 데려갔다. 방은 거실보다 훨씬 지저분했다. 물침대에는 개지 않은 옷들이 켜켜이 쌓여 있었다. 여러 종류의 못과 나사, 1센트, 5센트, 10센트, 25센트 동전들이 방바닥 곳곳에 흩어져 있었다. 여기저기 굴러다니는 동전을 모으면 도대체 얼마일까 궁금했다.

"준비됐지? 이거 봐."

자비는 수족관을 덮고 있던 이불을 잡아당겼다. 내가 본 수족관 중 가장 컸다. 수족관 안에는 기다란 나뭇가지 하나랑 돌덩이 몇 개가 놓여 있었다. 이내 나뭇가지 위에 축 늘어져 있는 뱀 한 마리가 눈에 들어왔다. 자비가 말했다.

"보아뱀이야. 6미터까지 자라는데 사람도 통째로 삼킨대."

"그래, 맞아."

베니가 말했다.

브래드가 소리를 낮춰 말했다.

"진짜야, 자비네 삼촌이 남미에서 불법으로 사 온 거래. 새끼 뱀일 때 미국으로 몰래 들여온 거야. 이 뱀이 뭘 먹는지 알아?"

브래드는 자기 동생 베니를 움켜잡아 얼굴을 수족관 유리에 대고 눌렀다.

"너같이 어린 여자애!"

베니는 소리를 질렀다. 자비와 브래드는 웃었다. 베니를 놓아주고 나서도 계속 웃었다. 브래드는 평소에는 괜찮은데 친구들 앞에서는 늘 으스댄다. 나도 그러긴 하지만.

베니가 말했다.

"형 진짜 바보야. 형 미워! 아빠한테 다 이를 거야!"

"그러지 좀 마. 봐 봐, 내가 멋진 거 보여 줬잖아."

자비는 옷장에서 하얀 상자를 꺼냈다. 토끼 한 마리가 들어 있었다.

"이게 뱀이 진짜 먹는 거야."

내가 갈라진 목소리로 말했다.

"잠깐만, 뭐라고?"

"뱀은 개 사료 따위는 안 먹어. 살아 있는 걸 먹어야 해. 한 달에 두 번 우리 삼촌이 펫 숍에서 토끼 한 마리를 사 오거든. 이 토끼는 눈이 안 보인다고 삼촌한테 그냥 공짜로 줬대."

자비가 토끼 눈앞에서 손을 흔들어도 토끼는 아무 반응이 없었다.

"그러지 마."

베니는 눈시울이 붉어지며 웅얼거렸다.

브래드가 말했다.

"야, 이건 자연의 이치야. 큰 동물이 작은 동물을 잡아먹는 법이지."

자비는 수족관을 열어 토끼를 안에 내려놓았다. 토끼는 돌덩이 위에 폴짝 뛰어올라 주변을 쿵쿵대기 시작했다. 토끼는 휘청대면서도 작은 코를 씰룩거렸다. 베니는 훌쩍거리지 않으려 꾹 참았지만, 흐르는 눈물을 감출 수 없었다. 나도 토끼가 잡아먹히는 모습을 보고 싶지 않았지만, 눈을 뗄 수가 없었다. 무서운 동시에 흥미롭기도 했다. 여덟 살 때 내가 기르던 고양이가 새끼 고양이를 낳는 걸 지켜본 기억이 떠올랐다. 너무 역겨웠지만 좀 신기하기도 했다. 지금도 그런 느낌이었다.

브래드 말이 맞다. 이건 자연의 이치다. 우리는 치킨을 먹을 때 뼈를 발라내고 먹는다. 치킨이 되기 전에 닭은 살아 있지 않았는가? 하지만 사람들이 산 닭을 치킨으로 요리해 먹는 것은 살기 위해서다. 내가 뱀이라면, 얼마큼 굶주려야 토끼를 잡아먹으려고 할까?

우리는 거의 두 시간 동안 자연의 순리를 목격하려 그 자리를 지키고 앉아 있었다. 하지만 뱀은 토끼를 잡아먹기는커 녕 그럴 생각이 전혀 없어 보였다. 결국 자비의 삼촌이 집에 들어왔다.

"너희 다 내 방에서 뭐 하는 거야?!"

삼촌이 다그쳤다.

"뱀이 잡아먹는 걸 보고 싶었어요. 그런데 안 먹으려나 봐 요. 저 눈먼 토끼가 몇 시간이나 저기 있었거든요."

삼촌은 코웃음을 치며 짜증을 냈다.

"저번에도 그랬어. 저 빌어먹을 뱀이 장애가 있는 건 안 먹 더라. 토끼가 뭔가 잘못됐다는 걸 감지하나 봐."

베니가 말했다.

"다행이다! 형들 모두 살인자야!"

"우리 집에서 다 나가!"

삼촌은 소리를 질렀다. 우리 넷은 후다닥 뛰쳐나왔다.

* * *

그날 밤, 침낭에 누워 토끼와 뱀을 떠올렸다. 난 어느 쪽일 까? 난 뱀이라고 정했다. 뱀은 꽤 근사하니까. 나는 잡아먹히 는 쪽이 아니라 잡아먹는 쪽이 되고 싶다.

하지만 곰곰이 생각할수록 내 생각이 자꾸 틀린 것 같았다. 집에선 난 토끼다. 부모님의 보호 아래 있으니, 아이들 대부분은 토끼일 거다. 하지만 학교에서도 난 토끼다. 풋볼 팀에 들지 않은 때부터, 급식비를 낼 수 없을 때부터, 친구가 없을 때부터. 이윽고 내가 평범한 토끼일까 아니면 눈먼 토끼일까 궁금해졌다.

속상한 마음에 점점 배가 아프기 시작했다. 그래서 생각하지 않으려고 애를 썼다. 하지만 그럴수록 머릿속엔 온통 토끼 생각뿐이었다. 멍청한 뇌 같으니.

패스트푸드

엄마는 패스트푸드는 더 값싸게 먹을 수 있고, 먹고 나서 덜 더러워져 치우기 쉽다고 한다. 우리가 가장 자주 가는 곳은 맥도날드다. 햄버거에 다진 양파를 넣는 건 싫지만 해피밀은 좋아한다. 장난감을 같이 주니까. 장난감을 갖고 놀기엔 나이가 많지만, 더 어리고 더 행복했던 시절이 떠오른다.

가끔 버거킹이나 잭인더박스 아니면 타코벨에 가기도 한다. 난 타코벨이 젤 좋다. 가장 좋아하는 메뉴는 '크리스피 타코'이지만 양상추와 토마토는 싫어하니까 빼고 고기와 치즈만 넣어 핫소스를 듬뿍 뿌려 먹는다.

케이에프씨도 좋다. 하지만 엄마는 치킨에 뼈가 너무 많이 들어 있어서 고기 양으로 따지면 가성비가 떨어진다고 한다.

난 웬디스도 정말 좋아한다. 달러 메뉴 햄버거에는 베이컨이 들어 있기 때문이다. 엄마는 가끔 쿠폰으로 밀크셰이크도 사 준다.

하지만 뭐니 뭐니 해도 제일 좋아하는 곳은 칙필레다. 쇼핑몰에만 있는데 주인이 개신교 신자라서 철저하게 일요일마다 가게를 닫는다. 엄마는 한 번도 사 주지 않았다. 너무 비싸다고. 하지만 거의 매일 가게 앞에 가면 무료 시식을 할 수 있다.

보통 시식 하나를 먹고 나서 동생 걸로 하나 더 달라고 한다. 하지만 그것도 내 입 속에 넣는다. 치킨너깃은 기가 막힌다. 할머니가 사는 애빌린에 가거나 할머니가 우리 집으로 올 때면 우리는 오로지 칙필레를 가려는 목적으로 쇼핑몰에 간다. 치킨너깃은 하얗고 빨간 작은 종이상자에 담겨 나온다. 다른 곳에서는 그런 근사한 상자를 볼 수 없다. 치킨너깃이 너무 기름지지만 않다면, 그 상자를 가져와 내 물건을 넣고 싶을 정도다.

엄마가 날 다그쳤다.

"왜 그렇게 깨작깨작 먹고 있어?! 배 안 고파?"

"맥도날드 온 게 이번 주만 네 번째예요."

"그래서 뭐?"

"모르겠어요. 햄버거 먹으니까, 속이 안 좋아요."

요즘 들어 배가 정말 심하게 자주 아프다. 누가 배를 뾰족한 걸로 찌르는 느낌이랄까? 엄마한테 계속 얘기했지만, 보험이 없으니 엄만 날 병원에 데려가지 않을 거다.

"다른 애들은 매일 맥도날드에서 저녁을 먹고 싶어서 난리라던데!"

엄마는 소리를 버럭 질렀다.

포드는 웃으며 손뼉을 쳤다.

"매도오오오!"

"봐라. 내가 말한 대로지?"

"속이 안 좋아서 그래요."

"음식 때문에 그런 거 같아?"

"모르겠어요. 학교에서 기사로 본 거 같아요. 패스트푸드를 너무 많이 먹으면 얼마나 몸에 해로운지요."

"아, 또 시작이네. 기사 하나 읽었다고 이젠 과학 박사가 되셨나 보지! 그래서 네가 의사라도 되니? 아니! 아니지! 건강염려증 환자라도 될 거냐고!"

"아니요!"

난 건강염려증이 뭔지도 모르지만 대답했다.

"그래도 한번 생각해 보세요, 엄마. 음식이 싸잖아요, 그렇죠? 주인이 질 좋고 신선한 재료에 돈을 많이 쓰지 못한다는 거예요. 우리가 먹은 고기도 진짜가 아니면 어떡해요?"

"바보 같은 소리 집어치워. 햄버거는 필수 영양소가 모두 들어 있어. 빵, 고기, 치즈. 게다가 감자튀김은 채소로 만든 거야."

"말도 안 돼요."

엄마가 쏘아붙였다.

"네가 뭘 안다고 그래? 아무것도 모르잖아! 전에도 말했지만, 다시 말해 줄게. 네가 음식 값을 낼 수 있을 때 네가 어디서 먹을지 고를 수 있다고."

* * *

다음 날 저녁에도 엄마는 나와 포드를 맥도날드로 데리고 갔다. 엄마는 반드시 자신의 의견을 증명하려는 모양이었다.

"여기 왜 또 온 거예요?"

"널 이해 못 하겠다. 다른 애들은 매일 저녁 햄버거하고 감자튀김을 먹고 싶어 죽겠다는데 말이야."

"글쎄요, 전 다른 애들이 아니잖아요."

"젠장, 그렇고말고!"

엄마가 투덜댔다.

엄마는 나와 포드가 먹을 햄버거를 주문했다. 엄마는 늘 그런다. 우리에겐 선택권이 없다. 엄마는 한 번도 그냥 치즈버거를 주문해 준 적이 없다. 난 먹을 때마다 다진 양파를 하나하나 골라내야 한다. 양파를 다 골라낼 때쯤이면 햄버거는 차갑게 식어 버린다. 게다가 빵에서 양파 맛이 배어난다. 정말 '웩'이다.

"내 햄버거는 내가 주문하면 안 돼요? 제발요."

"그건 어렵겠는데. 가서 자리나 잡아."

엄마가 햄버거를 주문할 차례가 오면, 내가 "치즈버거요!"라고 외칠 수 있게 주문하는 곳 가까이에 자리를 잡았다. 순간, 뭔가 수상한 낌새를 눈치챘다. 점원이 우리가 주문한 걸 모두 내주었는데, 엄마는 현금이나 수표를 꺼내지 않았다. 대신 쿠폰인지 상품권인지 종이를 몇 장 꺼내 계산했다.

"엄마 그게 뭐였어요? 뭐로 계산한 거예요?"

엄마가 자리에 앉자 물었다.

엄마는 눈을 치켜뜨며 대답했다.

"상관하지 마."

* * *

몇 주가 지나, 엄마와 아파트 세탁실에 있을 때였다. 난 빨래가 다 된 옷을 세탁기에서 꺼내 건조기로 옮겨 넣고 있었다. 엄마는 공중전화에 25센트짜리 동전 몇 개를 넣고 전화를 걸었다. 난 안 듣는 척하면서 귀를 쫑긋 세웠다.

"불만 사항을 접수하려고 하는데요, 당신 가게 점원이 저한테 굉장히 무례하더군요. 우리 아들이 햄버거 하나를 주문했는데, 치즈버거로, 치즈는 빼고요. 우리 아들이 알레르기가 있거든요."

"뭐라고요? 알레르기 없잖아요."

엄마는 내 팔을 찰싹 때리고선 '입 닥쳐!'라고 입 모양을 만들었다. 그리고 계속 말을 이어갔다.

"맞아요. 유당불내증이에요. 치명적인 병이죠. 아무튼 우리 아들이 먹은 햄버거에 치즈가 있더라고요. 내가 점원한테 가져가서 우리 아들 사정을 설명했죠. 실수한 걸 해결해 달라고 정중하게 부탁했는데 그 여자가 뭐라고 했는지 아세요? 다짜고짜 소리를 지르는 거 있죠!"

엄마는 말을 꾸며 내고 있었다. 난 치즈 알레르기가 없다. 점원이 엄마한테 소리 지른 적도 없었다. 만약 그랬다면 엄마는 가만있기는커녕 점원에게 똑같이 소리 질렀을 거다.

"네. 저도 충격받았다니까요. 우리 가족은 자주 방문하는 고객이에요. 일주일에 최소 두 번은 가니까요. 점원이 왜 그렇게 무례한지 아직도 이해가 안 가네요. 그래도 회사에서 이런 일은 알아야 할 것 같아서요. 정말 식사 시간을 망쳤다니까요. 그래서 다시 갈지 모르겠어요. 어머? 그러신다고요? 글쎄요, 그건 모르겠네요. 정말 불쾌했으니까요. 교회 친구들한테도 이 일을 얘기할지도 모르겠네요. 그러실 거라고요? 그럼 참 좋겠네요. 네. 그럼요. 집 주소는…….”

엄마와 샘 아저씨는 나보고 밥값은 해야 한다고 한다. 내가 밥하고, 청소하고, 청소기 돌리고, 포드를 돌보고, 빨래하고, 쓰레기를 내다 버리고, 우편물을 확인하는 이유다. 우리 집 우편함 열쇠는 딱 하나다. 내 열쇠고리에 달려 있다. 매일 우편물을 확인하는 건 내 일이니까. 만약 하루라도 빼먹으면 혼날 거다.

난 오지랖이 넓은가 보다. 이렇게 우편물을 일일이 하나하나 확인하는 것을 보면. 바보 같은 소리지만, 언젠가는 복권 당첨 편지를 받으리란 희망을 놓고 싶지 않다. 하지만 다시 태어나도 그런 일은 없을 것이다. 나한테 편지 보내는 사람이 없으니까. 아니, 외할머니는 제외하고. 하지만 오늘은 기한 지난 청구서와 국세청 우편물 사이로 봉투 두 개가 눈에 띄었다.

하나는 맥도날드에서, 또 다른 하나는 타코벨에서 보낸 거였다. 여태껏 본 수십 통의 우편물은 거의 광고 우편물뿐이었다. 그래서 전혀 신경 쓰지 않았다. 하지만 이번엔 엄마가 통화했던 내용이 생각났다.

타코벨에서 온 편지 봉투는 완벽하게 밀봉되어 있지 않았다. 습도 높은 축축한 날씨 때문에 풀이 잘 붙지 않은 모양이다. 주위를 둘러보니 우편함실에는 나 혼자였다. 슬며시 봉투를 열어 보았다.

불쾌했던 고객 서비스를 사과하는 편지였다. 무료 식사권 다섯 장이 함께 들어 있었다. 머리가 어질어질했다. 다른 우편물도 열어 보려다가 그만뒀다. 얼른 편지와 무료 식사권을 봉투에 넣고는 봉투에 침을 발라 꽉 눌러 붙였다. 집에 도착해서 늘 하던 대로 탁자에 우편물을 올려놓았다. 하지만 가만히 입 닫고 있을 수는 없었다. 엄마가 봉투를 열자마자 따져 물었다.

"엄마가 저번에 전화로 항의해서 저 무료 식사권 받은 거예요?"

엄마는 아주 잠시 화가 난 채 눈을 가늘게 뜨고 쳐다봤다. 그러더니 어깨를 으쓱했다.

"그래. 당연히 그런 거지. 큰 기업들은 고객을 늘 행복하게 하고 싶어 한단다. 그런데 난 행복하지 않았거든."

엄마는 무료 식사권으로 자기 얼굴에 부채질하며 미소를 지었다.

"엄마 때문에 그 점원을 해고하면 어쩌려고요?"

"그 여자 이름은 말 안 했어."

"하지만 훔친 거나 다름없잖아요?"

"아니, 그렇지 않아. 저렇게 큰 회사는 우리 같이 가난한 사람들 수백만 명을 벗겨 먹고 있는 거야. 우리는 다른 곳에서 사 먹을 돈이 없으니까. 내 돈을 그 회사에 주고 있으니, 그 회사에서 내 돈 일부를 돌려받을 방법을 알아낸 거지. 그 회사는 나한테 가끔 몇 끼 정도 그냥 줘도 충분히 버틸 수 있잖아. 그 회사는 엄청난 부자라고. 그 정도는 아무것도 아니겠지. 내가 해야 할 일은 전화해서 항의하는 거야. 그러면 무료 식사권을 받을 수 있으니까."

난 토할 것 같았다. 마치 패스트푸드점에 무작정 걸어 들어가 계산대 앞에서 음식을 훔쳐 달아나는 것 같았다. 봉투 안을 들여다보지 말걸. 이제야 깨달았다. 우리가 먹은 패스트푸드는 싼 게 아니라 무료였다. 학교에서 먹는 무료 급식처럼.

초대

　점심시간, 급식실 저 멀리 끝에 있는 테이블에 나 혼자 앉아 있었다. 리엄과 다른 풋볼 선수들이 보였다. 모두 빨간 풋볼 유니폼을 입고 있었다. 등에는 하얀 블록체로 번호와 성이 쓰여 있었다.

　응원 대회가 있는 날이라 유니폼을 입은 거였다. 한 달에 한 번 전교생이 7교시를 30분 일찍 마치고 체육관으로 갔다. 전교생이 외야석에 앉아 관람했다. 밴드가 곡을 힘차게 연주하면 치어리더들이 높이 뛰어 서로의 위로 올라가 피라미드 모양을 만든 후 모두 자리에서 일어나 응원하도록 분위기를 띄웠다. 그러고 나면 유니폼을 입은 선수들이 한 명씩 나오고 학생 모두 손뼉을 치며 선수들을 응원했다.

이 광경은 마치 교회에서 하나님 대신 풋볼을 찬양하는 분위기였다. 어쩌면 내 말이 틀릴 수도 있다. 교회를 다니지 않은 지 오래됐으니까.

아무튼 이런 날에 혼자 앉은 나는 부끄러웠고 바보가 된 기분이 들었다. 더 이상 아무짝에도 쓸모없어진 기분이랄까. 난 돈도 없고, 남이 입다 버리려던 옷을 입고, 풋볼 팀에 못 들어간 신세다.

괜히 풋볼 이야기를 꺼내서 엄마와 샘 아저씨가 싸웠다. 그런 걸 원한 게 아니었는데. 나는 그저 다른 아이들처럼 되고 싶다. 집만 생각하면 갑자기 흥분해서 미친 듯이 화가 나고 슬퍼진다. 어떻게 전혀 다른 두 가지 감정이 함께 밀려오는지 모르겠다. 동시에 두 가지 감정이 들면 정말로 아프다.

난 무료로 받은 점심을 뚫어져라 쳐다보았다. 갑자기 머릿속에 식판을 급식실에 확 집어 던지고 목이 터지도록 소리를 지르는 내 모습이 떠올랐다. 물론 생각을 행동으로 옮기지는 않았다. 바로 그때 루크 도슨과 어떤 여자아이가 식판을 들고 내 쪽으로 걸어왔다.

루크가 물었다.

"같이 앉아도 돼?"

"여긴 자유 국가잖아."

내가 왜 이런 식으로 대답했는지 모르겠다. 늘 생각하기도 전에 말이 입 밖으로 나와 버린다. 바보 천치가 따로 없다.

루크 도슨은 6학년 또래 아이들보다 키가 크다. 파스텔 톤 폴로 셔츠와 주름이 각 잡힌 바지를 입고 있었다. 가죽으로 만든 아주 근사한 신발을 신고 있었는데 그 신발을 페니 로퍼라고 하는 것 같다. 신발에는 먼지 한 톨도 묻어 있지 않았다. 머리는 옆으로 빗어 넘겨서 머리카락 한 가닥도 흐트러짐이 없었다. 그리고 하얀 이를 드러내며 활짝 웃고 있었다. 교정기를 끼고 있었는데 왜 끼었는지 모르겠다. 이가 모두 반듯하고 고른데 말이다. 삐뚤삐뚤한 내 치아랑은 다르다.

여자아이도 정말 예쁜 옷을 입었다. 체크무늬 원피스였다.

루크가 손을 내밀었다.

"난 루크 도슨이야."

루크는 약간 격식 차린 어조로 말했는데, 어색했다. 작년에는 이렇지 않았다.

난 먼저 루크의 손을 쳐다봤다. 무슨 속임수라도 쓰는 건 아닌지 확인하고 싶었다. 어떤 아이들은 웃긴답시고 손에 땅콩 잼을 발라 놓거나, 만화영화에 나오는 것처럼 정전기 버저를 갖고 장난친다. 하지만 루크 손에는 아무것도 없었다.

"그래, 알아. 우리 5학년 때 같은 학교 다녔잖아. 린던 비존슨 초등학교. 옆 반이었잖아."

루크가 멋쩍게 웃었다.

"아, 맞다. 어쩐지 너 같더라. 지금은 머리가 더 길었네. 렉스 도일 맞지?"

"오글. 렉스 오글."

여자아이가 말했다.

"난 폴리 애서턴이야."

폴리와도 악수했다.

폴리가 물었다.

"왜 혼자 앉아 있어?"

이 아이들에게 뭘 기대한 건 아니지만, 느닷없이 이런 질문이 훅 들어올지는 몰랐다. 보통 서로 서먹한 사이에서는 날씨나 수업 아니면 좋아하는 티브이 프로그램 따위에 관해 이야기를 주고받지 않나? 만나자마자 이렇게 사적인 질문은 하지 않는다.

"나도 몰라."

이건 명백한 사실이다.

루크가 물었다.

"우리랑 같이 앉을래?"

"이미 너랑 같이 앉아 있잖아."

루크가 다시 웃었다.

"재미있다, 렉스. 내 말은, 다른 내 친구들하고도 같이 앉고 싶냐고. 저기 있거든."

루크는 자기 친구들 쪽을 가리켰다.

아이들이 테이블 두 개를 차지하고 앉아 모두 우리 쪽을 바라보고 있었다. 관객이 있었다는 걸 미처 알지 못했다. 갑자기 얼굴이 달아올랐다. 그중 한 명이 손을 흔들었다.

토드가 예전에 저 테이블에 앉아 있는 아이들에 대해 얘기해 준 적이 있었다. 그 아이들은 독실한 기독교인이라고. 그래서 모두 같이 앉아서 교회에 관한 이야기를 주고받고, 자선 쿠키 판매 같은 활동을 한다고. 식사를 시작하기 전에 기도도 하는데, 기도가 끝날 때까지 감자튀김 하나도 건드리지 않는다고. 모두 자리에 앉기 전에는 기도를 시작하지도 않는다고.

"그냥 여기 있을게."

내가 말했다.

"그럼, 언제든지 네가 우리 자리로 오는 거 환영한다는 거 잊지 마."

루크가 말했다.

"그래, 고마워."

난 루크가 이런 친절을 베푸는 저의를 드러내길 기다렸다. 사람들은 아무 이유 없이 친절하지 않다. 무언가 원하는 게 있을 때만 친절하다.

내가 초콜릿 우유를 마시고 있는데 폴리가 물었다.

"예수 그리스도를 너의 주님이자 구원자로 받아들인 적 있니?"

난 거의 사레에 걸릴 뻔해서 코를 약간 컥컥대다 결국 초콜릿 우유가 코로 확 뿜어져 나와 버렸다. 코딱지가 우유랑 같이 튀어나왔을까 봐 냅킨을 집어 얼른 얼굴을 닦았다.

"아, 음······. 아니, 그런 적 없는 거 같은데."

루크는 못마땅해 보였다. 마치 폴리가 허를 찌르는 말을 왜 자기를 앞질러 먼저 꺼냈느냐는 표정이었다. 루크는 덜 심각해지려고 애썼다.

"너 예배 드리러 다니는 곳 있어?"

"뭐, 교회 말하는 거야? 아니. 예전에 친구들하고 가긴 했는데, 엄마가 그만 가라고 하셨어. 우리 엄마는 교회 같은 거 싫어하셔."

루크는 턱을 어루만지며 말했다.

"알겠어. 뭐 그럴 수도 있지. 사람마다 생각이 다른 거니까."

폴리가 다시 끼어들었다.

"넌 예수 그리스도를 믿어?"

"응. 그런 것 같아. 정말 살아 있었다면 굉장히 멋있었겠지. 온갖 종류의 초능력이 다 있었잖아?"

루크가 낄낄 웃었다.

"그래 맞아. 예수님은 멋있지. 너도 그렇게 생각한다니 기쁜걸."

폴리는 짜증 섞인 말투로 말했다.

"정말 살아 있었다면이라니, 무슨 말이야? 정말 살아 있었다고. 그리고 지금도 살아 계셔."

"죽은 줄 알았는데."

"하지만 다시 돌아오셨잖아. 부활하셨으니까."

"그래, 근데 다시 죽었잖아. 아니면 천국으로 올라가셨다고 해야 하나?"

내 목숨을 걸지는 않겠지만, 그 사실이 굉장하다는 건 나도 잘 알고 있다. 혼자서 성경을 거의 다 읽어 봤으니까.

성경의 많은 부분이 사실 좀 지루하다. 특히 노래와 시가 나오는 부분이 그렇다. 하지만 아담과 이브가 나오는 부분과 예수가 나오는 부분은 기가 막히게 재미있다. 내가 가장 좋아하는 부분은 세상의 종말을 다루는 요한계시록인데, 악마와 천사가 대규모 전쟁을 치른다. 그 부분은 블록버스터 액션 영화와 견주어도 손색없을 정도로 대단하다.

세부 내용이 아주 정확하게 잘 기억나는 건 아니지만, 예수가 십자가에 매달려 우리의 모든 죄를 짊어지고 죽었다는 건 잘 알고 있다. 내가 예수처럼 할 수 있을지는 모르겠다. 난 정말 죽음이 두렵다.

"그래, 하지만 예수님은 계속 살아 있다니까!"

폴리가 씩씩댔다. 더 이상 미소를 짓지도 않은 채, 내가 모난 돌이라도 던진 듯 팔짱을 끼고 있었다.

"예수님은 어느 곳에서나, 언제든지 살아 계셔. 그래서 하나님이라고 하는 거야. 전지전능하시지. 전지전능하면 죽을 수 없어!"

내가 물었다.

"그럼, 하나님은 초자연 같은 존재야?"

"뭐라고? 아니!"

폴리는 소리를 빽 질렀다.

루크는 입술에 손가락을 얹어 '쉿' 조용히 하라고 했다. 그리고 날 보며 다시 한번 억지웃음을 지었다.

"하나님은 복잡미묘한 존재야. 하지만 너도 알아야 해. 그분은 네가 혼자 앉아 있길 원하지 않으셔. 널 사랑하시거든."

일부러 그런 건 아니었지만 웃음이 튀어나왔다. 아주 잠시 뿐이었다. 솔직히 웃으려고 한 건 아니었다. 맹세코. 하나님이 내가 혼자 앉아 있는 걸 원하지 않는다면, 내가 이렇게 혼자 앉아 있지 않겠지. 아니, 저 아이들도 하나님은 전지전능하다고 하지 않았나? 그러니까 내가 혼자 앉아 있다는 건, 하나님이 나 혼자 앉아 있길 원해서 그런 거다. 그렇게 생각하니 어쩔 수 없이 정말 끔찍했다. 그 어떤 아이도 혼자라는 기분이 들어선 안 되니까. 정말 하나님이 모든 걸 통제할 수 있다면, 하나님은 내가 가난하길 원하고 풋볼 팀에 들어가는 건 원하지 않으셨단 말인데.

게다가 하나님은 사람들이 잘 먹지 못하고, 아프고, 여기저기 두들겨 맞게 내버려 둔다는 말인데, 하나님이 진정 선한 분이라면 애초에 그런 일이 일어나지 않게 하지 않았을까?

엄마는 교회라는 말만 꺼내도 불같이 화를 낸다. 교회 다니는 사람들은 모두 억지스럽고, 악마 같고, 사람을 조종하고, 돈만 밝힌다고 한다. 난 엄마 말을 믿지는 않는다. 하지만 저 아이들이 믿는 하나님과 내가 아는 하나님이 같은 분인지 모르겠다. 굳이 루크와 폴리에게 밝히고 싶지는 않았다. 보통 사람들은 이런 상황을 굉장히 민감하게 받아들이니까. 그래서 이렇게 말했다.

"하나님이라는 개념은 나도 좋아해. 예수님도. 예수님이 정말 우리 모두를 위해 죽은 것이라면 우린 천국에 갈 수 있는 거니까 정말 좋은 거지. 하지만 내가 무얼 믿는지는 모르겠어. 하나님이 정말 존재한다면 날 그다지 좋아하지 않는다는 게 확실해지니까."

"그런 끔찍한 말을 하다니!"

폴리는 눈물을 글썽거리고 있었다.

루크가 말했다.

"하나님은 분명히 널 사랑하셔. 그러니까 너랑 얘기하게 우리를 보내신 거지. 언제 한번 우리가 다니는 교회에 와. 퍼스트 침례교회야. 동네에서 가장 좋아. 드럼이랑 기타 연주자도 있어서 찬송가가 진짜 요즘 스타일이야. 네가 오면 예배 끝나고 점심도 같이 먹으러 가자. 모두 같이 가거든."

루크는 예수님이 엄지손가락을 치켜세운 그림이 그려진 교회 전단을 나에게 건네주었다. 뒷면에는 주소가 있었는데 '무료 점심'이라고도 쓰여 있었다! 등줄기에 소름이 쫙 퍼졌다. 이유는 모르겠지만 더 이상 '무료'라는 말을 신뢰하지 않는다. 여기, 이 학교에서 먹는 점심은 무료라지만, 나에게 있어 무료라는 비용은 엄청난 것 같다.

예전에 다녔던 교회의 점심시간이 생각났다. 커다란 뷔페식으로 원하는 만큼 가져다 먹는 스타일이었다. 입에 군침이 돌았다. 이것만 보더라도 무료 식사를 준다는 이유만으로, 하나님을 진심으로 믿지도 않는데 교회를 다니는 건 적절치 않은 것 같았다. 아까도 말했듯이 내가 무엇을 믿고 있는지 모르겠다.

"고마워, 한번 생각해 볼게."

이 말은 진심이기도 했다. 하지만 엄마가 안 된다고 할 거라는 걸 뻔히 알고 있다.

"따봉."

루크가 한 말이 무슨 말인지 모르겠다. 루크는 나랑 다시 악수했다. 그러고는 루크와 폴리는 자리에서 일어나 식판을 들고 자기 친구들 테이블로 돌아갔다. 절반쯤 걸어가더니 폴리는 뒤돌아 토씨 하나 빠뜨리지 않고 이렇게 외쳤다.

"하나님은 정말 널 사랑하셔!"

폴리는 진심으로 속상해 보였다. 난 마음이 불편했다. 그러다 폴리와 루크가 얘기하는 내내, 내가 아랑곳하지 않고 점심을 먹고 있었다는 걸 알았다. 폴리와 루크는 하나도 먹지 않았다. 실은 루크와 폴리의 친구들도 점심을 먹고 있지 않았다. 그 친구들은 루크와 폴리가 돌아올 때까지 기다렸다. 그 아이들 모두 테이블 두 곳에 둘러앉아 고개를 숙이고 두 손을 모으는 모습을 지켜보았다. 모두 기도했다.

기도가 끝나자 드디어 점심을 먹기 시작했다. 문득 기도가 꽤 멋지다는 생각이 들었다. 난 오랫동안 기도하지 않았다. 나의 모든 기도가 이루어지지 않은 것에 지쳐서. 어쩌면 다시 한번 기도해 봐야 할지도 모르겠다. 하지만 밥 먹기 전에는 하지 않을 거다. 평소에도 배고프면 기도는 그다지 중요하게 여기지 않으니까.

엄마의 눈물

버스 정류장에서 브래드와 함께 집으로 걸어가고 있었다.
브래드는 걸어가며 자기가 좋아하는 메탈리카 노래를 휘파
람으로 불렀다. 난 휘파람을 불 줄 모른다. 시도는 했지만, 결
국 공기만 새고 소리는 전혀 나지 않았다. 브래드는 갑자기
날 움켜잡더니 보도블록을 가리켰다.

"야, 조심해! 금 간 곳 밟으면 엄마 등이 부러진대."

"뭐?"

"금 밟으면 재수 없대, 바보야. 네가 너희 엄마를 아프게 할
수도 있었어."

"그런 말은 처음 들어 본다. 사실일 리 없어."

"자식, 조심하란 말이지."

브래드의 엄마는 베니를 낳을 때 세상을 떠났다. 문득 난 그동안 금을 얼마나 많이 밟았을까 궁금해졌다. 그 생각에 폭 빠져 있다가 또 금 간 블록을 밟을 뻔했다. 내 발이 금 위로 겨우 1센티미터 정도 떨어져 있어 소스라치게 놀랐다. 이 저주가 정말 사실이라면 어떨까? 난 금을 피하려고 살짝 뛰며 옆으로 몸을 약간 뒤틀다가 다른 발에 걸려 넘어졌다. 하도 세게 넘어지는 바람에 무릎이 까졌다. 피가 철철 나기 시작했다.

브래드가 웃음을 터뜨렸다.

"너도 거의 베니만큼 멍청하구나."

브래드 말이 맞다. 난 멍청하다. 내가 설령 엄마를 좋아하지 않을지라도, 엄마 등이 부러지길 바라지는 않는다. 하지만 샘 아저씨가 그러길 바랄지도 모르겠다. 샘 아저씨는 나와 엄마를 때리니까 그래도 싸다.

난 2층 우리 집으로 다리를 절뚝거리며 계단을 올라갔다. 열쇠로 문을 열었다. 집 안에 들어가 보니 포드는 바닥에 앉아 만화영화를 보며 레아 공주 피규어 머리를 질겅질겅 씹고 있었다.

"그만해! 그거 내 거야!"

포드 손에서 피규어를 낚아채 톡 쏘아붙였다.

"내 거야!"

포드도 소리 질렀다.

"아니. 내 거야. 내 방에 있는 스타워즈 물건은 다 내 거라고."

포드가 소리치며 말했다.

"아니야, 내 거야! 엄마가 나한테 줬어."

엄마는 항상 내 물건을 포드한테 내어 준다. 내가 옷장 꼭대기에 숨겨 놨는데도. 엄마에게 고함치고 싶어졌다. 난 엄마의 등이 부러질까 봐 무릎이 까지면서까지 엄마를 구했다. 그런데 그 보답이 고작 이거란 말인가?

난 안방으로 쿵쿵거리며 갔다. 문이 닫혀 있었다. 엄마가 낮잠을 자나? 거실에 포드를 혼자 두고서? 포드는 겨우 두 살 반밖에 안 됐는데. 동생에게 한시도 눈을 떼서는 안 된다. 아파트 2층으로 이사 오고 나서는 더 잘 봐야 했다. 베란다 난간의 틈이 커서 포드가 그 사이로 떨어질 수도 있으니까. 그 생각을 하니, 이젠 정말 화가 났다. 엄마가 한눈파는 사이 포드가 다칠 수도 있다.

문을 두드리려고 주먹을 들어 올린 순간, 어떤 소리가 들렸다. 울음소리였다. 그냥 훌쩍거리는 소리가 아니었다. 고통으로 힘겨워하는 울부짖음이었다. 흐느끼고 신음했다.

내 마음이 갈기갈기 찢어졌다. 가끔 아주 많이 엄마가 싫다. 엄마가 날 때릴 때나 정말 잔인하게 굴 때 말이다. 하지만 엄마가 울면? 어쩔 수 없이, 엄마를 미워할 수가 없다. 왜냐하면 내가 도저히 헤아릴 수 없을 만큼 엄마가 엄청 깊은 상처를 받은 것 같아서.

난 아주 조심스럽게 노크하고 방문을 열었다.

"엄마?"

엄마는 내가 들어온 것을 미처 알아차리지 못한 것 같았다.

"엄마 괜찮아요?"

엄마는 베개에 얼굴을 파묻고 있었다. 엄마는 베개를 쾅, 쾅 내려치더니 목 놓아 울기 시작했다. 그 울부짖음은 가슴이 저리고 몸서리치는 소리였다. 예전에도 엄마가 이렇게 우는 소리를 몇 번 들은 적이 있다. 여동생이 세상을 떠나고 나서였다. 엄마는 이 세상에서 가장 커다란 고통 속에 파묻힌 것 같았다.

이 상황을 어떻게 해결해야 할지, 엄마의 기분이 어떻게 해야 나아질지 알 수 없었다. 그래서 난 침대 끝에 앉았다. 내가 엄마의 발에 손을 얹자, 그제야 엄마는 내가 온 걸 알았다. 난 아무 말도 하지 않았다. 엄마가 실컷 울게 내버려 두었다.

창밖을 보니 푸르고 드넓은 맑은 하늘이 햇살에 반짝이고 있었다. 거실에서는 포드가 보는 만화영화에서 재미있고 행복한 소리가 흘러나왔다. 밖에서 갓 구운 빵과 쿠키 냄새가 바람 한 줄기에 실려 왔다. 세상은 무심히 흘러가고 있었다. 누군가는 상처를 입어 고통스러울지라도.

엄마의 방은 철제 침대 프레임과 그 위에 놓인 매트리스를 빼면 휑하다. 옷장 안에는 몇 벌 되지도 않는 옷들이 철사 옷걸이에 걸려 있다. 구석에는 선풍기가 한 대. 이게 전부다. 사진도 없고, 앨범도 없고, 책 한 권도 없다. 발레리나가 돌아가는 보석함도 없다. 작은 기념품을 넣는 깡통조차 없다. 우리 엄마는 가진 게 아무것도 없다.

나는 엄마와 샘 아저씨가 싸운 것을 알지 못했다. 내가 학교에 있는 동안 싸움이 벌어진 게 틀림없다.

"날 사랑한다고 말해 주렴."

엄마가 속삭였다.

"그럼요."

난 엄마의 얼굴에 붙은 머리칼을 뒤로 넘겨 주며 대답했다. 엄마는 내 무릎으로 기어와 흐느껴 울었다. 엄마가 이러는 건 처음인 것 같다. 내가 다섯 살 때 아빠가 떠났다. 그 이후로 엄마는 많이 울었다. 남자 친구가 떠났을 때는 더 많이 울었다. 그리고 샘 아저씨가 엄마에게 처음 주먹을 휘두르던 날

126

다시 울기 시작했다.

"다시 말해 주렴. 날 사랑한다고. 넌 절대 떠나지 않을 거라고 말해 줘."

엄마가 속삭였다.

"엄마 사랑해요. 난 아무 데도 안 갈 거예요."

이렇게 말은 했지만, 진심은 아니었다. 할 수만 있다면, 돈을 벌게 되면, 난 아마 멀리 도망가서 절대로 돌아오지 않을 것 같다. 포드도 데려갈 거다.

엄마가 일어나 앉았다. 엄마는 엄마나 어른처럼 보이지 않았다. 예닐곱 살 정도 되는 어린 여자아이 같았다. 엄마는 하도 울어서 얼굴이 퉁퉁 부어 있었다. 잔뜩 겁에 질린 순진한 어린아이의 눈빛이 보였다. 엄마는 나를 마치 처음 보는 사람처럼 바라봤다.

엄마 코에서 떨어진 콧물이 입술까지 흘렀다. 엄마는 코를 훌쩍이고는 손등으로 훔쳤다. 그러고는 미소를 지었다. 젖은 얼굴에 그 미소가 어색해 보였다.

"오늘 학교는 어땠어?"

"괜찮았어요. 엄마는 괜찮아요?"

난 어리둥절한 채 대답했다.

"당연하지. 난 괜찮아!"

엄마는 활기찬 발걸음으로 침대에서 폴짝 뛰어내려 벽장으로 들어가더니 빨래 바구니를 집어 들었다.

"네 방에 빨랫거리 있니? 어두운색 옷 빨 건데."

"엄마, 엄청 많이 울었잖아요. 무슨 일인지 말 좀 해 봐요."

"안 울었어!"

엄마는 눈을 치켜뜨며 소리쳤다. 내 말이 터무니없다는 듯. 엄마의 말에 더 혼란스러워졌다. 여전히 엄마의 얼굴은 눈물로 젖어 있고 눈은 벌겠으니까.

"네 다리가……."

엄마가 내 다리를 가리켰다. 그러더니 막 웃음을 터뜨렸다. 배꼽 잡고 쓰러질 기세였다. 마치 피가 난 나의 무릎이 엄마의 인생을 통틀어 가장 웃긴다는 듯.

엄마의 기분이 갑자기 돌변하면 난 아직도 어쩔 줄 모르겠다. 한 몸에 다른 두 엄마가 사는 것 같다. 샘 아저씨와 포드에게는 행복하고 따뜻한 엄마, 나한테는 그 반대로 행동하는 엄마.

엄마는 웃고 또 웃었다. 급기야 엄마는 벽에 기대어 털썩 주저앉더니 다시 울음을 터뜨렸다. 난 어쩔 줄 몰라 엄마 옆에 가만히 앉았다. 까진 무릎에서 나온 피가 다리를 타고 쭉 흘렀다. 양말과 신발은 번들번들 붉게 물들어 있었다. 엄마를 신경 쓰느라 나에 대해서는 까맣게 잊고 있었다. 사실 이러는 게 처음도 아니다.

나도 어쩔 수 없이, 다른 엄마가 있으면 좋겠다는 생각이 든다. 지금과 정반대로 날 보살펴 주는 엄마.

바퀴벌레

"창문이 왜 닫혀 있어?"

엄마가 방에서 나오며 물었다.

"추워서요."

"오늘은 더울 거야. 그냥 열어 놔. 지금은 집 안이 좀 추운
게 나아. 그래야 나중에 시원하기라도 하지."

엄마는 창문을 다시 열며 투덜댔다.

"그냥 에어컨 틀면 안 돼요?"

"네가 돈 낼 거야?"

난 고개를 가로저었다.

"그럴 거면서 왜 물어."

엄마가 화내면서 일어나면 싫다. 엄마가 온종일 기분이 나

뺄 거라는 뜻이니까. 엄마는 온도 조절기를 보러 갔다. 내가 전원을 켜거나 건드리지 않았는지 확인하려고. 온도 조절기 위에 작은 테이프 조각이 붙어 있는데, 그건 나와 샘 아저씨에게 함부로 건들지 말라는 일종의 협박이었다. 엄마는 온도 조절기에 붙은 테이프를 확인하고 나서, 나에게 경고의 눈빛을 쏘고 침실로 돌아갔다.

하던 숙제를 마저 했다. 토요일마다 예습해 두려고 한다. 그러면 한 주를 덜 정신없이 지낼 수 있기 때문이다. 소파에서 수학을 예습하고 있었다. 그런데 '윙-윙-윙-'거리는 소리가 들렸다. 고개를 들어보니, 커다랗고 빨간 말벌 한 마리가 밖으로 나가려 창문에 쿵쿵 부딪히고 있었다. 저 녀석한테 쏘이면 불에 살을 지지는 것 같다. 몇 번 쏘여 봐서 잘 안다. 얼마나 아픈지 정신을 잃을 지경이다.

쉬지 않고 '윙-윙-'거리는 소리에 결국 소파에서 일어났다. 최대한 천천히 줄을 잡아당겨서 블라인드를 올리고 창문을 비롯해 문이란 문을 죄다 활짝 열었다. 그런데 이 멍청한 말벌은 많고 많은 문 중에 하필 닫힌 창문을 골랐다. 절대 열리지 않는 창문을. 우리 가족 모두가 온갖 수를 써서 열어 보려고 애써 봤지만, 페인트가 들러붙어 굳은 건지 고장 난 건지 꼼짝하지 않는 창문이었다.

말벌이 드디어 머리를 썼는지 창문에서 멀리 날아갔다. 그런데 거실을 한 바퀴 쉭 돌더니 다시 아까 그 닫힌 창문으로 되돌아왔다. 이런 멍청한 벌레 같으니.

우리 동네는 온갖 종류의 벌레가 다 있다. 아파트 마당에는 개미가, 풀숲에는 말벌과 나나니벌이 득실댄다. 날씨가 더워지면 모기가 사방에서 들끓는다. 파리는 쓰레기 처리장에 살고 있지만 떼를 지어 날아다닌다. 다리가 아주 긴 소경 거미 수백 마리가 배전함에 산다. 베니와 나는 가끔 배전함에 가서 들여다보는데, 한 공간에 득실대는 거미를 보고 있으면 아주 오싹해지기 때문이다. 뭐니 뭐니 해도 최악은 바퀴벌레다. 바퀴벌레는 보통 해가 지면 기어 나온다. 엄마와 내가 집을 얼마나 깨끗하게 유지하는지 상관없이, 벌레는 집으로 들어올 길을 계속 찾아낸다.

'윙 - 윙 - 윙 -' 소리가 계속 났다. 말벌은 유리창으로 몇 번이고 날아와 계속 부딪혔다. 유리와 바깥 공기가 다르다는 걸 모르나 보다. 어쩌면 다르지 않을지도. 나도 모르겠다. 열린 문으로 날아가면 되는데, 말벌은 계속 유리창에 '윙 - 윙 -' 거리며 부딪혔다.

말벌 땜에 미칠 것 같았다. 윙 - 소리에 짜증 났다. 하지만 날 미치게 하는 건 저 녀석이 나갈 방법을 찾지 않으면 죽을

게 뻔하다는 사실이었다. 결코 호들갑을 떠는 게 아니다. 벌레들에게 늘 일어나는 일이다. 집 안으로 들어와 휙휙 돌아다니다가 닫힌 창문으로 나가려고 애를 쓴다. 유리창에 부딪혀 튕기다가 윙-윙-대기를 반복한다. 그러다 결국엔 언제나 죽고 만다. 무얼 먹을 수도, 물을 마실 수도 없어서 그런 것 같다. 창틀 곳곳이 파리, 모기, 벌의 무덤이다. 벌레들은 점점 포기하다가 다시 움직이지 않는다.

"멍청한 짓 좀 그만해. 어서 다른 창문으로 나가."

난 큰 소리로 말했다. 말벌이 들으라는 듯이. 숙제하던 종이 몇 장을 돌돌 말아 열린 창문으로 말벌을 쫓아내려고 휘둘렀다. 하지만 말벌은 가지 않았다. 세 번째 쫓아낼 때는 오히려 내 얼굴로 날아와 쏠 기세였다.

"싫으면, 맘대로 해!"

숙제를 계속하려다 '윙-윙-'거리며 날아다니는 소리에 이내 난 방으로 들어가 숙제했다.

'죽을 때까지 똑같은 짓을 계속 반복하고 싶다면, 그러라지. 이 바보야.'

* * *

그날 밤 난 브레드와 베니네 집에서 잤다. 우리는 영화 〈매드 맥스: 사막의 무법자〉를 봤다. 인간이 도시를 폭탄으로 초토화해서 사막에서 살아남은 자들의 이야기였다. 꽤 재미있었다.

다음 날 아침, 집에 돌아오니 말벌은 죽어 있었다. 다른 벌레들과 같이 창틀에 누워 있었다. 말벌을 뚫어지게 쳐다보았지만, 꼼짝도 하지 않았다. 다리는 안으로 구부러져 있었다. 잠이 든 아기처럼. 태아처럼.

커다란 두려움이 엄습했다. 내가 이 세상에 영원히 혼자일 것 같았다. 갑자기 등골이 서늘해졌다. 엄마의 품으로 달려가서 마냥 엉엉 울고 싶어졌다. 이런 생각이 들다니 정말 어리석다. 너무, 너무 어리석다. 머릿속으로는 어리석다는 걸 알고 있다. 하지만 이런 끔찍한 기분이 들면, 생각이 멈추지 않고 점점 자라난다. 죄책감과 후회가 잔뜩 밀려왔다. 내가 좀 더 노력했다면 말벌을 구할 수도 있었을 텐데. 더 이를 악물고 살려야 했는데. 유리컵과 카드로 말벌을 잡아서 집 밖에 놔줄걸. 그러지 않았다. 내가 너무 빨리 포기하는 바람에 살아 있던 생명체가 지금은 더 이상 살아 있지 않았다. 말벌이 죽었다. 그건 내 잘못이었다.

조심스럽게 말벌을 주워 밖으로 가지고 나가 묻었다. 말벌을 위해 기도하려다가 이내 그만두고 말았다. 하나님이 말벌에게 신경을 썼더라면 말벌을 더 똑똑하게 만들어야 했다. 말벌이 집에 갇히지도, 유리창에 부딪히지도 않도록, 밖으로 나가려 그렇게 애쓰지 않아도 되게끔 하나님은 말벌을 도울 수 있었다. 말벌을 잘 살 수 있게 할 수 있었다. 하지만 그러지 않았다.

하나님은 조금도 신경 쓰지 않는다. 말벌처럼 하찮은 녀석에게는. 나 같은 녀석도.

* * *

그날 밤, 잠이 들려고 하는데 문득 궁금해졌다. 벌레도 천국에 갈까? 사람이 가는 천국과 같을까? 똑같을 것 같다. 천국도 지구와 비슷하지 않을까? 모두가 행복한 것만 빼고. 그렇다면 난 천국이 좋다.

꿈을 꾸었는데 내가 창문 틈에 끼어 있었다. 창문을 쾅쾅 두들기며 빠져나가려고 발버둥 쳤지만, 유리창은 깨지지 않았다. 밖에서는 학교 아이들 전부가 날 비웃고 있었다. 난 울고 싶었지만 참았다. 그 대신 정말 화가 나서 마구 소리를 질러댔다.

순간 다리에 아주 이상한 느낌이 들었다. 깃털 하나가 다리를 간지럽히는 것 같기도 하고 새 여러 마리가 솜털처럼 가는 금빛 다리털을 부리로 뽑는 것 같았다. 그러더니 뺨에도 똑같이 이상한 느낌이 들었다. 생쥐 한 마리가 내 얼굴에서 춤추는 듯했다.

"으아아아악!"

난 소리를 지르며 깼다. 일어나 앉았더니 바퀴벌레 두 마리가 얼굴에서 후드득 떨어졌다. 다리와 팔에도 몇 마리 더 있었다. 바퀴벌레가 무슨 짓을 했는지 알 수 없었다. 내 입에 알을 낳고 있었던 걸까? 내가 자는 동안 날 먹으려고 했던 걸까?

너무 놀란 나머지 내가 계속 소리를 지르고 있다는 것도 자각하지 못했다. 엄마와 샘 아저씨가 내 방으로 달려오고 나서야 알았다. 엄마가 불을 켜는 순간, 바퀴벌레 열 마리 정도가 잽싸게 기어서 벽 틈으로 허둥지둥 숨었다.

엄마는 나 못지않게 소리를 질렀다. 엄마와 난 서로 끌어안고 꺅꺅대며 펄쩍펄쩍 뛰었다. 샘 아저씨는 내 침낭을 집어 올리더니 손바닥으로 쳤다. 그러자 침낭에서도 바퀴벌레 여러 마리가 재빨리 빠져나왔다.

"됐어! 이젠 못 참아! 이런 쓰레기장에서 이사 가야겠어!

참을 만큼 참았어! 참. 을. 만. 큼. 참았다고!"

엄마가 소리소리 질렀다.

두려움 때문인지 난 엄마에게 매달려 덜덜 떨었다. 샘 아저씨가 날 살펴보더니 엄마에게서 밀어냈다.

"그-그만 계집애처럼 굴-굴어!"

"계집애처럼 구는 게 아니야! 바퀴벌레들이 덤벼들었잖아."

"덤-덤벼든 거 아-아니야. 바-바퀴벌레는 해롭지 않은 벌-벌레라고."

"어떻게 아는데요?"

정작 내가 하고 싶은 말은 "고등학교 졸업도 못 했잖아요." 였다. 하지만 말하지 않았다.

엄마와 샘 아저씨는 이사 가는 문제를 두고 잠시 말다툼했다. 엄마는 이 집을 싫어했다. 샘 아저씨는 이사 갈 돈이 없다고 했다. 결국에는 샘 아저씨가 한마디 했다.

"그 입 닥-닥쳐. 피곤하다."

엄마가 날 안았다.

"괜찮니?"

난 고개를 끄덕였다. 엄마도 내 눈을 들여다보고는 덜덜 떨었다. 몸 전체가 떨렸다.

"벌레는 정말 징그러워."

엄마와 나는 웃음이 터졌다.

잠시, 엄마를 바라보았다. 날 사랑하는 엄마. 난 이 순간이 영원하길 바랐다. 하지만 늦어 버렸다. 엄마는 샘 아저씨를 따라 안방으로 돌아갔다. 안방에는 진짜 침대가 있고 포드는 야단법석 중에도 그 침대에서 곤히 자고 있었다.

다시 나 혼자 덩그러니 남겨졌다. 불을 끄고 바닥에 눕자, 심장이 쿵쾅쿵쾅 뛰기 시작했다. 폐소 공포를 느꼈다. 가구 하나 없는 텅 빈 방에서. 바퀴벌레가 아직도 사방에 있는 것 같았다. 다시 불을 켰다. 바퀴벌레는 불빛을 싫어하니까. 바퀴벌레가 있는지 주변을 몇 분 지켜본 뒤 침낭 속으로 기어 들어 가서 지퍼를 머리끝까지 올려서 닫았다.

* * *

다음 날 과학 시간은 곤충 수업이었다. 지난밤 생각으로 몸서리쳤다.

선생님이 말했다.

"재미있는 사실이 있단다. 인간이 핵무기로 지구를 폭파하면 지구에서 살아남는 유일한 생명체는 바로 바퀴벌레란다. 바퀴벌레는 방사능에도 살아남을 수 있어."

어떤 아이가 소리 질렀다.

"징그러워!"

다른 아이가 소리쳤다.

"웩, 역겹다!"

아이들에게 내 이야기를 들려주고 싶었다. 그러면 아이들이 진짜 소름 끼치겠지. 하지만 가난한 사람들의 문제일 뿐이겠지. 부잣집엔 바퀴벌레가 없을 테니까. 내가 얼마나 가난한지 알리고 싶지 않았다. 그래서 계속 입 다물고 있었다.

이윽고 이런 생각이 들었다. 만약 지구가 폭파되면 바퀴벌레들이 지구를 정복할 거다. 이미 바퀴벌레들이 우리 아파트 단지를 정복한 것처럼. 그렇다면 난 방사능에 살아남을 방법만 찾으면 바퀴벌레와 함께 잘 살 수 있을 거다.

핼러윈

우리 학교는 핼러윈에 핼러윈 의상을 입어야 한다. 잘나가는 아이들은 멋진 의상을 입을 게 뻔하다. 그래서 나도 잘 입고 싶었다. 하지만 엄마한테 의상 하나만 사달라고 하면 엄마는 웃으며 이렇게 말할 거다.

"그래, 하나 사 줄게. 네가 옷 살 돈을 주면."

내가 돈이 없다는 걸 뻔히 알면서. 갑자기 속상했다. 불공평하다. 다른 아이들은 분명 돈에 대해 생각조차 하지 않고살 거다. 뭐가 갖고 싶은지 부모한테 말만 하면 갖게 될 테니까. 우리 집과는 다르다.

핼러윈 때마다 하던 걸 이번에도 해야겠다. 바로 의상을 직접 만드는 일이다. 작년에는 초록색 페인트에 물풀을 섞어서 온몸에 발랐다. 풀이 마르면서 칠이 갈라져서 피부가 벗겨지는 것처럼 보였다. 한번은 하나를 사면 하나를 더 주는 옷을 몇 벌 사서 군데군데 자르고 흙으로 문질렀다. 무덤에서 기어 나온 시체처럼 보이려고 말이다. 좀비가 따로 없었다.

또 한번은 하드보드 상자, 포일, 철사 옷걸이와 빌린 손전등 몇 개로 로봇 의상을 만들었다. 어릴 때는 그냥 밀가루를 뒤집어썼다. 그러면 온몸이 하얘져서 유령처럼 보였다.

사실 집 주변이나 기부 가게에 버려진 물건으로 온갖 종류의 의상을 만들 수 있다. 하지만 난 이젠 어린아이가 아니다. 중학생이 됐으니 정말 그럴듯한 의상을 만들어야 하는데……. 어쩔 수 없이 물건을 찾으려고 아파트 주변을 살피기 시작했다. 화장솜과 화장지가 보였다. 그걸로 구름 의상 정도는 만들 수 있겠지만 정말 유치할 거다. 어쩌면 포드가 입을 수 있는 의상 정도는 만들 수 있겠지만 그것도 포드가 정중하게 부탁했을 때의 일이다. 우리 아파트 근처에는 마땅한 것이 별로 없어서 아파트 밖 폐기물장으로 갔다. 더러울 거라고 생각하겠지만, 대부분 비닐봉지에 들어 있어서 생각만큼 더럽지 않다. 폐기물장 안을 살짝 들여다보기도 하고 주위를 둘러보았다. 뭔가 정말 근사한 물건이 없으면 폐기물장에 들어가지 않을 터였다.

가끔 베니는 폐기물장에 무턱대고 들어가 쓰레기봉투를 잡아 뜯어 열어 버린다. 베니는 낡은 깃발 같은 멋진 물건이나 닌자 무기 같아 보이는 부서진 가구를 발견하기도 했다. 하지만 먹다 남은 음식, 담뱃재, 맥주병 등 아주 고약한 냄새가 나는 것이 대부분이다.

결국 아무것도 발견하지 못한 채 폐기물장 뒤쪽을 살펴보러 갔다. 고장 난 전자기기, 나무 조각들, 얼룩덜룩한 낡은 커피 탁자, 가방 하나가 있었다. 가방 안에는 청바지 한 벌, 검은 부츠 몇 켤레, 기모 셔츠 몇 장이 들어 있었다. 피처럼 보이는 커다란 자국 하나가 있는 옷이 있었다. 그걸 보자 아이디어가 하나 떠올랐다.

〈13일의 금요일〉이라는 공포영화 시리즈가 있는데, 살인마가 하키 마스크를 쓰고 날이 넓은 칼을 들고서 여름 캠프에 참가한 매력적인 십 대들을 난도질하려고 어슬렁거린다. 여름 캠프에 간 적이 없어서 잘 모르지만, 살인마 제이슨 부히스 의상을 만들어 입으면 멋질 것 같았다. 핼러윈에 만화 주인공 의상이나 유치원에서 입을 만한 의상은 입지 않는다. 다른 사람들이 놀리지 않을 만한 의상이 필요했다.

게다가 살인마 제이슨 부히스 의상은 만들기도 쉬워 보였다. 특히 내가 건진 옷으로는 더 쉽게 만들 수 있었다. 일단

청바지와 셔츠를 빨고서 진흙을 발랐더니 호수에서 막 기어 나온 것처럼 보였다. 그러고 나서 하드보드 상자에 칼 모양을 그려서 오렸다. 칼날은 포일로 감싸고 손잡이는 갈색 포장 테이프로 감았다. 하키 마스크도 하드보드 상자에 그려서 오렸다. 그리고 하얀색과 검은색으로 칠했다. 하루는 점심 급식을 건너뛰고 미술실로 갔다. 거기에서는 페인트를 쓸 수 있으니까. 마지막으로 마스크에 끈을 붙여 얼굴에 잘 고정할 수 있게 했다.

베니와 브래드는 옥수수 시럽에 빨간 물감을 섞어 가짜 피를 대략 4리터나 만들어서 나도 좀 쓰게 해 줬다. 재킷과 칼에 가짜 피를 흩뿌리고 손에도 묻히니 내 의상은 정말 그럴 싸해졌다.

엄마가 물었다.

"그 옷은 누구 옷이야?"

"제이슨 부히스요. 〈13일의 금요일〉 주인공이요."

"공포영화잖아. 도대체 그런 영화를 어떻게 알았어? 그런 쓸데없는 영화는 보지 마!"

"그러게요. 근데 학교 애들이 얘기하더라고요."

엄마는 공포영화를 못 보게 한다. 공포영화에 나오는 악랄한 자의 폭력은 절대 보면 안 된다고 하면서. 늘 날 때리는 엄마 입에서 그런 말이 나오다니, 도무지 이해할 수가 없다. 한 마디로 공포영화를 못 보게 하는 건 말도 안 되는 규칙이다. 그래서 난 무시한다. 그냥 부모님의 허락 없이 공포영화를 본다. 브래드는 늘 공포영화를 빌려 온다. 그렇게 무섭지도 않다. 괴물이나 뱀파이어, 마녀 같은 건 무섭지 않다. 심지어 그들이 사람을 죽이는 장면도 무섭지 않다. 난 현실에서 겪는 것들이 훨씬 더 무섭다. 좀비는 빼고. 좀비는 정말 무섭다. 좀비는 현실에서도 정말 있을 수 있다는 느낌이 들어서 그런 것 같다.

어찌 됐든, 의상을 다 만들어 기뻤다. 학교에 갔더니 아이들 모두 핼러윈 의상 차림이었다. 어떤 아이들은 인기 많은 대통령이나 유명한 영화배우 같아 보였다. 한 여자아이는 자기가 가장 좋아하는 가수처럼 입었다. 어떤 아이들은 햄버거 같은 정말 웃긴 음식 의상을 입었다. 다른 아이들은 평범한 괴물 의상이었다. 가장 마음에 든 의상은 졸업식 파티 드레스에 피가 뒤범벅된 여자아이 의상이었다. 스티븐 킹의 책을 원작으로 만든 유명한 영화 의상이라고 했다. 그 책을 찾아보려고 머릿속에 잘 새겨 두었다.

1교시 교실에 들어오니 한 녀석이 옷 전체에 시리얼을 붙이고 머리에는 플라스틱 칼을 꽂은 시리얼 상자를 쓰고 있었다. 그 녀석이 다른 아이한테 한 말을 듣고서야 그 의상이 뭔지 이해했다.

"난 시리얼 살인범이야(시리얼(cereal)은 연쇄를 뜻하는 serial과 발음이 같다. - 옮긴이)."

난 계속 웃음이 새어 나왔다. 재치 만점이다.

누구나 마스크를 쓰면 다른 사람이 되는 것 같다. 그래서 모두가 미소를 짓고 웃으며 마스크 뒤에 가려진 이가 누구인지 맞히려고 한다. 아무도 내가 누구인지 몰랐다. 날 볼 때마다 물어봤다.

"너 누구야?"

난 어깨를 으쓱하고는 당장이라도 죽일 듯이 칼을 들어 올렸다. 아이들은 대부분 웃어 넘겼다. 사람들이 내가 누구인지 모르는 게 좀 좋았다. 조금은 자유가 생긴 기분이랄까. 나 같지 않았다. 다른 사람이 된 것 같았다. 적어도 3교시까지는 이 기분을 계속 즐겼다. 윈스테드 선생님이 말씀하기 전까지.

"내 수업에서는 마스크 쓰면 안 돼요. 모두 벗으세요. 한 명도 빠짐없이."

선생님은 한 명 한 명씩 출석을 불렀다. 그러고 나서 숙제로 써 온 핼러윈과 관련된 짤막한 이야기를 교실 앞에서 읽으라고 했다. 평소에는 발표를 싫어하지만, 이번에는 내가 봐도 정말 이야기를 잘 썼다. 내 차례가 되자 발표할 생각에 잔뜩 신이 났다. 그런데 첫 번째 문단을 다 읽자마자 윈스테드 선생님은 그만 읽으라고 했다.

"살인에 대해 발표하면 안 돼, 렉스."

"하지만 진짜 죽는 건 아니잖아요. 유령이니까요. 뭐, 악령이긴 하지만요. 핼러윈 이야기니까 으스스해야죠."

"차마 못 들어줄 정도로 형편없구나. 내 수업에서는 안 돼. 그만 앉거라."

난 정말 열받았다. 숙제는 딱 한 장 분량이었지만 난 여섯 장을 썼다. 다른 아이들은 '사탕 안 주면 장난칠 거야.'나 핼러윈 호박을 무서워한 고양이 같은 시시한 이야기를 썼다. 난 귀신 들린 집에서 끔찍한 악령들이 사람들을 죽이는데 영화처럼 딱 한 소녀만 살아남는 이야기를 썼다. 현실판 마녀인 윈스테드 선생님은 후반부의 반전을 읽지 못하게 했다. 사실 죽은 사람은 아무도 없었다. 그 모든 게 거창한 장난이었다.

남은 수업 내내 난 팔짱만 끼고 앉아 있었다. 선생님은 아마 점수를 나쁘게 주겠지. 내 이야기가 다른 아이들보다 훨씬 재미있어도. 게다가 이야기를 전부 두 번이나 손으로 직접 써서 단어 하나라도 틀리지 않았는데도. 수업이 끝나는 종이 울리자, 교실을 벗어나 마스크를 쓸 수 있어 기뻤다.

점심을 먹으러 가는 길에 리엄이 날 불렀다.

"렉스! 야, 너 맞지? 네 의상 멋지다고 들었다. 이거구나. 우와. 네가 만든 거야? 엄청 멋지다. 진짜 영화 주인공 같아 보여."

"고마워."

"내 의상은 어때?"

리엄은 어깨에 패드를 넣은 빨간색과 하얀색 운동복을 입고 풋볼 운동화를 신고 헬멧을 쓰고 있었다. 풋볼 유니폼 그대로였다. 게다가 한 손에는 풋볼 공도 들고 있었다.

"이해가 안 가."

"난 풋볼 선수잖아."

"그래, 넌 이미 풋볼 선수야. 그건 의상이 아니지."

"그래."

난 여전히 이해가 안 갔다. 하지만 리엄은 말을 돌렸다.

"네가 풋볼 팀에 들어오지 않아서 속상해. 널 한 번도 못 만나잖아. 다음 학기에는 너도 해 봐. 그 전에 내가 좀 가르쳐 줄게. 내가 배운 건 다 가르쳐 줄 수 있어."

"고마워."

리엄의 말에 정말 기분 좋았다. 그렇게 말해 줘서 좋았다. 하지만 엄마한테 풋볼을 해도 되냐고 다시 물어봤다간 무슨 사달이 날지 생각조차 하기 싫었다. 리엄이 말했다.

"언제 한번 같이 놀자."

난 고개를 끄덕이며 대답했다.

"그래, 언제가 좋아?"

리엄은 어깨를 으쓱했다.

"모르겠어. 매일 풋볼 연습이 있어서. 연습이 없는 날도 우리 아빠랑 연습해야 해."

"그래. 다음에 언제 되는지 알려 줘."

난 진심이었다. 리엄과 같이 놀던 시절이 그리웠다. 토드도. 심지어는 제크도.

그때 한 여자아이가 지나갔다. 이름이 아멜리아인 것 같은데 확실하지는 않았다. 사탕 광고에 나오는 몸에 착 붙는 노란 외계인 같은 의상을 입었다. 아멜리아가 리엄을 보자 손을 살짝 흔들어 인사했다.

리엄은 히죽거렸다.

"의상 멋진데! 커다란 바나나 같다."

난 이해가 안 됐지만 리엄이 깔깔 웃어대니 그냥 따라 웃었다. 리엄은 자기가 한 말이 너무 웃겨서 눈물까지 나올 모양이었다.

하지만 갑자기 큰일이 일어났다. 아멜리아가 끔찍하게 상처 입은 눈빛으로 바라보았다. 눈에는 눈물이 점점 차올랐다. 아멜리아가 울지 않길 바랐지만, 아멜리아는 이내 눈물을 흘리고 울음을 터트리고 말았다. 그리고 복도를 쭉 뛰어 도망갔다.

난 속이 불편하고 토할 것 같은 느낌에 사로잡혔다. 금방이라도 토할 것 같았다. 리엄은 여전히 깔깔대고 있었다. 심지어 하이 파이브를 하자고 손을 들었다. 난 겨우 손을 천천히 들어 리엄과 하이 파이브를 했다. 나도 왜 그랬는지 모르겠다.

리엄이 말했다.

"야, 정말 배꼽 빠지는 줄 알았어."

"그러게."

아멜리아가 울 줄은 정말 몰랐다. 리엄과 내가 아멜리아를 놀린 게 그렇게 많이 속상하게 할 줄 몰랐다. 사람들은 나에게 더한 짓도 했는데, 난 울지 않았다. 하지만 아멜리아와 나는 다르다. 난 아멜리아가 어떤 삶을 살고 있는지 모른다. 내가 알지도 못하는 아이에게 상처를 줬다는 사실이 싫었다. 그게 어떤 기분인지, 사람들이 비웃을 때의 그 기분이 어떤지 난 잘 아니까. 진짜 짜증 난다.

느닷없이 교장 선생님이 우리를 향해 허겁지겁 달려오는 모습이 보였다. 교장 선생님은 학교에서 제일 커서 어디 있든 눈에 띈다. 왜냐하면 다른 사람보다 15센티미터 정도는 클 거다. 평소라면 교장 선생님은 언제나 미소를 머금고 있지만, 오늘은 화가 끝까지 났는지 두 손으로 주먹을 쥐고 있었다. 교장 선생님을 만난 적이 없었는데 어찌 된 일인지 리엄과 내 이름을 알고 있었다.

"리엄! 렉스! 방금 너희가 친구를 놀리는 말을 했니?"

"아니요."

리엄이 대답했다.

난 고개를 저었다.

"의상이 바나나 같다고 했다며?"

리엄은 어깨를 으쓱하며 대답했다.

"뭐, 그렇게 보였거든요!"

"그 아이한테 어서 사과하렴."

난 당장 사과하고 싶었다. 그런데 불쾌하고 매스꺼운 기운이 배 속에서 파도처럼 이리저리 밀려왔다. 실제로 아이들이 점점 우리 주위에 모여들어 자기네들끼리 속닥거리자, 위가 꽉 조여져 뭔가가 목구멍 위로 조금 올라왔고 목구멍이 타는 듯했다. 나는 그것을 다시 꾹 삼켰다.

리엄이 말했다.

"사과 안 할 거예요. 그냥 농담한 거라고요."

"방과 후에 남고 싶은 거니?"

리엄이 끙하는 소리를 냈다.

"아니요! 이런! 진정하세요, 선생님."

교장 선생님은 우리를 데리고 아멜리아가 울고 있는 모퉁이로 걸어갔다.

"미안해."

내가 입을 열었다.

리엄도 사과하려 했지만, 구경하고 있는 풋볼 친구들을 보고 나선 사과는커녕 "난 아니야."라고 했다.

교장 선생님은 리엄의 팔을 움켜쥐고 말했다.

"당장 사과하지 못해."

"좋아요! 아멜리아, 미안……. 의상이 너무 이상해서 어쩌냐."

교장 선생님은 이내 화를 참지 못하고 리엄을 교장실로 끌고 갔다. 리엄은 끌려가는 내내 깔깔대며 풋볼 팀 친구들 몇 명과 하이 파이브까지 했다.

아직도 아이들이 모여 있었다. 모두 나와 아멜리아를 뚫어지게 쳐다보며 남아 있었다.

"정말 미안해."

난 진심이었다. 솔직히 그랬다. 사람들이 상처받는 게 정말 싫다. 아무도 상처받아서는 안 된다. 기어들어 갈 듯한 목소리로 덧붙였다.

"의상 멋져. 정말이야."

또다시 아멜리아의 눈에서 눈물 몇 방울이 나와 젖은 뺨을 타고 흘러내렸다. 아멜리아가 목이 멘 채 대답했다.

"이게 우리 할머니가 사 줄 수 있는 최선이었어."

풋볼 팀 선수 몇몇이 그 말을 듣고 킥킥대며 손가락질했다. 아멜리아는 아이들 사이를 뚫고 지나 화장실로 들어갔다.

풋볼 팀 선수들뿐만 아니라 아이들 모두가 날 쳐다봤다. 마치 내가 옷 그대로 진짜 살인자라는 듯이 속닥이며 손가락질하고 노려보았다. 난 욕 먹어도 싸다.

하나님이 날 싫어한다는 게 놀랍지도 않다. 난 끔찍한 아이이다. 늑대인간이나 프랑켄슈타인처럼 보이는 아이들은 의상과 분장일 뿐이었다. 하지만 나는 진짜 괴물이다.

괴짜 아이

"렉스 오글요."

내가 다시 말했다.

급식 계산원은 빨간 바인더에서 내 이름을 찾기 시작했다. 손가락에 침을 묻히고서 명단을 한 장 한 장 넘겼다. 아직도 내가 누군지 모른다는 사실에 짜증이 났다. 월요일부터 금요일까지 두 달 동안 빠짐없이 알려 줬건만. 어떻게 이렇게까지 기억력이 형편없을 수 있는지 이해가 안 된다.

"렉스 포글이라고?"

내가 투덜댔다.

"렉스 오글이라고요. 매일 말했잖아요."

늙은 계산원은 눈을 가늘게 뜨고 보다가 눈가에 주름이 깊어지며 노려보았다.

"아주 버릇없구나."

갑자기 기분이 나빠졌다. 계산원은 나이가 많아서 외할머니나 친할머니 생각이 났다. 마음속으로는 조금이나마 사과하고 싶었지만, 한편으로는 왜 아직도 내 이름을 기억하지 못하는지 도무지 이해가 안 됐다.

계산원은 드디어 무료 급식 명단에서 내 이름을 찾았다. 이름 옆에 표시를 했다.

"저기요, 죄송⋯⋯."

계산원은 퉁명스럽게 말했다.

"다음 학생."

난 다시 짜증이 나고 화가 났다. 난 사과하려고 했다. 애초에 그렇게 버릇없게 말하지도 않았다. 내가 진짜 하고 싶었던 말들, 내 머릿속을 굴러다니던 말들이 뭔지 알기나 할까? 만약 그 말을 입 밖으로 꺼냈다면 계산원은 심장 마비에 걸렸을지도 모른다. 하지만 어떤 말도 하지 않았다. 그 말들이 입에서 나오려고 발버둥을 치듯 혀끝에 맴돌았지만.

내 머릿속에 떠오르는 말들에 진저리가 난다. 가끔 내가 생각하는 말들이란 정말 끔찍하고 사악하다. 악질이다. 집에서 주고받는 말들과 비슷하다. 바이러스에 감염되듯 내 머릿속에 그 말들이 스며들었다. 한 아이가 수두에 걸리면 주위에 모든 아이가 걸리는 것과 같다. 머릿속에선 엄마와 샘 아저씨가 하는 말들이 울려 퍼진다. 둘이 서로에게 악을 쓰며 했던 말, 엄마가 잔인하게 쏟아부은 말, 그러면 샘 아저씨가 되갚는 끔찍한 말, 그러다 점점 더 나쁜 말들이 오가고, 더 잔인한 말들이 콸콸 쏟아지다가 주먹을 휘두르고 나서야 끝이 난다.

샘 아저씨는 나와 엄마를 이름 대신 저급한 말로 부른다. 거의 매일. 나를 계집애 같은 녀석. 왜소한 놈, 나약한 놈, 멕시코 녀석이라고 부르고, 엄마를 부르는 말은 입에 담고 싶지도 않다. 그래서 사람들이, 특히 여자들이 나에게 무례하거나 못되게 굴면 그 사람들을 이 가운데 하나로 부르고 싶어진다.

하지만 난 그러지 않는다. 아니, 그러지 않으려고 안간힘을 쓰는 거다. 샘 아저씨처럼 되고 싶지 않으니까. 그런데도 나의 일부는 이미 닮았을지도 모르겠다. 그렇지 않고서야 왜 내 머릿속에서 저런 끔찍한 말들이 떠오르겠는가.

난 혼자 앉아 점심을 먹고 있었다. 이 모든 상황을 떠올리며, 내가 다른 사람이 되길 바라면서. 사실 정말 허기졌는데도 배가 좀 아파서 음식을 깨작거리고 있었다. 고개를 푹 숙이고 생각에 골똘히 빠져 있느라 맞은편에 누가 앉아 있다

155

는 것도 알아채지 못했다. 나에게 같이 앉아도 되냐고 묻지 않아서 더 그랬다.

고개를 들어 보니 처음 보는 녀석이었다. 키가 작은 백인이었는데, 갈색 머리를 바가지 모양으로 잘라 웃겼다. 내 자리 근처에 실수로 뭘 떨어뜨렸거나 잃어버린 걸 찾으러 온 건가 싶어서, 테이블 위아래를 훑어보았다.

그 아이가 말했다.

"이런 시스템은 참 별로야."

"무슨 시스템?"

"학생들은 소 떼처럼 거칠게 떠밀려 줄을 서야 하고, 거절당할까 불안한 마음으로 앉을 자리를 찾아 헤매야 하는 사회 시스템 말이야. 교장 선생님과 선생님들은 우리더러 각자 사회적 지위를 찾기 위해 싸우라고 하지. 아니면 우리를 한정 짓는 테두리 안에 맞춰 가둬 놓길 강요해."

아이는 완두콩과 으깬 감자 조금을 포크로 찍어 입에 넣었다. 천천히 씹어 넘기고는 말을 이어갔다.

"밴드부 괴짜들, 연극반 아이들, 8학년 운동부, 7학년 운동부, 치어리더들, 코스프레 동아리, 헤비메탈 밴드……."

'교회 동아리에서 온 걸까? 어쩌면 루크가 이 아이를 보내서 내가 교회에 가게 하려는 걸 수도.'

내가 물었다.

"넌 어느 쪽이야?"

"난 어떤 꼬리표도 안 붙여. 난 그냥 나야."

"아, 그래."

이 말밖에 할 말이 없었다.

우리 둘 다 음식을 깨작거렸다.

아이가 다시 입을 열었다.

"이 급식실 구석구석에 카메라가 분명히 있을 거야. 우리가 정부에서 실행하는 대규모 사회적 실험의 대상이 되는 거지. 카메라로 우리를 녹화해서 정신과 의사들이 우리를 관찰하고 있을지 몰라. 요즘 아이들의 특징을 알아내려고 말이야."

"너 좀 이상하다. 어?"

"이상하다는 건 똑똑한 사람들한테 붙는 꼬리표지."

나도 가끔 이상하다는 소리를 듣는다. 그럼, 나도 똑똑한 걸까? 하지만 정말 똑똑한 사람들은 트레일러 집이나 형편없는 아파트에서 살지 않을 것 같다.

설사 그렇다고 해도 아무도 그곳 아이들이 똑똑하다는 걸 발견할 수 없을 거다. 왜냐하면 그곳 사람들은 다음 끼니를 구하느라, 빚을 갚느라 너무 바빠 신경 쓸 틈이 없을 테니까.

나는 이 이상한 아이와 한동안 말없이 점심을 먹었다. 이윽고 내가 물었다.

"정말 누군가 우릴 지켜보고 있다고 생각해?"

아이는 어깨를 으쓱했다.

"정부가 하는 실험 중 가장 이상한 건 아닐 거야. 베트남 전쟁 동안 정부는 자국 군인들에게 화학 무기 실험을 했으니까. 그걸 에이전트 오렌지라고 해. 알이엠(R.E.M.) 이라는 록밴드가 그 사실을 노래로 만들었어. 한번 찾아서 들어 봐."

"왜 그랬는데?"

"알이엠은 정치적인 노래를 많이 만들었어."

"아니, 정부 말이야. 왜 자기 나라 사람들을 실험하고 다치게 했냐고."

"군인들을 추적 관찰하기가 더 쉬워서 그랬을 거 같아. 가장 가까운 사람, 사랑하는 사람에게 상처 주는 게 항상 더 쉬운 법이야."

그 말을 들으니, 엄마와 샘 아저씨가 떠올랐다. 하지만 두 사람이 날 사랑한다면 상처 주는 말을 하지 않을 거다.

"난 이단이야."

"난 렉스야."

이단이 고개를 끄덕이며 말했다.

"멋진 이름이네. 이름에 엑스(X)가 들어 있잖아. 엑스맨처럼 말이야."

"엑스맨이 뭔데?"

"이럴 수가! 진짜 몰라? 세상에서 제일 끝내 주는 만화책이라고."

이단은 책가방을 뒤지기 시작했다. 만화책 몇 권을 꺼냈다. 책마다 비닐포장지로 쌌는데 뒤표지는 하드보드를 대어 놓았다. 책이 망가지지 않게 하려고 한 모양이다. 표지 그림마다 밝은색 쫄쫄이를 입은 사람들과 다른 사람들이 싸우고 있었다. 리엄과 제크는 만화책은 폐인들이나 보는 거라고 늘 그랬다. 그래서 난 만화책을 한 번도 읽은 적이 없었다. 하지만 표지를 보니 색깔이 마음에 들었다. 그림도 꽤 멋졌다.

"어떤 내용이야?"

"엑스맨이 자신을 두려워하고 증오하는 세상을 보호하기로 맹세해. 엑스맨은 돌연변이야. 돌연변이는 초능력이 있어. 날씨를 마음대로 바꿀 수 있거나 눈에서 강풍을 쏘거나 다른 사람을 치료할 수 있고 쇠갈퀴 손톱이 있어. 뭐, 사실 엄밀히 말하자면 울버린의 쇠갈퀴 손톱은 돌연변이 능력은 아니야. 울버린의 의지와 상관없이 정부가 나중에 추가시킨 능력이지."

"넌 정부가 마음에 안 들지. 그렇지?"

"난 정부를 신뢰하지 않아. 의심은 건강한 거야."

무슨 말을 하는지 도통 알아들을 수 없었다. 이 아이는 엄청난 괴짜다. 하지만 똑똑해 보였고 아는 게 많았다.

"네가 돌연변이가 돼 초능력이 있다면 어떤 거면 좋겠어?"

이단이 물었다.

"모르겠네."

난 잠시 생각해 봤다.

"손도 안 대고 물건을 옮기면 멋질 거 같아. 예전에 영화에서 한번 봤거든. 어떤 어린애가 마음먹은 대로 방에 있는 물건을 이곳저곳 날아다니게 하더라."

"그건 염력이야. 좋은 선택이야. 날고 싶다고 말하지 않아서 다행이다. 모두 날고 싶다고 하거든. 그건 너무 시시하잖아."

"그런데 염력이 있으면 내가 내 몸을 이리저리 움직일 수 있을 거 아니야. 그럼 날 수도 있겠지."

"바로 그거지!"

이단은 몹시 흥분하며 대답했다.

"넌 무슨 초능력이 생기면 좋겠어?"

이단은 두 손을 비볐다.

"물어봐 줘서 고맙다. 내가 가장 좋아하는 캐릭터는 아이스맨이거든. 뭐든 얼려 버려. 얼음으로 미끄러지게 만들고. 그런데 그게 내가 원하는 초능력인지는 모르겠어. 먼저 고려해야 할 사항이 한둘이 아니거든. 악당과 싸울 초능력이 필요한가 아니면 세상을 더 나은 곳으로 만들어야 하나 아니면 그냥 여자아이들 앞에서 멋있게 보이려⋯⋯."

이단은 한참을 떠들었다. 이단이 내 질문에 제대로 대답하고 있는지도 알 수 없었다.

이단이 떠드는 동안 나한테 정말 초능력이 있다면 얼마나 멋질지 생각했다. 내가 보이지 않으면 계산원하고 아웅다웅할 필요 없이 무료 급식을 먹을 수 있을 텐데. (무료니까 훔치는 게 아니다. 그렇죠?) 순간이동을 할 수 있다면, 바로 점심을 받자마자 다른 곳으로 쓱 사라져 먹을 수 있을 텐데. 어마어마한 부자가 되는 것도 초능력인지 궁금해졌다. 부자가 되는 초능력도 생기면 좋겠다.

이단이 말했다.

"내 만화책 한 권 빌려줄게. 책이 망가지지 않게 본다고 약속해."

아주 잠시 어안이 벙벙했다. 어째서 나한테 이렇게 착하게 구는 건지, 왜 내 앞에 앉은 건지, 대체 뭘 원하는 건지 궁금했다. 그래서 단도직입적으로 물었다.

"너도 저 교회 동아리에서 온 거야? 날 꼬드겨 교회에 가게 하려고?"

이단은 웃음을 터뜨렸다.

"난 교회 안 다녀. 불가지론자야."

"불가지론도 종교야?"

"헉! 아니. 아무것도 안 믿는다는 거야. 하지만 안 믿는다는
것도 아니야."

"뭐라고?"

"난 증거를 기다리는 중이야. 하나님이 나타나서 '어이, 난
진짜란다. 내가 하나님이라는 걸 증명하는 멋진 초능력을 보
렴.'이라고 하면 믿을 거야. 그때까지 난 아무것도 결정하지
않을 거야."

"아아."

"근데 그건 왜 물어?"

"그냥 내 앞에 앉아서 정말 착하게 구니까 그렇지. 보통 그
러면 무슨 꿍꿍이가 있는 거잖아."

"봐 봐! 내가 말했잖아. 의심은 건강한 거라고. 너 조심스러
운 성격이구나. 그런 생존 기술을 가지고 있는 사람은 많지
않아."

"그래?"

이단이 고개를 끄덕였다.

점심시간이 끝나는 종이 울렸다.

"수업 들어갈 시간이네."

이단은 만화책들을 도로 가방에 넣었다. 한 권은 빼고. 이
단은 나에게 책을 테이블 위로 쓱 밀어 주었다.

"자, 받아. 그냥 빌려주기만 하는 거다. 다시 돌려줘야 해.
내일은 어때? 같이 앉자. 너만 좋다면."

처음으로 이단은 내 눈을 피했다. 이단은 긴장한 듯 테이블
을 내려다봤다. 내 대답을 두려워하는 것 같았다.

그제야 깨달았다. 이단은 점심을 같이 먹을 누군가가 필요
했던 거다. 바로 나처럼. 이단도 풋볼 팀에 들어가지 못해서
친구가 없는 걸까? 아니면 그냥 엄청난 괴짜인 걸까? 그럼,
반대로 난 어떤 사람인 걸까? 찢어지게 가난한 아이지.

"좋아. 내일 보자. 이 테이블에서?"

이단이 미소를 지었다.

"같은 배트 시간에 같은 배트 기지에서 봅시다(〈배트맨〉 티
브이 시리즈의 에피소드가 끝날 때마다 나오는 말이다. - 옮긴이)."

난 무슨 말인지 못 알아들었는데도 와락 웃음이 터졌다.

나 홀로 집에

"우유랑 시리얼 있고, 부엌 조리대에 20달러 놔뒀으니까, 밤에 피자 시켜 먹어."

엄마가 말했다.

엄마는 마트에서 가져온 비닐봉지에 옷을 주섬주섬 넣었다.

"집에 친구 데려오면 안 된다. 모르는 사람도 들이면 안 돼."

난 눈을 치켜뜨고 말했다.

"내가 그렇게 멍청한 줄 알아요? 왜 낯선 사람을 들이겠어요?"

"밖에 나가도 되지만, 아파트 단지 밖으로 나가면 안 돼."

"나도 이미 다 안다고요."

엄마가 잔소리 좀 그만했으면 좋겠다. 만화영화를 보려고 하는데 엄마는 계속 잔소리했다.

"내 말 듣고 있는 거야?"

엄마는 목소리를 한껏 올려 소리쳤다.

"그렇다니까!"

나도 소리쳤다.

"엄마가 시도 때도 없이 나가니까 어떻게 해야 할지 잘 안 다고요!"

정말 그랬다. 엄마와 샘 아저씨는 여러 달에 한 번씩 동네를 벗어나 며칠 동안 어딘가를 다녀온다. 나하고 포드를 집에 남겨 두고서.

어떤 아이들은 집에 혼자 있으면 무서워할지도 모른다. 난 아니다. 어쨌거나 이젠 무섭지 않다. 처음 혼자 있었을 때는 정말 무서워서 어쩔 줄을 몰랐다. 포드가 겨우 한 살이고 난 고작 아홉 살이었으니까.

그때는 버밍햄으로 한 주 전에 이사 온 터라 아는 사람도 아무도 없었다. 엄마는 샘 아저씨와 딱 하룻밤만 나갔다 오겠다고 했다. 하지만 둘은 거의 나흘이 지나 돌아왔다. 지금은 긴 시간이 아닌 거 같지만, 아홉 살 때는 그 시간이 영원한 것 같았다.

엄마한테 연락할 수 있는 전화도 없었다. 집에도 전화가 없어서 나쁜 일이 일어나도 경찰에 전화할 수도 없었다. 그런데 좀 무서운 일이 있었다. 둘째 날 밤, 새벽 2시 무렵이었는데, 누군가 문을 쾅쾅 두들겼다. 목소리가 남자였는데 고래고래 소리를 지르고 문을 마구 걷어찼다. 문을 부수고 들어와 물건을 훔치거나 날 죽일 것 같았다. 한참 후 그 남자는 우리 집 앞을 떠나갔다. 하지만 그날 밤 한숨도 못 잤다. 그 다음 날 밤까지도.

셋째 날 밤에는 집에 먹을 게 떨어졌다. 포드가 울음을 그치지 않았다. 너무 배고팠을 테니까. 뭘 어떻게 해야 할지 까마득했다. 할 수 없이 아무 집이나 돌아다니며 누군가 대답할 때까지 문을 두드렸다. 날 정신 나간 녀석으로 쳐다보는 어떤 남자에게 빵을 빌려줄 수 있는지 물었다. 그렇게 부끄러울 수가 없었다.

엄마와 샘 아저씨가 문을 열고 들어서자마자, 난 둘을 향해 마구 소리 지르기 시작했다. 엄마는 되레 나에게 도대체 왜 그러냐며 큰 소리로 따져 물었다. 난 꺼이꺼이 목 놓아 울었다. 도무지 이해가 안 됐다. 엄마와 샘 아저씨에게 미친 듯 화가 났는데 둘이 집에 돌아오니 마음이 확 놓이기도 했다. 더 어릴 때 난 울보였다. 그땐 왜 그랬는지 모르겠지만 지금은 울보가 아니다. 거의 울지 않는다.

날 슬프게 하는 그 모든 감정들을 마음 깊숙이 숨겨 잠가 버렸다. 내 영혼에 깊이 자리 잡은 어두운 우물 속에는 금고가 있다. 모든 슬픔을 그 금고에 가두고 나서 구덩이에 묻고 잊어버리려 애쓴다.

엄마는 내 머리를 꽉 움켜쥔 채 귀에 대고 소리를 질렀다.

"내 말 알아들었냐고?!"

"하나님 제길! 아프잖아!"

나는 내 귀를 움켜잡고 소리쳤다.

엄마는 눈썹을 치켜올리고는 히죽거렸다.

"그런 말을 했다간 너 지옥 갈 거야, 이 교양 없는 녀석아."

"여기보다 안 좋을 리는 없죠."

난 중얼댔다. 하지만 죄책감이 확 솟아올라 내 안을 가득 채웠다. 내가 하나님을 믿는지는 모르겠지만, 하나님이라는 말을 넣어 욕하면 안 된다는 것쯤은 잘 안다. 이 실수 하나로 지옥에 가게 될까 슬슬 걱정됐다.

엄마가 문 옆에 가방을 내려놓자, 포드가 울음을 터뜨렸다.

"안 돼! 가지 마! 제발, 가지 마! 착해질게. 약속."

"얘-얘야, 그-그만 울어. 형이 같이 있-있을 거잖아."

샘 아저씨는 포드를 들어 올려 꼭 안아 주었다. 그 모습을 보자 한 번도 저렇게 날 안아 주지 않았다는 게 생각났다. 그건 우리 아빠도 마찬가지였다. 내가 아는 한.

샘 아저씨는 내 무릎에 포드를 내려놓았다. 난 포드를 안았지만, 포드는 털썩 주저앉아 꿈틀거리며 날 밀어냈다. 야생마처럼 마구 날뛰면서 날 벗어나려 안간힘을 썼다. 엄마는 포드의 머리를 쓰다듬고 볼과 이마에 뽀뽀해 주었다.

내가 물었다.

"최소한 어디 가는지 알려 줘야 하지 않아요?"

"고작 몇 시간만 있다 올 거야. 걱정하지 마."

"포드하고 난 왜 가면 안 되는데요?"

"온종일 볼일 보러 다녀야 하니까! 너희는 지루해 못 견딜 거라고! 항상 왜 이렇게 날 힘들게 하는 거야?"

엄마가 고함을 쳤다. 이윽고 차분한 목소리로 말했다.

"있잖아, 다른 아이들은 주말 내내 집에 혼자 있고 싶어서 안달이라더라."

"애 보지 않으면 저도 좋겠죠."

엄마는 손등을 확 들어 올렸다. 난 움찔했다. 그 모습에 엄마는 만족스러운 모양이었다. 내가 움찔했다는 사실이 정말 싫었지만, 엄마가 그 모습을 즐기는 건 더 싫었다.

"일요일에는 돌아올 거죠?"

엄마가 툴툴댔다.

"그럴 거라고 아까 말했지. 그만 아기처럼 굴어. 넌 신날 텐데 뭘. 자, 이리 와서 엄마 안아 줘."

"못 해요."

포드가 여전히 엄마와 샘 아저씨와 같이 가고 싶어서 몸부림치며 울고 있었다. 엄마가 포드와 내 위에서 몸을 굽혀서 어정쩡한 자세로 우릴 안았다. 엄마가 나를 안는 건 흔치 않은 일이었다. 그래서 기분이 이상했다.

둘이 문을 닫고 나가자, 포드는 비명을 지르기 시작했다. 소리가 너무 커서 누가 들으면 야생동물의 공격이라도 당하는 줄 알 것 같았다. 결국 내 품에서 포드를 놓아주었다. 포드는 냅다 현관문으로 달려갔다. 몸을 문에 쿵쿵 부딪치고 방방 날뛰었다. 난 웃음을 꾹 참았다. 웃기지만 슬픈 현실이었다. 포드가 문으로 달려가 부딪쳐 튕겨 넘어지는 모습이 꼭 코믹 홈 비디오에 나오는 장면 같았다. 포드는 이내 바닥에 주저앉았고, 커다랗고 푸른 눈에서 눈물이 펑펑 솟아 나왔다. 포드의 감정과 내 감정이 별반 다르지 않았다. 부모가 우리를 남겨 두고 떠날 때 그 기분. 그리고 어쩌면 돌아오지 않을 것 같은 느낌.

난 포드의 관심을 돌리려고 했다. 먼저 책을 몇 권 읽어 주고 나서 장난감으로 놀아 줬다. 포드와 더 놀아 주려고 했지만, 포드는 놀지 않으려 했다. 그래서 난 티브이 볼륨을 크게 높이고 어린이 만화를 틀어 주었다. 만화에서 나오는 반복되는 말들과 노래들은 죄다 내 신경을 건드렸지만, 포드는 엄청나게 좋아했다. 결국엔 포드는 천천히 내 무릎으로 기어들어 왔다.

포드의 젖은 뺨에 햇살이 반짝거렸다. 기다란 속눈썹에는 눈물이 방울방울 매달려 있었다. 포드가 슬퍼할 때면 내 가슴은 무거운 돌덩이에 짓눌린 듯 답답하고, 눈 주위가 뜨겁게 달아오르며 점점 머리가 아프다. 이런 상태를 뭐라고 해야 할지 모르겠지만, 너무 싫다. 부모가 우리에게 이런 기분을 느끼게 하는 게 너무나도 싫었다.

몇 분 뒤 내가 자리에서 일어나자, 포드는 나도 떠나갈 것 같다는 표정을 지었다.

"형 아무 데도 안 가. 초콜릿 우유 갖다줄게. 좀 마실래? 형이 만들어 줄게."

그제야 포드는 고개를 끄덕였다.

그날 밤 '달걀과 비엔나소시지'를 만들었다. 내 마음대로 요리했다.

소시지를 잘라 넣고 달걀을 마구 휘저어 익힌 다음 후추를 뿌렸다. 너무 짰지만, 포드는 아주 맛있게 먹었다. 포드가 잠이 들자, 난 예술품을 훔치는 도둑에 관한 영화를 봤는데, 지루했다.

포드와 주말 내내 티브이를 본 것 같다. 이리저리 채널을 돌려 봤지만, 유료 방송 채널 가입을 안 해서 재미있는 프로는 찾기 힘들었다. 예전에는 한동안 채널이 고작 두 개 밖에 나오지 않았다. 그나마 내가 철사 몇 개와 포일, 철사 옷걸이로 안테나를 만든 덕분에 이제는 채널을 여섯 개나 볼 수 있다. 간혹 창문 쪽으로 포일 끝을 위로 붙잡고 있으면, 일곱 개가 나올 때도 있다. 하지만 그건 못 할 짓이다.

* * *

토요일이 되자 아파트 마당이 분주했다. 라이언과 버네사라는 어린아이들이 길가에서 커다란 플라스틱 블록을 쌓고 있었다. 버네사의 엄마는 접이식 간이 의자에 앉아 책을 읽으며 아이들을 지켜보고 있었다. 내 또래의 아이들은 숨바꼭질과 얼음 땡을 하며 서로 쫓고 쫓기며 놀고 있었다. 포드는 아주 조그만 다섯 손가락으로 내 손가락 두 개를 꽉 잡고 있었고, 다른 손으로는 자신이 가장 좋아하는 빨간 소방 트럭을 들고 있었다.

포드는 라이언과 버네사 사이에 끼어 놀았다. 난 지켜보며 서 있었다. 버네사의 엄마가 책에서 눈을 떼 올려다보며 나에게 고개를 끄덕했다. 나도 고개를 끄덕하며 인사했다.

베니가 브래드에게 쫓기며 날 지나 달려갔다. 브래드가 베니를 잡아서 얼굴을 흙더미에 확 밀어 넣었다.

"네가 술래야, 멍청한 놈."

베니는 흙을 털어 내며 나에게 물었다.

"우리랑 같이 놀래? 나랑 같은 편 하자."

나도 그러고 싶었지만, 포드를 봐야 했다. 포드는 너무 작고 연약한 어린아이다. 툭 치면 부러질 것 같다.

"못 놀아. 동생 봐야 해."

버네사 엄마가 말했다.

"괜찮으면 내가 봐 줄게."

난 고개를 흔들었다.

"감사하지만 괜찮아요."

베니는 어깨를 으쓱하고는 다른 아이들에게 뛰어가 다시 어울렸다. 친구들이랑 놀 수 없다는 사실이 싫었다. 엄마와 샘 아저씨가 나에게 책임을 떠맡기고 떠나는 바람에 재미있게 놀 기회를 포기해야 했다. 포드는 온전히 내가 책임져야 한다. 포드에게 무슨 일이라도 생기기라도 한다면…….

난 그런 생각은 멈추려고 안간힘을 썼다. 유괴범이 나타나 포드를 납치해 가는 끔찍한 악몽을 꾼 적이 있다. 샘 아저씨와 엄마는 정말 날 죽이려고 했다. 이게 다 내 잘못이라고. 그래, 내 잘못이다. 마땅히 내가 포드를 잘 돌봐야 했는데, 그러지 않았으니까. 왜 이런 꿈을 꾸는지 모르겠지만 악몽을 꾸면 끔찍할 정도로 무서운 기분으로 일어난다.

* * *

저녁으로 페퍼로니 피자 라지 사이즈 한 판과 치즈빵을 곁들이로 주문했다. 치즈빵은 두 가지 딥핑소스를 같이 주는데, 정말 끝내준다. 랜치와 마리나라 소스 중 뭘 더 좋아하는지 고르라면 죽었다 깨어나도 못 고른다. 그래서 빵을 한 입 먹을 때마다 소스를 한 번씩 번갈아 가며 찍어 먹는다. 소스가 조금도 남지 않게 싹싹 다 긁어 먹는다.

베니가 우리가 좋아하는 〈몬스터즈〉라는 공포 시리즈를 보러 밤늦게 우리 집에 놀러 왔다. 매주 다른 이야기가 나오는데, 지난 에피소드는 지하 통로에서 사람을 잡아먹는 거대한 거미 이야기였다.

내가 포드를 재우려고 하자 포드는 말을 안 들었다.

"나도 보고 싶어."

"그러면 무서운 꿈을 꿀 텐데."

포드는 아니라고 고개를 저었다. 아무튼 억지로 포드를 잠자리에 들게 했다. 〈몬스터즈〉를 볼 생각에 잔뜩 신이 났다. 으스스한 주제가가 흘러나오자, 어디선가 훌쩍거리다 작게 우는 소리가 들려왔다. 알고 보니 포드가 몰래 나와 소파 뒤에 숨어서 보고 있었다.

베니는 웃음이 터졌다.

"아기 우는 것 좀 봐라! 하!"

어떤 이유에서인지 그 말을 듣고 확 열받았다.

"하나도 안 웃겨! 쟤는 진짜 아기야."

나는 베니 팔을 있는 힘껏 때렸다. 베니는 총에 맞은 것처럼 자기 팔을 붙들고 있었다. 그러더니 아무 말도 없이 쿵쾅대며 우리 집에서 나가 버렸다. 그래서 난 더 화가 났다. 진짜 하고 싶었던 건 내가 좋아하는 프로그램을 평화롭게 보는 것뿐이었는데 모두 다 화가 나고 말았다.

포드가 울면서 말했다.

"꺼, 너무 무서워."

"진짜가 아니야. 그냥 티브이에서 나오는 거야."

그래도 포드는 계속 울었다. 무서운 게 어떤 느낌인지 나도 잘 안다. 무언가가 몹시 무서울 때 느끼는 공포감. 그 끔찍한 무언가가 눈앞에서 사라지고 나서야 괜찮아진다. 포드가 공포를 느끼게 하고 싶진 않다. 누구도 그런 기분을 느껴서는 안 된다. 그래서 난 채널을 돌렸다.

* * *

일요일에도 포드와 나는 마당으로 다시 나갔다. 베니와 브래드가 밖으로 나오자, 난 베니에게 손을 흔들었다.

"어젯밤에는 미안해."

베니는 어깨를 으쓱했지만, 여전히 화가 나 있었다. 이해했다. 사실 나도 화가 안 풀렸으니까.

브래드가 말했다.

"우리랑 같이 놀러 가자."

"포드 봐야 해."

"포드도 데려와. 나도 이 애 봐야 하니까."

브래드는 베니를 가리켰다. 나는 한 번도 본 적 없는 형들을 만났다. 형 둘은 다른 동네에서 왔는데, 리엄네 동네였다. 나머지 한 명은 '찰리'라는 형이었는데 우리 아파트 관리인의 아들이라고 했다.

내가 물었다.

"형은 여기 살아?"

"그랬었지. 감방에 보내지기 전에."

"감방이 뭐야?"

"소년원."

찰리 형은 코웃음을 쳤다. 내가 멍청하다는 듯.

"우리 부모가 이혼하고 나서 우리 아버지 차를 훔쳤어. 술 마시고 그 차를 몰다가 둑에다 처박아 박살을 냈지."

"대단한 놈."

브래드가 말했다.

"맞아, 대단한 놈."

베니가 맞장구를 쳤다. 대단하다는 말이 나에겐 순전히 거짓말처럼 들렸다. 저게 사실이라면 찰리 형은 멍청이다. 음주운전을 하면 안 된다는 건 어린아이들도 알고 있다. 사람을 죽일 수도 있으니까. 하지만 굳이 그런 말을 하지는 않았다.

찰리 형이 물었다.

"술 마셔 본 적 있어?"

난 거짓말을 했다.

"당연하지."

찰리 형은 주위에 어른이 있는지 휙 둘러보고선 청재킷에서 술병 하나를 꺼냈다. 찰리 형은 한 모금 마시더니 좋은 동네에서 온 다른 형 둘한테 병을 넘겼다. 둘은 조금 마시더니 브래드에게 넘겼다. 브래드는 꿀꺽꿀꺽 마시더니 오만상을 찡그렸다.

찰리 형이 히죽거렸다.

"좀 세지? 우리 집 장식장에서 매일 조금씩 몰래 따라온 거야. 그만큼 물을 채워 놔. 엄마는 그것도 모르면서 맨날 고주망태야."

브래드는 나에게 술병을 넘겼다. 난 술병에 코를 대고 킁킁 댔다. 마셔 보고 싶었지만, 한편으로는 샘 아저씨처럼 술 마시고 뻗을까 봐 걱정됐다. 게다가 난 포드를 봐야 했다.

"난 됐어."

찰리 형이 말했다.

"바보처럼 굴지 마. 그냥 마셔 봐."

"싫어."

누가 이래라저래라 간섭하는 건 듣기 싫다. 엄마는 자주 그런다. 찰리 형이 계속 우겼다. 술병을 내 코앞에 들이밀었다.

"마셔 봐, 계집애 같은 놈."

정말 듣기 싫은 말, 샘 아저씨가 날 부를 때 제일 많이 쓰는 말이다. 그래서 계집애 같은 놈이라고 불러도 찰리 형의 의도와 다르게 난 별 반응을 하지 않았다. 난 수치스럽지도, 당황하지도 않았다. 그저 짜증만 났다.

"자, 어서 마셔."

나보고 마시라고 떠밀수록 점점 더 마시고 싶지 않았다. 난 다시 말했다.

"싫어."

"계집애 같은 놈."

찰리 형은 우뚝 서서 어깨를 뒤로 젖히고 주먹을 쥐었다. 공격할 준비를 마친 유인원 같았다. 난 눈 하나 깜빡하지 않았고, 그런 나 자신한테 놀랐다. 찰리 형은 덩치가 샘 아저씨의 반도 안 돼서 분명히 샘 아저씨만큼 세게 때리지는 못할 것 같았다.

"내가 마실게."

베니가 말했다. 베니는 병을 가져가 꿀꺽 삼켰다. 그러더니 얼마 버티지 못하고 캑캑거리더니 토했다. 휘발유라도 마신 것처럼.

찰리 형이 말했다.

"우리가 할 수 있는 게임이 하나 있어."

찰리 형은 말 없는 형에게 손을 흔들어 부르더니 헤드록을 걸었다.

"위험할 것 같아. 질식해서 죽을 수도 있잖아?"

베니가 말했다. 나도 같은 생각을 했는데 베니가 그렇게 말해서 내심 기뻤다.

"장난이지."

찰리 형이 말했다. 마당 구석에서 찰리 형이 얌전해 보이는 다른 형의 목에 팔을 두르고 얼굴이 새빨개질 때까지 꽉 조였다. 갑작스러운 공격을 받은 형은 찰리 형의 팔을 마구 때리다가 할퀴었다.

찰리 형 팔에서 어렵게 풀려난 형은 공기를 들이마시며 캑캑댔다. 형은 가슴을 문지르며 기침을 멈추려고 버둥거렸다. 그 모습을 보니 나도 다시 숨 쉬게 된 기분이었다.

"끝내주지, 응?"

찰리 형이 말했다.

"아니 안 멋져."

내가 대답하니, 찰리 형이 눈을 치켜떴다.

"다음엔 나! 나 해 줘."

브래드가 말했다. 브래드가 그러자 다른 조용한 형도 해달라고 했다. 차례가 되자 베니는 겁에 질린 표정을 지었다.

내가 말했다.

"너 안 해도 돼."

"닥쳐, 이 계집애 같은 놈아. 그냥 재미있게 노는 거라고."

찰리 형이 말했다.

"내가 해 볼게."

브래드가 말했다. 브래드는 베니의 목에 팔을 걸었다. 그리고 팔에 힘을 꽉 주어 쪼이자 베니의 얼굴이 점점 빨개졌다. 베니의 주근깨가 빛나면서 얼굴이 거대한 딸기 같았다. 베니는 브래드의 팔을 치기 시작했다. 베니는 얼굴을 마구 흔들고 팔다리를 휘저었다.

"베니 놔줘, 브래드!"

내가 소리쳤다.

하지만 브래드는 안 된다고 고개를 젓는 찰리 형을 바라보았다. 브래드는 놓아주지 않았다. 이윽고 베니는 브래드 가랑이 중앙에 주먹을 콱 날렸다. 브래드와 베니는 함께 땅에 뒹굴었다.

난 베니에게 달려갔다.

"괜찮아?"

베니는 아무 말도 하지 않았지만, 눈물을 흘리지 않으려고 안간힘을 썼다.

"네 차례야. 너만 아직 안 했어."

찰리 형이 나에게 말했다. 상황을 빠져나갈 방법이 없었다.

그래서 찰리 형에게 한마디 던졌다.

"형 다음에 할게."

"난 아까 했어."

"난 형이 하는 건 못 봤는데. 본 사람 있어?"

모두 고개를 저었다.

"봤지?"

"했다니까. 두 번이나."

"그럼 세 번은 왜 안 되는데?"

"너한테 증명해야 할 필요 없잖아. 계집애 같은 놈."

포드가 찰리 형 말을 따라 했다.

"지지배!"

"그런 말 하면 안 돼."

내가 말했다.

"지지배!"

포드가 더 크게 따라 했다. 나 빼고 모두 웃었다. 포드가 계속 말하는 바람에 찰리 형은 짜증을 내고 말았다. 난 이 멍청한 녀석들에게 최대한 멀리 떨어지고 싶었다. 그래서 포드에게 물었다.

"우리 아이스크림 먹으러 갈래?"

포드가 함박웃음을 지으며 고개를 끄덕였다. 우리는 동네를 떠나 엘비제이가 큰 사거리에 있는 패스트 마트까지 걸어 갔다. 그리 멀지 않은 거리였지만 포드가 너무 어려서 거의 20분을 걸었다. 가는 내내 포드 손을 놓지 않았다. 내가 유일 하게 포드 손을 놓은 건 마트에서 돈을 낼 때였다. 피자를 주 문하고 남은 돈으로 바닐라 아이스크림에 초콜릿이 감싸진 막대 아이스크림을 하나씩 샀다.

우리는 마트 밖 그늘에 앉았다. 한 번 깨물 때마다 맛을 음 미하며 차가운 간식을 천천히 아껴 가며 먹었다. 이거야말로 간식다운 간식이었다. 엄마는 이런 건 절대 못 사게 했다.

난 포드에게 물었다.

"어때?"

포드가 고개를 끄덕였다. 초콜릿이 조그만 얼굴의 절반에 잔뜩 묻어서 수염을 칠한 것처럼 보였다. 한 아저씨가 지나가 다 모자를 벗어 몸 앞에 대고 정중히 한마디 했다.

"안녕하세요."

포드가 말했다.

"지지배."

난 코웃음을 치다가 재빨리 말했다.

"포드야, 그런 말 하면 안 돼."

내가 웃으며 말하니까 포드는 내 말을 진지하게 받아들이지 않았다. 계속 그 말을 반복했다. 포드가 말할 때마다 난 더 크게 웃었다. 내가 웃자, 포드도 웃었다. 결국 난 배꼽 잡고 웃는 바람에 눈물까지 나왔다. 패스트 마트로 들어가려고 우리 옆을 지나가는 사람에게 포드가 "지지배"라고 말했다. 그 사람도 웃었다.

하지만 포드가 주유하고 있는 어떤 아줌마에게도 느닷없이 그 말을 했다. 그 아줌마가 선글라스를 벗고 우리를 노려봤다.

"어머나! 뭐라고 한 거니?!"

"지지배!"

포드가 말했다. 난 억지로 웃음을 참으려고 했지만 웃음이 나왔다.

그 아줌마는 자동차 열쇠를 우리 쪽으로 흔들며 외쳤다.

"어떻게 그렇게 저급한 말을! 엄마 어디 계셔? 엄마가 비누로 너 입 좀 씻어 줘야겠다!!"

포드는 너무 겁을 먹어서 바닥에 아이스크림을 떨어뜨리고 말았다. 그리고 내 뒤로 숨었다.

내가 아줌마에게 말했다.

"진정하세요. 어린애잖아요. 그냥 장난친 거예요."

"글쎄, 너도 알 만큼 나이도 먹었으면서! 동생한테 예의 좀 가르쳐라."

아줌마가 소리쳤다. 그러더니 차 안으로 쿵쾅대며 걸어가 계산원에게 소리 지르기 시작했다.

"나 혼나?"

포드가 물었다.

"아니. 그래도 엄마한테는 말하지 마. 알았지?"

"응, 약속."

내가 마트 밖에서 물을 틀어 포드의 얼굴을 닦아 주는데, 요란한 사이렌 소리가 들렸다. 구급차 두 대, 경찰차 한 대, 소방차 한 대가 불을 번쩍이며 빠르게 지나갔다. 집으로 돌아가는 길에 난 별생각이 없었지만, 포드가 자꾸 사이렌 소리를 따라 했다.

"삐용 ~ 삐용 ~ 삐용!"

아파트 단지로 들어서자, 번쩍이는 불빛이 보였다. 곳곳에 구급차가 서 있고 경찰은 사람들에게 뒤로 물러나라고 지시하고 있었다. 동네 사람들이 북적대며 둘러서서 구경하고 있었다. 난 후아레스 할아버지의 소매를 잡아당기며 무슨 일인지 물었다.

"멍청한 아이들 한 무리가 무슨 고약한 짓을 했는지 얼굴이 시퍼렇게 변해서 우리 집 길가에다 죄다 토하기 시작하더구나. 그중 한 명은 기절까지 했어. 그래서 얼른 경찰에 신고 했지. 구급차가 이미 두 명은 병원으로 싣고 갔어. 멍청한 녀석들······."

난 베니를 찾았다. 속이 메스꺼웠다. 찰리 형은 어떻게 되든 상관없었다. 아파도 싸다. 하지만 베니는 브래드가 뭐라고 하든지 다 따라 하는 쥐뿔도 모르는 어리석은 녀석일 뿐이다. 난 무리를 지나 반대편으로 갔다. 구급차 뒤에 앉아 있는 베니와 브래드가 보였다. 베니는 옷 앞면이 토사물로 범벅이 되어 젖어 있었다. 베니와 브래드 아빠가 아이들에게 고래고래 고함치고 있었고, 구급대원이 그런 아저씨를 진정시키려고 애쓰고 있었다.

바로 그때 누군가 뒤에서 날 확 잡았다. 하마터면 비명을 지를 뻔했다. 엄마를 알아보기 전까지. 엄마는 날 아주 세게 흔들었다. 내 머리가 툭 부러질 것만 같았다.

엄마가 소리쳤다.

"너 도대체 어디 있었어? 너하고 포드도 쟤네랑 못된 짓 했어?!"

"뭐라고요? 아니요!"

난 엄마의 손에서 벗어나려 악을 썼다. 샘 아저씨는 커다란 손으로 날 움켜쥐고 날 더 세게 흔들었다.

"지-진짜 사-사-실을 마-마-말해!"

"당장 말해! 우리한테 털어놔, 젠장!"

엄마가 소리쳤다.

나도 고함쳤다.

"아니라니까! 이 손 놔요! 난 멍청이가 아니에요! 포드를 데리고 아이스크림 사 주러 갔다 온 거라고요!"

갑자기 엄마와 샘 아저씨가 이상한 행동을 했다. 둘이 함께 날 껴안았다. 그러니까, 진짜 날 껴안아 주었다. 포드를 들어 올려 나와 함께 껴안았다. 우리를 아주 세게 꼭 껴안았다. 가족 모두가 껴안은 건 처음이었다. 티브이에서 본 적이 있지만 우리는 한 번도 그런 적이 없었다. 꽤 괜찮은 기분이었다. 하지만 좀 낯설기도 하고 정말 부끄럽기도 했다. 동네 사람들 몇몇이 지켜보고 있었기 때문이다.

엄마가 모르는 사람들에게 소리쳤다.

"봤죠?! 우리 아들이 저런 허튼짓을 할 정도로 바보가 아닌 줄 알았다고요!"

하지만 엄마 말은 틀렸다. 사실 엄마는 내가 그랬다고 생각했다. 그래서 엄마와 샘 아저씨가 길길이 날뛰고 있었던 거였다. 난 눈을 치켜떴다.

집에 가면서 엄마는 우리를 얼마나 걱정했는지 끊임없이

말했다. 샘 아저씨는 아직도 얼굴이 벌겠다. 너무 시뻘게서 밖에 서 있는 구급차 색 같았다. 손을 덜덜 떨고 있었다. 샘 아저씨는 나에게 고개를 돌리더니 말했다.

"네 방으로 가-가-가 있어."

"왜요? 뭐 때문에요?"

샘 아저씨의 표정을 보고 난 이미 직감했다.

"난 잘못한 게 없다고요! 말했잖아요. 아무 짓도 안 했다고요!"

"우-우-우리는 네가 포-포-포드를 잘 볼 거라고 미-미-믿었어. 너-넌 아파트 단지를 버-벗어났잖아."

샘 아저씨는 말을 더듬었다. 그러더니 날 움켜잡고 내 방 쪽으로 질질 끌고 갔다. 내가 도망가려고 하자 티셔츠가 쭉 찢어졌다. 그래도 샘 아저씨는 날 두 손으로 들어 올려 데리고 갔다.

내가 발악했다.

"엄마! 아저씨한테 난 아무 짓도 안 했다고 말 좀 해 줘요!"

엄마는 고개를 저었다.

"샘 아저씨가 옳아. 너한테 아파트 단지를 나가지 말라고 말했잖니."

포드가 울음을 터뜨렸다. 포드는 나에게 손을 뻗으며 말했다.

"안 돼! 형 놔줘!"

포드는 울고불고 또 울었다. 엄마는 포드를 들어 올리더니 소리쳤다.

"그만 뚝!"

"쉬이이잇."

엄마는 손가락을 입에 대고 '쉿'이라고 하며 포드를 낮잠 재우려 하는 것 같았다.

"절대로 아파트 밖으로 나가지 말라고 했잖니. 샘 아저씨는 너에게 책임감을 가르쳐 줄 필요가 있어."

엄마가 나에게 그렇게 말한 건 샘 아저씨가 날 때리기 시작할 때였다. 난 도망가려 애를 썼지만, 갈 곳은 아무 데도 없었다. 포드가 이 모든 걸 지켜봤다는 게 정말 최악이었다. 어린 아이가 이런 꼴을 보게 해서는 안 된다.

슈퍼히어로

식판을 손에 쥐자, 직감했다. 급식실에서 평소보다 더 맛있는 냄새가 났다. 무슨 음식이 나왔는지 보려고 목을 쭉 뺐다. 속을 채운 칠면조 구이와 그레이비소스를 끼얹은 으깬 감자를 비롯해 온갖 음식이 보였다. 게다가 크랜베리 소스도 있었다. 예전에 캔에 든 걸 먹은 적이 있었는데 그 맛하고 똑같아 맛있었다. 어쨌거나 뭐든 캔 음식이 진리다.

'추수감사절 주간'이라고 쓰인 커다란 표지판이 보였다. 추수감사절 음식은 생각만 해도 심장이 두근거린다. 집에서는 한 번도 명절 음식을 먹은 적이 없다. 엄마는 추수감사절은 완전히 돈 낭비하는 날이라고 한다. 뭐니 뭐니 해도 온 가족이 모여 음식을 먹는 그 자체가 중요한데 어떻게 그런 말을

189

하는지 모르겠다. 음식을 먹는 건 절대로 돈 낭비가 아니다. 작년 추수감사절 때 우리 가족은 티브이를 보며 전자레인지로 데운 간편식으로 때웠다.

식판에 맛있는 음식들을 차례대로 담자, 입에는 군침이 돌고 배는 굶주린 사자 한 마리가 포효하듯 꾸르륵거렸다. 빨리 먹고 싶은 생각에 너무 흥분해서 계산원에게 "무료 급식이요."라고 말하는 것도 전혀 개의치 않았다.

늘 앉는 테이블에서 이단이 나에게 손을 흔들었다. 난 자리에 앉자마자 얼굴을 잔뜩 찌푸리며 움찔했다.

"괜찮아?"

"어, 괜찮아."

거짓말이었다. 사실이 아니었다. 오늘은 어떻게 앉든지 아프다는 사실이 진실이다.

이단이 물었다.

"내가 빌려준 《엑스팩터》 만화책 어땠어?"

"재미있더라. 그런데 《엑스맨》이 더 재미있던데. 그런데 난 《뉴 뮤턴트》가 제일 재미있는 것 같아. 왜냐하면 나오는 인물들이 다 우리 또래니까."

"난 아니야. 《엑스팩터》가 제일 재미있어. 다섯 명이 《엑스맨》의 초기 멤버니까."

난 어깨를 으쓱하며 말했다.

"그런데 어떻게 여기 나오는 영웅들은 항상 두들겨 맞는데 다음 사건이 터지면 멀쩡하게 다시 돌아오는 거야? 병원이나 침대에서 쉬는 장면은 없잖아. 눈에 멍이 들거나 깁스하는 것도 아니고."

"훌륭한 질문이야."

이단은 자신의 이론을 설명하기 시작했다. 난 엉덩이가 아니라 다리에 체중이 실리도록 계속 자세를 바꿔 앉았다. 참 이상하게도 오늘은 어떻게 앉든지 도무지 편해지지 않았다. 심지어 스웨트셔츠를 뭉쳐서 방석처럼 만들어 앉았는데도 아무 소용이 없었다. 그런데 음식은 기가 막히게 맛있어서 맛에 집중하려고 했다.

난 한입에 여러 음식을 조금씩 한꺼번에 넣어 먹는 걸 좋아한다. 칠면조 한입에 으깬 감자와 그레이비소스 그리고 드레싱까지. 크랜베리 소스는 많지 않으니까 아주 조금 얹어서. 난 칠면조 속에 넣어 구운 옥수수빵을 제일 좋아한다. 그래서 나중에 먹으려고 조금 남겨 놓기로 했다. 마지막 한입은 내가 제일 좋아하는 걸로 먹고 싶으니까.

이단은 갈색 종이봉투에 싸 온 음식들을 모두 꺼냈다. 거의 매일 이단은 점심을 싸 온다. 평소엔 질투가 났다. 이단의 점심이 내 점심보다 더 맛있어 보이니까. 대부분 스파게티나 미트볼, 라자냐 남은 것을 싸 온다. 아니면 샌드위치, 미니 당근과 감자칩 한 봉지를 가져온다. 매일 다른 종류나 다른 맛으로 가져오는 걸 보면 이단의 새엄마는 감자칩을 종류별로 묶음으로 사나 보다. 러플스, 레이스, 치토스, 프리토스, 사우어 크림과 양파 맛, 바비큐 맛, 칠리 치즈 맛, 랜치 소스 맛. 난 감자칩을 정말 좋아한다. 엄마는 어쩌다가 한 번 사 주지만, 할머니는 내가 할머니 집에 갈 때마다 항상 감자칩을 쌓아 둔다. 그리고 내가 떠날 때 남은 감자칩을 집에 가져가라고 모두 싸 준다.

이단이 말을 이어 갔다.

"내가 엑스맨을 좋아하는 또 다른 이유는 엑스맨은 자신을 혐오하고 두려워하는 세상을 지킨다는 거야. 나한테도 초능력이 있어서 영웅이 되면 정말 좋겠어. 그럼, 모든 사람을 다 지켜줄 텐데. 뭐, 내 초능력 세트에 따라 다르겠지만 지구 구석구석을 돌아다니며 모두를 도와줄 거야. 어때?"

난 고개를 끄덕이며 말했다.

"멋지겠다."

"넌 초능력이 생기면 어떻게 할 거야?"

조금의 망설임도 없이 대답했다.

"자기 자식들을 때리는 사람들을 없애 버릴 거야."

"워."

이단은 먹고 있던 샌드위치를 내려놓으며 말했다.

"그건 좀 어둡다. 그렇지 않아? 영웅들은 죽이지는 않거든."

난 어깨를 으쓱했다.

"울버린은 그러던데."

"하지만 그건 엑스맨이 허락한 게 아니었어. 선한 자들은 나쁜 녀석들을 죽이지 않거든."

"나쁜 녀석들은 마땅히 벌을 받아야 해."

"하지만 선한 사람들이 나쁜 녀석을 죽인다면 나쁜 사람들하고 다를 게 뭐야?"

난 한 번도 그렇게 생각해 본 적이 없었다. 내가 이런저런 생각에 잠겨 있으니, 이단은 왜 저러나 하는 눈빛으로 날 쳐다봤다. 내 마음을 읽으려는 것 같았다. 마침내 이단이 물었다.

"너 현실에서 말하는 거야? 아니면 만화책 속에서 말하는 거야?"

"만화책에서지."

난 음식을 다시 입에 넣었다. 꼭꼭 씹어, 꿀꺽 삼켰다. 그러고는 계속 고개를 숙인 채 덧붙였다.

"하지만 현실에서도 마찬가지고."

"아, 그럼 공평할 거 같아. 그래서 경찰과 변호사가 있는 걸 거야. 모든 제도가 갖춰 있잖아. 나쁜 짓을 하면 감옥에 가고, 살인 같은 정말 몹쓸 짓을 하면 사형에 처하고."

"그래. 하지만 가끔은 법으로 다 해결되지 않더라. 나쁜 놈들은 감옥에 갔다가 나와서 또다시 범죄를 저지르잖아. 늘 그래 왔어. 그러니까 배트맨은 어리석은 거야. 나쁜 놈을 잡아서 감방에 처넣고 몇 달 뒤에 또 잡으러 다니잖아. 울버린이 그랬듯이 나쁜 놈들을 죽이면 그냥 끝나는 건데. 그러면 나쁜 놈들은 더 이상 사람들을 해치지 못해. 결국 자업자득인 거야."

"네가 그렇게 세게 나올 줄은 몰랐는걸."

이단은 혼잣말하듯 속삭였다.

"너하고 내가 한 팀이면 난 사이클롭스고 넌 울버린이겠다. 난 규칙에 따라 행동하지만 넌 마음대로 할 테니까. 서로 긍정적인 관계야. 하지만 널 계속 주시할 거야. 그래야 넌 선을 안 넘을 테니까."

"넌 날 막을 수 없을 거야."

내가 정말 화가 났다는 사실을 깨달았다. 이단에게 화가 났는지 아니면 그냥 화가 난 건지 헷갈렸다.

"솔직히 말해 봐. 너 정말 나쁜 녀석들을 죽이겠어? 다른 사람의 목숨을 빼앗을 수 있을 거 같아?"

생각하면 생각할수록 속이 울렁거렸다. 마치 밝은 대낮에 사람들에게 둘러싸여 있지만 나 홀로 어둠 속에 있는 듯했다. 얼굴이 점점 뜨겁게 달아오르고 눈앞이 조금 흐려졌다. 화가 끝까지 치밀어 올라 펑펑 울고 싶었다. 하지만 울지 않으려 했다. 학교에서는 울지 않는다.

나도 누군가를 때릴 수 있을지 의문이 들었다. 난 할 수 있으면 좋겠다. 샘 아저씨와 엄마가 나에게 상처 주듯 되돌려 주고 싶다. 하지만 그럴 수 없을 것 같다. 수치스러웠다. 문득 나 자신이 나약하게 느껴졌다. 어쩌면 샘 아저씨 말이 맞는지도 모른다. 난 계집애 같은 놈이다. 게다가 겁쟁이다.

"렉스?"

이단이 물었다.

난 고개를 저었다.

"아니. 하지만 나쁜 놈들은 사라지면 좋겠어. 세상에는 사악한 사람들이 너무 많아. 너도 뉴스 본 적 있지? 동물들한테 나쁜 짓 하는 사람들 봤지? 아이들에게도. 나쁜 짓을 하고 도망가는 사람들은 꼭 벌을 받아야 해. 뭐, 벌을 주는 건 하나님이 하시는 일이었지. 인간이 어리석으니 온 세상에 홍수가 나게 만들어 모든 인류를 없애 버렸잖아. 노아와 가족

그리고 모든 동물 암수 한 쌍씩은 빼고 말이야. 내가 하나님이라면 나쁜 사람들한테도 벌을 줄 거야. 아니, 잠깐만. 너 그거 알아? 방금 생각난 건데, 나쁜 사람들은 아예 존재하지 않게 하는 거야. 손가락만 까딱하면 훅! 연기처럼 사라지는 거지. 왜 하나님이 이제는 벌을 주지 않는지 궁금해진다."

이단의 눈이 왕방울만해졌다. 이단은 숨을 깊게 들이마시고 나서 입을 열었다.

"야. 이런 얘기가 나올 줄은 몰랐어. 엄청 심각한 철학적 주제인걸."

"이 세상이 지긋지긋해."

난 온몸이 근질거렸다. 당장이라도 누군가와 한판 붙고 싶은 것처럼. 아니면 급식실에서 뛰쳐나가 그저 한없이 계속 달리고만 싶었다. 돌아오고 싶지 않기도 했다.

이단은 날 계속 뚫어져라 쳐다봤다. 그제야 내 눈이 이미 눈물로 가득 찼다는 게 느껴졌다. 울음을 터뜨리기 일보 직전이었다. 이단이 속삭였다.

"괜찮아?"

"모르겠어."

난 울음을 참으려고 고군분투하고 있었다. 이제 이단이 날 놀리겠다고 생각하니 창피해졌다. 하지만 이단은 놀리지 않

196

았다. 오히려 아무 말도 하지 않았다. 내가 참았던 숨을 다시 내쉴 때까지.

이윽고 이단은 조용히 말했다.

"넌 내가 이해 못 할 거라고 생각할지 모르겠지만, 난 이해해. 우리 모두에게 악마 같은 존재가 있잖아. 하지만 어두운 상황이 널 지배하게 해서는 안 돼."

이단에게도 비밀이 있을까? 글쎄, 아닐 것 같다. 이단은 새엄마가 싫을지는 몰라도 새엄마는 이단에게 점심까지 싸 준다. 난 우리 엄마가 시리얼 말고 언제 요리를 해 줬는지 기억조차 나지 않는다. 이단은 이해 못 할 거다. 내가 겪고 있는 상황을 이단은 겪어 보지 않았을 테니. 하지만 이단의 말이 맞는 것도 있었다.

"알았어. 설마 사람을 죽이기야 하겠어? 하지만 나쁜 녀석들이 절대로 회복할 수 없도록 처벌할 방법을 찾을 거야. 아동 성폭력 범죄자들은 꽁꽁 묶어서 모든 사람이 알 수 있게 이마에 그들이 한 짓을 새겨 놓고 표지를 붙여 놓을 거야. 자식이나 아내를 때린 사람들은 손을 못 쓰게 할 거야. 또다시 그런 짓을 하면 내가 돌아와서 어깨뼈를 모조리 부러뜨릴 거야."

이단은 테이블을 내리쳤다.

"끝내주는데! 너무 좋아! 진짜 멋져. 난 왜 그런 생각을 못

197

했지? 우리 둘이 만화책 하나 써야겠는걸!"

내 친구 이단은 우리가 슈퍼히어로가 되어 헤쳐 나갈 멋진 모험에 대해 계속 떠들었다. 난 어쩌면 착한 사람이 아닐지도 모른다는 생각이 머릿속에서 떠나질 않았다. 사람을 죽이지는 못할지라도 난 사람을 해치고 싶어 한다. 착한 사람이라면 그렇게 끔찍한 짓은 떠올리지 않을 거다. 어쩌면 나도 샘 아저씨와 별반 다르지 않을지 모른다. 어쩌면 나도 나쁜 사람일지도 모른다. 그렇게 생각하니 갑자기 입맛이 뚝 떨어졌다.

추수감사절

할머니는 우리 집에서 3시간 떨어진 애빌린에 살고 있다. 하지만 오늘은 추수감사절을 우리랑 같이 보내려고 차를 몰고 오기로 했다. 내 방 창문에서는 주차장이 보인다. 난 창가에 서서 할머니 차가 얼른 도착하길 기다리며 쭉 지켜보고 있었다. 할머니 차가 들어오는 게 보이자, 할머니를 맞이하러 얼른 계단을 뛰어 내려갔다.

나와 할머니는 오랫동안 꼭 껴안았다. 할머니한테서는 '도브' 비누 냄새가 나고 피부는 '크리넥스' 화장지처럼 부드럽다. 할머니는 바로 내 귀에 뽀뽀했다. 하도 세게 하는 바람에 귀가 터지는 줄 알았다. 할머니는 내가 어릴 때부터 귀에 대고 뽀뽀했는데, 너무 이상했다. 이제는 그러면 웃고 만다.

"운전하는 거 어땠어요, 할머니?"

"파실(쉬웠어 - 옮긴이), 편하게 하고 왔어. 널 보러 천 번도 운전하고 올 수 있단다. 이호(내 새끼 - 옮긴이)."

할머니가 내 다른 쪽 귀에도 뽀뽀하니 '팡' 하는 소리가 났다.

"할머니!"

포드가 할머니에게 달려오며 소리 질렀다. 할머니는 포드를 꼭 안고 귀에다가 뽀뽀했다. 포드는 꽥 소리를 지르더니 양손으로 귀를 움켜잡았다.

"내 귀에 뽀뽀하지 마!"

"오셨어요, 엄마."

엄마는 차가운 목소리로 인사했다. 미소도 짓지 않고 팔짱을 끼고 있었다. 할머니와 거리를 두고 있었다.

"잘 있었니, 루시아나."

할머니는 엄마에게 다가와 엄마를 안았다. 엄마는 할머니를 안지 않았다.

엄마가 큰 목소리로 나를 다그쳤다.

"거기 그냥 서 있지 말고, 할머니 물건 위층에 올려놔."

할머니 얼굴에서 미소가 사라지고 두 입술은 굳게 닫혔다.

"내가 도와주마."

엄마가 툴툴댔다.

"렉스가 하게 놔두고 우린 위층으로 올라가요."

할머니는 엄마 말을 듣지 않았다. 나에게 다가와 한 번 더 말했다.

"할머니가 도와줄게."

할머니가 차 트렁크를 열자, 먹을거리가 가득했다. 어떤 건 가방에 담겨 있고, 어떤 건 상자에 담겨 있었다.

"저게 다 뭐예요?"

엄마는 평소보다 더 높은 억양으로 투덜거렸다.

"우리도 먹을 거 정도는 살 수 있다고요, 엄마. 우리도 돈 있어요."

내가 말했다.

"아니요, 없어요."

엄마가 날 째려봤다. 엄마는 눈빛으로 할머니가 떠나기만 하면 네 말에 앙갚음할 거라고 으름장을 놓고 있었다. 난 애써 외면했다.

"애들 먹을 거 몇 가지 가져온 것뿐이란다."

엄마는 짜증을 확 냈다. 아무 말도 없이 뒤돌아 위층으로 올라갔다. 난 아랑곳하지 않고 식재료가 담긴 봉투를 이미 뒤적거렸다. 여러 종류의 시리얼 상자, 감자칩, 쿠키, 과일 맛

젤리, 초콜릿 바, 그래놀라 바, 빵, 땅콩 잼과 포도 잼, 오트밀 통(뜨거운 물만 부으면 먹을 수 있다!), 통조림 과일, 프레즐, 전자레인지용 팝콘, 쌀과 마카로니 치즈 상자, 채소 통조림과 수프와 내가 가장 좋아하는 스파게티 통조림. 보기만 해도 입에 군침이 돌았다.

모든 짐을 다용도실에 갖다 놔야 했다. 여러 짐을 들고 낑낑거리며 2층을 네 번 오르락내리락했다. 텅 빈 선반에 먹을 거리를 꽉 차게 쌓아 놓고선 뿌듯한 마음으로 외쳤다.

"벌써 크리스마스가 왔나 봐요!"

내가 웃자, 할머니도 웃었다. 엄마는 웃지 않았다. 팔짱을 낀 채 한 발씩 번갈아 몸을 기대어 건들건들 흔들고 있었다. 마치 습격할 때를 기다리는 코브라 같았다.

할머니와 포드는 자동차 뒷자리에서 비닐봉지 몇 개를 가지고 올라왔다. 할머니가 짐 가방에서 물건들을 꺼내어 포드에게 몇 개, 나에게 몇 개 나눠 주었다. 셔츠와 양말과 속옷이었다. 신발이 든 상자도 몇 개 있었다.

"너희들 신발 크기를 정확히 모르고 어떤 모양을 좋아할지 몰라서 직접 신어 보고 고를 수 있게 여러 개 가져와 봤어. 나머지는 할머니가 가져가면 되니까. 할머니가 영수증을 다 가지고 있으니 괜찮아."

"엄마."

지켜보던 엄마가 딱 한마디 했는데, 그 한마디에는 분노가 담겨 있었다.

할머니는 애써 웃으며 말했다.

"이거 다 다이스 공군기지에서 산 거야. 사망한 군인의 아내한테는 뭐든 싸게 판단다. 세금도 안 붙는걸."

"엄마가 아이들을 망치는 거예요."

"할머니들이 다 그런 거지. 내가 이거라도 할 수 있게 해 주렴."

그때 샘 아저씨가 현관문을 열고 손을 흔들었다.

"저 - 저 와 - 와 - 왔습니다."

"그 장화 신고 어딜 감히 들어와!"

엄마가 소리 질렀다.

"아 - 아 - 직 아 - 안 드 - 드 - 들어갔어."

샘 아저씨는 현관문 앞에 서서 무릎까지 올라오는 까만 고무장화를 벗으려고 잡아당기고 있었다. 아저씨의 하얀 유니폼은 잔디의 초록 얼룩과 흙이 잔뜩 묻어 있었다. 게다가 지독한 독성 화학약품 냄새를 풍겼다. 소매 끝을 살짝 핥아 보면 건전지 맛이 날 것 같은 냄새였다. 얼마 전부터 아저씨는 잔디를 관리하는 일을 시작했다. 월요일부터 토요일까지 새

벽 6시부터 저녁 6시까지 일한다. 온종일 제초제를 뿌리고 잔디에 비료를 뿌린다. 쉬운 일 같은데 아저씨 말로는 힘든 일이라고 한다.

아저씨가 마침내 장화를 모두 벗고 집 안으로 들어왔다.

"아 - 안 - 녕하세요, 자 - 장모님."

아저씨가 할머니에게 인사했다. 그리고 진심으로 미소를 지으며 할머니를 안았다.

"자 - 장모님이 오-오시니 조 - 좋네요."

"고맙네. 초대해 줘서 나도 기쁘네."

샘 아저씨는 저녁으로 자신이 가장 좋아하는 음식을 요리하겠다고 했다. 소시지와 독일식 김치였다.

"요리는 여자가 하는 일인 줄 알았는데요."

아저씨 의견에 반대표를 던지고 싶어서, 나는 아저씨가 평소 하던 말을 써먹었다.

아저씨는 코웃음을 치더니 머리를 절레절레 흔들었다.

"이 - 이건 독일 음 - 음식이야. 진짜 남 - 남자 음식이지. 우리 조상이 즐겨 먹던 음 - 음식이니까. 우 - 우린 바이킹이라고. 그렇지, 포드?"

샘 아저씨는 한쪽 팔을 올려 구부렸다.

"비킹!"

포드도 따라 하며 팔을 구부렸다.

그 순간 하마터면 샘 아저씨 말을 고쳐 줄 뻔했다. 바이킹은 독일보다 훨씬 더 북쪽에 살았고, 독일에 거주한 색슨족은 바이킹의 철천지원수라고. 하지만 고쳐 주지 않기로 했다.

엄마가 종이 접시에 저녁을 담아 주었다. 음식의 물기가 스며든 접시 위에서 소시지를 자르니 접시가 뜯어져서 소시지 육즙이 식탁에 흘렀다.

엄마가 꽥 소리쳤다.

"왜 그렇게 지저분해!"

"엄마가 물기 있는 음식을 종이 접시에 담으니까 그렇죠."

"접시 좀 사 줄까, 이하(딸-옮긴이)?"

"아니요, 엄마. 우리도 접시 있어요. 먹을 때마다 설거지하는 게 싫어서 그런 거예요. 종이 접시가 더 편하잖아요."

"우리 식기세척기 있잖아요. 끼니 때마다 종이 접시를 쓰는 건 환경에 나빠요."

엄마는 날 노려봤다. 마지막 경고였다. 할머니가 곁에 있으면 왠지 더 용감해진다. 아무도 할머니 앞에서 날 때릴 수는 없을 테니까. 적어도 할머니가 떠날 때까지는 기다릴 거니까.

난 아저씨가 만든 음식을 먹기 싫었지만, 할머니는 나에게 이런 눈빛을 보냈다.

'어서 먹으렴.'

할머니는 한 입도 남기지 않았다. 할머니는 늘 그렇다. 빵으로 접시에 남은 육즙까지 적셔 먹고, 아주 작은 독일식 김치 조각도 다 집어 먹었다. 남은 음식 한 점까지도 고마운 모양이었다. 할머니는 멕시코에서 가난하게 자랐다고 했는데, 먹을 것이 귀했던 걸까?

식사가 끝나고 할머니는 소파에 잠자리를 만들었다. 그러고는 내 방으로 가서 이불을 덮어 주겠다고 했다. 할머니는 내 방문을 조심스럽게 닫고 나랑 침낭 위에 같이 앉았다.

"이호, 할머니가 침대 사 주면 좋겠지?"

"아니요, 엄마가 화낼걸요. 바닥에서 자도 괜찮아요."

할머니 눈에 눈물이 고였다. 할머니가 나지막이 속삭였다.

"할머니가 얼마나 널 사랑하는지 알지? 할머니가 네 문제를 다 해결해 줬으면 좋겠구나. 하지만 너희 엄마가……."

할머니는 말끝을 흐렸다.

"알아요."

"너희 엄마는 너무 자존심이 세. 고집불통."

할머니는 숨을 들이마시고는 입술을 바르르 떨며 말했다.

"너무 어리석어. 왜 도와주지 못하게 하는 걸까?"

"모르겠어요."

"그러게."

다시 할머니 얼굴을 바라보니 눈에 눈물이 더 많이 고여 있었다. 하지만 어찌 되었든 미소는 잃지 않았다. 할머니는 오랫동안 날 안았다.

* * *

추수감사절 연휴 기간 내내 엄마는 집에서 아무도 요리하지 못하게 했다. 요리하면 부엌이 지저분해지고 그걸 치우느라 시간을 허비하고 싶지 않다고 억지를 부렸다. 그래서 우리 가족은 '루비스'라는 식당에 갔다. 어른들을 위한 학교 급식실 같은데 더 좋기는 했다. 모든 직원이 적갈색 앞치마를 입고 우스꽝스러운 요리사 모자를 쓰고는 "네 알겠습니다."라고 손님에게 대답했다. 심지어 나한테도.

먼저 쟁반을 들고 냅킨으로 감싼 포크와 나이프를 집었다. 그러고서 긴 줄을 따라 섰다. 전등 아래로 유리 진열대 안에 온갖 종류의 음식들이 쫙 펼쳐져 있었다. 소고기나 칠면조 고기는 구워서 바로 그 자리에서 썰어 줘서 따끈따끈했다. 닭고기는 튀김이나 구이 둘 중 고를 수 있었다. 곁들임 요리도 여러 가지였다. 옥수수는 통옥수수, 매운 맛, 보통 맛, 크림 맛 네 종류나 됐다. 샐러드도 여러 종류였는데 얼음으로 둘러싸인 커다란 그릇에 담겨 있었다. 하지만 난 샐러드는 하나도 가져오지 않았다. 케이크와 파이, 푸딩도 정말 다양하고 끝내줬다.

외할머니가 우리 집에 올 때마다 이 식당에 온다. 난 평소에는 치즈를 곁들이고, 조그만 베이컨 부스러기가 뿌려진 솔즈베리 스테이크를 먹는다. 하지만 오늘은 다른 음식은 제쳐 두고 칠면조 구이와 칠면조 속에 넣어 구운 빵과 채소들을 먹었다. 할머니는 식당에 음식을 나눠 주는 직원에게 스페인어로 물었다.

"레다라스 마슈포르 호의?"

나는 무슨 말인지 몰랐지만, 직원들은 미소를 지으며 내가 주문한 음식을 한 국자씩 더 접시에 담아 주었다.

"할머니, 디저트 먹어도 돼요?"

할머니가 웃으며 대답했다.

"물론이지. 먹고 싶은 거 다 먹으렴."

"그러면 안 돼요!"

엄마가 날카롭게 대꾸했다.

"애는 크는 애잖니. 먹게 놔둬라."

할머니가 차분한 목소리로 말했다.

자리에 앉자마자, 포드와 난 입에 음식을 마구 쑤셔 넣었다. 할머니는 내 손을 잡고 말했다.

"우리 기도 먼저 하자."

"아, 네. 좋아요."

난 포크를 내려놓고 입 안에 남은 음식을 꿀꺽 삼켰다. 우리 가족은 식사 전에 기도한 적이 한 번도 없었다. 하지만 할머니는 같이 있을 때마다 늘 기도하자고 한다. 할머니는 매주 일요일 교회에 간다. 수요일 밤에도 간다. 엄마는 할머니의 요청에 눈을 치켜떴지만, 샘 아저씨는 기도를 좋아하는 것처럼 보였다.

"하나님, 우리에게 일용할 양식을 주셔서 감사합니다. 매일 축복해 주셔서 감사하며 이렇게 좋은 날 함께 모이게 해 주셔서 감사합니다. 하나님께서 늘 너그럽게 베풀어 주시고 ······."

할머니는 기도를 계속했다. 테이블 위 온갖 음식들을 흘깃 쳐다보니 입에 침이 고였다. 하지만 동시에 이런 생각도 들었다.

'할머니는 왜 하나님한테 음식을 주셔서 감사하다고 하시지?'

음식 값을 내는 사람은 바로 할머니 자신인데 말이다. 할머니는 돈을 모아 멕시코를 벗어나려고 일을 네 탕이나 뛰었다. 그러면서도 열심히 노력해 대학에 들어갔고 지금은 일을 여섯 개쯤 하고 있다. 게다가 자원봉사도 한다. 그렇게 번 돈을 다 자식들과 손주들에게 쓴다. 하나님은 그러지 않는다. 돈을 벌어 우리에게 쓰는 건 할머니다. 그런데 할머니는 하나님에게 거듭 감사드린다. 난 이해가 안 간다. 그토록 숨 가쁘게 열심히 일한 건 할머니인데, 하나님이 그 모든 영광을 누리면 안 될 것 같았다.

할머니가 기도를 마치자마자 내가 얼른 덧붙였다.

"추신. 할머니에게 감사합니다. 할머니가 해 주신 전부 다요. 할머니는 누구보다도 더 많이 베푸셨으니까요. 아멘."

할머니가 미소를 띠며 말했다.

"그라시아스(고맙다 - 옮긴이), 아멘."

엄마는 도끼눈을 하고 날 노려봤다. 내가 진짜 사악한 말을 한 것처럼.

* * *

점심 식사를 마치고, 샘 아저씨가 낮잠을 좀 자야겠다고 해서 우리는 집으로 향했다. 아저씨는 일주일 내내 오랜 시간

일하느라 피곤하다고 했다. 할머니가 아저씨에게 식당까지 운전하느라 수고했다고 했다. 할머니는 늘 사람들의 좋은 점을 찾아 진심으로 공손하게 감사를 표현한다.

집에 돌아와 할머니가 포드에게 책을 읽어 주었다. 포드는 할머니의 무릎에 앉고 나는 그 옆에 앉았다. 시시한 아기 책이었지만 어쨌든 같이 듣고 있었다. 할머니 곁에 앉아 있으면 즐겁고 따뜻하다. 공기의 온도가 따뜻하기보다는 기분이 좋은 따뜻함이다. 그 따뜻함을 어떻게 설명해야 할지 모르겠다. 누가 날 꼭 안은 게 아닌데 안고 있는 느낌이랄까.

엄마가 거실 반대편 구석에서 서서 지켜보고 있었다. 나와 포드와 할머니를 뚫어져라 쳐다봤다. 마치 호랑이 한 마리가 사냥감을 지켜보는 듯했다. 엄마는 슬금슬금 걸어와 소파 반대편 끝 쪽에 조용히 앉았다. 엄마는 아무것도 하지 않았다. 티브이를 보는 것도 잡지를 읽는 것도 아니었다. 그냥 그 자리에 잠자코 앉아 우리를 지켜보기만 했다.

엄마의 심기가 불편하다는 걸 알 수 있었다. 엄마 안에서 분노가 들끓고 있었다. 좀 있으면 싸움이 나서 이 공간을 가득 채운 따뜻한 공기가 사라질 거라고 예감했다. 엄마가 모든 기쁨을 청소기처럼 빨아들이고 있는 것 같았다. 엄마는 우리가 즐거운 하루를 보내는 걸 그냥 두고 보지 못한다. 반드시 즐거움을 망쳐야 직성이 풀린다.

엄마는 폭탄이라, 폭발 시점을 기다리고 있을 뿐이었다. 그래서 엄마가 그렇게 우릴 지켜보고 있는 것만으로도 마음이 점점 더 불편해졌다. 대형 폭발 사고를 그저 기다리고 있을 수는 없었다. 그래서 기어코 엄마에게 물었다.

"왜 그러세요?"

"뭐?!"

엄마도 쏘아붙였다.

"왜 우리를 노려보고 있는데요?"

"그냥 너희가 너무 재미있어 보여서 그러는 거야."

엄마가 이를 꽉 물고 으르렁거리듯 말했다.

"당연히 재밌죠. 가족같이 있으니까 좋네요."

"좋아?! 할머니가 그렇게 좋으면 할머니더러 널 키우라고 하지 그래?!"

엄마가 소리쳤다.

"루시아나."

할머니가 부드러운 목소리로 말했다.

"진심이에요. 난 이 집에서 하루에 24시간, 일주일에 하루도 안 빼고 이 버릇없는 녀석 둘을 키우고 있다고요! 근데 엄마는 1년에 고작 몇 번 와서는 성자라도 되는 듯하잖아! 엄마는 너무 대단하지. 옷, 먹을 것, 선물도 다 사 왔으니까!"

"루시아나, 그만해라."

"렉스는 분명히 엄마가 자기 엄마가 되길 바라고 있을걸!"

"엄마 그거 알아? 엄마 말이 맞아! 왜냐하면 할머니는 이 상한 사람은 아니니까!"

나도 소리 질렀다. 말을 내뱉자마자 그러지 말았어야 했다고 깨달았다. 삼진아웃이었다. 폭탄이 터지고 말았다. 엄마가 폭발했다. 엄마는 소파에서 펄쩍 뛰어 내려와 부엌으로 쿵쾅대며 걸어가 찬장을 활짝 열고서 새로 산 식재료를 모두 꺼내 쓰레기통에 던지며 비명을 질렀다.

"우린 엄마의 자선 따위는 필요 없어, 엄마! 하나도 필요 없다고!"

"엄마, 그만해요!"

나도 소리쳤다. 엄마를 막으려고 했지만, 엄마는 휘몰아치는 폭풍이었다. 엄마 손에 든 것을 빼앗으려고 두 손을 꽉 붙잡았다. 그러면서 쓰레기통에서 식재료를 하나둘 꺼내 선반에 다시 올려놓으며 엄마가 버리는 속도를 따라잡으려고 애를 썼다. 이윽고 엄마가 날 힘껏 밀어내는 바람에 난 뒤로 넘어지면서 머리를 벽에 쾅 부딪히고 말았다. 1분 동안 부엌이 뿌옇게 보였지만 이 정도는 아무것도 아니었다. 난 벌떡 일어나 다시 엄마를 막으려고 했다.

"여기는 내 집이야! 내가 하고 싶은 대로 할 거야!"

엄마는 날 밀치며 울부짖었다.

"게다가 엄마의 자선은 원치 않아. 엄마 도움도 필요 없고! 누구의 도움도 필요 없어!"

포드가 울음을 터뜨렸다. 할머니는 아주 차분하게 자리에 머물러 있었다. 도대체 어떻게 그럴 수 있는지 모르겠는데, 할머니는 천천히 움직이더니 조용히 말했다.

"얘야, 제발. 이건 그냥 음식이잖니. 널 화나게 하려고 한 게 아니란다."

"모두 엄마를 좋아하지. 엄마의 완벽한 일도! 완벽한 집도! 게다가 완벽한 돈까지도 말이야! 엄만 그냥 너무 완벽하잖아!"

엄마가 마구 퍼부었다.

"완벽한 사람은 없어. 물론 나도 완벽하지 않아."

엄마는 쓰레기통에 버리는 것만으로는 분이 풀리지 않았나 보다. 시리얼 상자를 뜯고 안에 든 봉투를 찢어 시리얼을 사방에다 마구 쏟아부었다. 그러고는 시리얼을 짓밟았다.

"이딴 거 필요 없어! 내 집이야! 내 거라고!"

"그만하세요!"

난 애원하며 소리쳤다. 엄마가 한 발씩 번갈아 가며 시리얼을 짓밟을 때마다 엄마가 나에게서, 포드에게서 빼앗아 가는 음식들이 떠올랐다.

"그만하세요! 왜 그러는 거예요?!"

"도-도대체 이게 무-무슨 일이야?"

낮잠에서 깬 샘 아저씨가 짜증을 내며 소리쳤다. 그리고 난장판 속으로 팬티만 걸친 채 비틀거리며 걸어왔다. 얼룩덜룩한 하얀 팬티 위로 불룩 나온 배가 축 처져 있었다. 아저씨는 엄마를 한번 쳐다보더니 고개를 흔들었다.

"이게 다 뭐-뭐야?"

"엄마가 이상해요! 할머니가 사 준 걸 죄다 버리고 있어요!"

내가 소리쳤다. 소리치는 걸 멈출 수가 없었다.

샘 아저씨도 소리쳤다.

"여보, 그-그만 해!"

"싫어! 여긴 바로 내 집이라고!"

엄마는 쌀 봉지를 뜯어 싱크대에 확 쏟아부으며 비명을 질러댔다.

"엄마가 우리 집에 와서 온 가족의 사랑을 살 수는 없어!"

"그-그만하라고 했지!"

샘 아저씨가 호통쳤다. 하지만 엄마는 멈추지 않았다. 엄마가 발을 구르고 소리치고 고함치는 동안 샘 아저씨는 엄마의 양팔을 꽉 붙잡아 꼼짝 못 하게 했다. 샘 아저씨가 엄마의 한 손을 놓치자 엄마가 그 손으로 샘 아저씨의 가슴팍을 할퀴어서 피가 났다.

할머니는 주저앉아 손으로 입을 꽉 틀어막았다. 할머니는 울지 않으려 안간힘을 쓰고 있었다.

"미안하다. 내가 가져갈게. 다 가져갈게."

"가져가지 마! 아무것도 건드리지 마!"

엄마는 소리쳤다.

샘 아저씨는 뒤에서 팔로 엄마를 감아 들어 올렸다. 엄마는 발길질하며 버둥거렸다. 샘 아저씨는 엄마를 침실로 끌고 가 방문을 쾅 닫고 잠가 버렸다.

난 짓밟힌 음식으로 엉망진창이 된 부엌을 가만히 바라보았다. 가루처럼 부서진 시리얼은 바닥을 먼지처럼 덮고 있었다. 배를 얻어맞은 느낌이었다. 이렇게 낭비하다니!

"나가서 좀 걸어요."

포드와 할머니에게 말했다. 둘은 눈물을 흘리고 있었다.

"어서요. 밖에 나가면 좀 나아질 거예요. 정말로요."

난 할머니와 포드를 데리고 밖으로 나왔다. 하늘은 눈부시게 파랗고 잔디는 파릇파릇 푸르렀다. 시원한 산들바람이 불어왔다. 할머니는 내 손을 꼭 잡고 아무 말도 하지 않았다. 내가 나비를 가리키자, 포드는 울음을 그쳤다.

우리는 아파트 단지를 벗어나 리엄이 사는 동네로 걸었다. 걸으면서 다른 사람들 집 창문을 흘깃 들여다봤다. 가족 여럿이 식탁에 옹기종기 둘러앉아 음식을 먹으며 웃고 있었다. 부엌에서도 이야기를 주고받으며 음식을 만들고 있었다. 사람들이 거실 소파에 모여 앉아 티브이로 풋볼이나 퍼레이드를 보는 집도 있었다. 모두가 만족하고 있었다. 행복하고 감사가 충만해 보였다.

나, 나는 감사해야 할 것이 아무것도 없었다.

받아쓰기

윈스테드 선생님이 읽었다.

"트랜스폼(Transform)."

모를 수가 없다. '트랜스포머(Transformers)'라는 장난감이 있는데, 애니메이션과 만화책으로도 나왔다. 내용은 정말 어둡다. 트랜스포머 끝의 'e, r, s'만 빼고 쓰면 된다.

"퍼제스(Possess)."

이것도 쉽다. 공포영화 제목에 흔히 쓰이는 단어로 귀신에 홀린 상태를 뜻하는 '퍼제션(Possession)'에서 'i, o, n'을 빼면 된다.

영어 수업에서 받아쓰기 시험을 봤다. 난 그리 머리가 좋지 않아서 열심히 공부해야 한다. 다행히 예전에 봤던 상황이 떠올랐다. 상황이 기억으로 저장되나 보다. 선생님이 단어를 말하면 티브이 프로그램이나 영화, 노래, 비디오 게임에서 들은 단어가 저절로 떠올랐다. 게다가 그 단어의 철자도 생각났다.

"컨트러버시(Controversy)."

뉴스에서 늘 나온 단어인데 어려웠다.

"이벌브(Evolve)."

이벌루션(Evolution)과 어원이 같고 공상 과학 소설에서 열댓 번 정도 본 단어였다.

"에고니(Agony)."

어떻게 알았는지는 모르겠지만, 아는 단어였다. 이 단어를 듣자 우리 집이 생각났다(agony는 극도의 고통을 뜻한다. -옮긴이). 그래서 얼른 적고 고통스러운 상황은 생각하지 않으려고 했다.

"마블러스(Marvelous)."

식은 죽 먹기였다. 마블 코믹이 있으니까. 마블에 'o, u, s'를 붙이는 것도 잊지 않았다.

"파버티(Poverty)."

선생님은 단어를 읊으며 날 쳐다봤다(poverty는 가난을 뜻한다. -옮긴이). 일부러 그랬을 거다. 선생님이 곧장 내 신발을 쳐다봐서 눈치챘다. 내 신발은 너무 작았을 뿐만 아니라 한쪽 앞부분은 찢어져서 양말이 보였다. 난 안 보이게 하려고 발가락을 오므렸다.

새 신발이 있을 뻔했는데 하루도 안 돼 엄마가 외할머니한테 도로 가져가게 했다. 죄다 가져가라고 했다. 새 옷과 포드의 장난감, 내 책도. 유일하게 남겨 둔 건 음식뿐이었다. 샘 아저씨가 엄마더러 음식은 놔두라고 했다. 그것도 남은 일부만. 하지만 엄마가 외할머니한테 모질게 돌아가라고 했다. 할머니는 해가 져서 어두운 밤길을 혼자서 3시간 내리 차를 몰아 애빌린으로 돌아갔다. 그날 밤 난 거의 눈을 붙이지 못했다. 할머니가 선물을 도로 차에 가득 싣고 밤길 운전을 하게 한 엄마의 고집 때문에 너무 슬퍼서 펑펑 울거나 무언가를 마구 때리고 싶었다. 며칠 동안 난 엄마하고 말 한마디도 섞지 않았다. 엄마는 신경 쓰지 않았다.

추수감사절 연휴가 끝나고 월요일이 되자 난 학교에 갔고 샘 아저씨는 일하러 갔다. 집에 돌아와 보니 먹을 게 모두 사라지고 없었다.

"혹시라도 쓰레기장에서 찾아볼 생각하지 마. 내가 그 쓰레기들을 차에 싣고 다른 아파트 단지로 가서 버리고 왔으니까. 절대 못 찾을 거야."

220

엄마가 정말 고소하다는 듯이 히죽 웃으며 말했다.

그날 밤 엄마와 샘 아저씨는 또다시 크게 한판 붙었다. 평소라면 싸움을 말렸을 거다. 말다툼이 주먹질로 바뀌지 않게 진정시키려고 말이다. 하지만 이번에는 말리지 않았다. 그 대신 나는 포드를 데리고 베니와 브래드네 집으로 갔다.

'그냥 싸우게 놔두자.'

이런 생각을 하다니, 난 나쁜 녀석인가 보다. 하지만 나도 어쩔 수 없다. 나도 이렇게 누군가를 미워하면서 사는 게 지긋지긋하다. 가끔은 이 세상 전부를 다 미워한다. 때로는 누구를 미워하는지도 모르겠다. 내 생각엔, 대부분 나 자신을 미워하는 거 같다.

"다음 단어는 배가본드(Vagabond)."

선생님은 내가 이 단어의 뜻을 모를 거라고 생각할지 모르겠지만, 알고 있다. 노숙자의 다른 말이다. 좋은 집은 아닐지는 몰라도 우리 집은 비바람을 막아 줄 지붕은 있다. 볼 수 없었지만, 얼굴이 빨개진 느낌이 들었다. 선생님은 눈을 가늘게 뜨고 날 쳐다봤다. 그래서 나도 눈을 가늘게 뜨고 선생님을 쳐다봤다. 난 엄마나 샘 아저씨가 날 노려봐도 눈을 아래로 내리깔지 않는다. 괴팍하고 늙은 윈스테드 선생님이 노려봐도 눈을 아래로 깔지 않을 거다.

"배가본드."

선생님이 다시 말했다. 난 너무 화가 나서 책상을 내동댕이 치고 싶었다. 하지만 참으면서 배가본드라고 적었다. 철자를 맞게 썼는지 다시 확인하지 않았다.

"세비지(Savage)."

이번에는 고개를 들지 않았다. 선생님이 날 쳐다보고 있으면 폭발할지도 몰랐다(savage는 야만적인, 야만인이라는 뜻이다. - 옮긴이). 나 자신에게 말했다. 난 엄마와 다르다고. 난 폭탄이 아니라고. 하지만 난 엄마처럼, 내가 폭탄처럼 느껴졌다.

"시험지에서 눈 떼면 안 돼, 오글 군."

선생님이 내 책상에 손가락을 쑥 내밀며 말했다.

"시험지 보고 있었는데요."

내가 말했다.

선생님은 목소리를 가다듬더니 덧붙였다.

"로우드(Loathe)."

난 시험지에 이렇게 적고 싶었다. '당신 의도가 뭔지 알고 있다(loathe는 혐오한다는 뜻이다. - 옮긴이).' 이렇게 하면 얼마나 좋을까. 하지만 그러다간 혼이 날 게 뻔했다.

윈스테드 선생님은 백 살은 되어 보였다. 흰머리를 위로 틀어 올린 모습이 머리 위에 커다란 벌집을 지은 것 같다. 거기

222

에 진짜 벌들이 산다 해도 전혀 놀랍지 않을 정도다. 그런데 그 벌들은 꿀을 만들진 않을 거다. 독을 만들 거다.

"퍼세이컨(Forsaken)."

선생님이 분명히 어떤 꿍꿍이가 있는 듯했다(forsaken은 버림받은, 고독한을 뜻한다.-옮긴이). 틀림없다. 다른 이유가 있어서가 아니라, 그냥 날 화나게 할 목적.

"퍼세이컨."

선생님은 한 번 더 읊었다.

"좋아요. 연필 내려놓고 시험지 앞으로 넘기세요."

선생님은 10분 동안 자유 독서를 하게 하고 시험지를 채점했다. 난 너무 화가 난 나머지 한 글자도 눈에 들어오지 않았다. 같은 문단을 스무 번 정도 반복해서 읽었다. 그러다 이내 책 읽기를 포기했다.

선생님은 시험지를 다시 나눠 주었다. 빨간 펜으로 85점이라고 쓰여 있었다. 세 개 틀렸다고 했다. 그럴 리가 없었다. 난 두 번이나 확인했다. 아니, 세 번 확인했다. 단어 모두 아주 정확하게 썼다. 속에서 열불이 나기 시작하는데 때마침 쉬는 시간 종이 울렸다.

아이들은 교실 밖으로 뛰쳐나갔다. 난 곧장 선생님에게 쿵쿵거리며 다가가 선생님 책상에 내 시험지를 쾅 내려놓았다.

"다 맞는데요. 100점이라고요."

"분명히 아닐 거야."

난 시험지를 보지도 않고 단어 철자를 큰 목소리로 불렀다.

"이럽트. E-R-U-P-T. 컬티베이트. C-U-L-T-I-V-A-T-E. 퀘스트. Q-U-E-S-T. 맞죠? 다 머릿속에 들어 있어요. 이건 식은 죽 먹기라고요. 전 멍청이가 아니에요."

선생님은 날 흘깃 쳐다보고는 다시 시험지를 들여다봤다. 마침내 입을 열었다.

"u를 w처럼 썼구나."

"《조니 퀘스트(Quest)》라는 만화가 있는데……."

내가 막 설명하려는 차였다.

선생님은 내 말을 가로막더니 말했다.

"만화랑 문학은 엄연히 다르지."

"알죠! 하지만 그 만화를 백번쯤 봤어요. 그래서 퀘스트가 u인 줄 알고 있는데 w로 쓸 리가 있겠어요?"

"좋아. 그럼 95점 줄게. 글씨를 못 알아보게 썼으니 5점 깎았어."

목덜미의 털들이 바짝 일어났다. 주먹을 쥐려 손가락을 오므렸다. 하지만 난 샘 아저씨가 아니다. 주먹으로 문제를 해결하지 않는다. 대신 난 이렇게 말했다.

"그런데 선생님이 잘못 계산하셨던데요. 선생님은 문제를 열아홉 개 냈는데 원래는 스무 개여야 하잖아요. 단어 하나를 빠뜨리셨나 봐요. 자 그럼, 단어 하나를 추천해 드리죠."

난 단어를 말로 하지 않고 시험지 맨 위에 대문자로 써 내려갔다.

P-R-E-J-U-D-I-C-E(prejudice는 편견, 편견을 갖게 하다는 뜻이다. - 옮긴이).

그러고서 선생님에게 눈길도 주지 않고 교실을 박차고 나왔다. 며칠 만에 처음으로 내 얼굴에 함박웃음 꽃이 피었다.

* * *

다음 날 승리의 기분은 사라졌다. 잔뜩 긴장한 채 영어 수업에 들어갔다. 선생님이 나에게 방과 후 남으라는 쪽지를 주거나 곧장 교장실로 보낼 거라고 예상했다. 하지만 선생님은 자기 책상을 내려다보며 부끄러워하고 있는 것 같았다. 그 모습을 보니 혼란스러웠다.

수업 시작종이 울리자, 선생님은 교실 앞으로 나와 말했다.

"모두 책 꺼내세요. 자유 독서 시간 시작할게요."

선생님은 문으로 걸어가 손에서 땀이 난 듯 두 손을 비비며 말했다.

"오글 군, 복도에서 잠깐 볼까?"

아이들이 한꺼번에 "오오오."라며 야유를 퍼붓고 어떤 아이들은 "큰일 났다."라고 했다. 또 다른 아이들은 자기네들끼리 킥킥거리거나 속닥거렸다. 선생님이 나에게 방과 후에 남으라고 할 거라는 확신이 섰다. 아니면 어쩌면 정학시키거나, 더 심각한 상황이라면 교실 밖에 경찰관이 기다리고 있거나. 아무리 그래도 선생님에게 버릇없이 굴었다고 감옥에 보낼 순 없을 텐데 싶었다. 그런데 말도 안 될 것 같지만, 가능성이 있다고 생각하니 식은땀이 났다.

밖으로 나가니 복도는 텅 비어 있었다. 학생 한 명 없이 쥐 죽은 듯 조용한 복도는 처음 봤다. 너무 낯선 광경이라서 훨씬 더 심장이 콩닥거렸다.

선생님이 문을 닫으니, 복도에는 나와 선생님 단둘이었다. 어쩌면 나 자신을 구제하기에는 너무 늦었을지도 모른다고 생각하며 사과하려고 입을 열었다. 하지만 선생님이 먼저 입을 열었다.

"난 인종차별주의자가 아니란다. 독실한 기독교인이라 일요일마다 교회에 가. 난 모든 사람에게 마음을 열고 있단다. 흑인이든, 아시아인이든, 너 같은 히스패닉도……."

난 반만 히스패닉이라고 설명하려고 했는데 선생님은 또 내 말을 가로막았다.

"난 좋은 사람이야."

선생님은 잠시 말을 멈추었다.

"하지만 네 말이 맞아. 너에 대한 편견을 보여 준 것 같아 ……. 그래서 사과하고 싶어."

"아니요, 그러지 않아도 괜찮아요."

난 나지막이 속삭였다. 계속 방과 후에 남을까 걱정하면서 말이다.

"그래. 사과할게. 미안하다, 얘야."

갑자기 난 무슨 말을 해야 할지 몰랐다. 조금 전까지도 선생님은 늘 냉정하고 심술 맞아 보였다. 문득 선생님이 더 늙어 보였다. 게다가 며칠 전 외할머니 모습처럼 연약해 보이기까지 했다. 이런 상황에 놓인 게 정말 끔찍했지만, 동시에 선생님이 사과해서 기쁘기도 했다.

처음으로 선생님은 날 바라보았다. 내 눈을 마주 보았다. 조금 불편했다. 선생님과 그렇게 오랜 시간 동안 눈을 맞춘 적이 없었으니까.

이윽고 선생님이 물었다.

"날 용서해 주겠니?"

227

난 고개를 끄덕였다.

"그럼요. 당연하죠."

이 말을 하고 나서, 나 자신에게 놀랐다. 왜냐하면 진심이라는 걸 깨달았으니까. 내가 엄마와 샘 아저씨가 저지른 모든 잘못을 용서할 수 있다면, 다른 사람의 사소한 잘못쯤은 훨씬 쉽게 용서할 수 있을 것 같다.

가짜 눈

실습실에서 새집을 만들려고 아이들 모두 나무판을 자르고 있었다. 로페즈 선생님은 새집을 집으로 가져가 마당에 있는 나무에 걸어도 된다고 했다. 우리 집엔 마당이 없다. 크리스마스에 할머니에게 드려야겠다고 마음먹었다.

제이크 루소가 실습실을 가로질러 뜀박질했다. 제이크는 켄트 그라함의 팔에 주먹 날리기 시합 중이었고, 그러다 날 밀쳤다. 그때 난 커다란 톱 아래로 나무판을 밀어 넣는 중이어서 하마터면 손가락 하나가 잘릴 뻔했다. 놀란 가슴을 쓸어내리던 바로 그때 제이크가 말했다.

"내 점심값 어디에 썼는지 너희는 절대 모를걸!"

"뭔데?"

켄트가 말했다.

"맞혀 봐!"

내가 말했다.

"나 톱 쓰는 중이었는데 날 밀었잖아. 이 바보야."

"점심 사 먹었지?"

켄트가 다시 한번 시도했다.

"아니. 다시 맞혀 봐."

"스케이트보드?"

켄트가 말했다.

"아니. 다시 해 봐."

내가 말했다.

"야 됐어, 그냥 말해 봐."

제이크가 말했다.

"토미 가르시아한테 돈 주고 눈알 꺼내 달라고 했어."

"진짜?"

난 보호안경을 벗고 눈길을 전기톱 기계를 지나 토미 앞에 쌓인 목재판으로 옮겼다. 토미는 같은 학년이지만 키가 머리 하나만큼 더 크고 나이는 두 살 더 먹었다. 두 번 낙제했다. 소매를 자른 청재킷을 걸치고 머리가 허리까지 길어서 꼭 록스타 같다.

켄트가 물었다.

"무슨 말이야? 눈알을 꺼내다니? 눈알이 떨어지기라도 했어?"

"아니. 한쪽이 가짜 눈알이야. 2달러 주고 꺼내서 보여 달라고 했어."

내가 물었다.

"그 자리에 피도 보여?"

"아니. 그런데 진짜 역겨워. 그래도 완 – 전 대박이야!"

"그냥 토미한테 가서 눈알 꺼내 달라고 하면 돼? 가짜 눈알인지 어떻게 알았어? 난 몰랐는데."

"1교시에 제니 파텔한테 들었어. 제니가 그러는데 토미가 지난주에 과감하게 뺐대. 나도 너무 보고 싶어서 토미한테 보여 달라고 물었더니 토미가 얼마 있냐고 묻더라. 그때 내 호주머니에서 다 끌어모은 게 2달러였어. 너희도 꼭 봐야 해!"

왠지 모르게 나도 정말 보고 싶은 마음이 굴뚝 같았다. 친구들 모두 새로 나온 공포영화를 봤는데 나만 못 본 기분이었다. 모두가 그 영화에 대해 떠드는 와중에 나도 보고 싶어서 안달 난 상태 말이다. 아직 딱 한 사람만 공포영화를 봤으니 나도 볼 기회를 일찍 잡아서 이번 만은 공포영화를 먼저 본 멋진 아이가 되고 싶었다. 나한테 2달러만 있다면 말이다.

하지만 나에겐 25센트짜리 동전 4개뿐이었다.

날마다 학교를 마치고 집에 오면 아파트 빨래방으로 가서 세탁기 동전 반환 구멍마다 이리저리 훑어보며 확인한다. 사람들은 늘 동전 챙기는 걸 잊어버려서 남아 있는 25센트짜리 동전은 내가 챙긴다. 공중전화도 확인한다. 가끔 그 안에도 동전이 있을 때가 있다. 그렇게 모은 잔돈으로 학교에 새로 들여놓은 자동판매기에서 감자칩 한 봉지나 킷캣 초콜릿을 사 먹을 계획이었다. 하지만 이번엔 그 돈으로 토미의 가짜 눈알을 봐야겠다고 생각했다.

"나한테 1달러 있어."

내가 말했다.

"나도 1달러 있는데. 우리 같이 볼래?"

켄트가 말했다.

"그래!"

난 한 치의 망설임도 없었다. 계속 머릿속으로 눈알이 어떻게 생겼을까 그려 봤다. 찐득할까 미끈거릴까 아니면 힘줄이 불거졌을까? 점액이나 피도 보이려나? 상상하니 소름이 돋았다.

"언제 보러 갈래?"

켄트가 물었다.

"지금 가자."

켄트와 나, 우리 둘은 아주 천천히 발걸음을 옮겼다. 바닥에는 톱밥과 나무 조각이 널려 있었다. 로페즈 선생님은 자동차 잡지를 읽느라 바빠서 알아채지 못했다. 난 잔뜩 긴장됐다. 마음 한편으로는 내가 질겁하면 어쩌나, 또 다른 한편으로는 토미가 화가 나서 톱 하나를 들고 우리를 반 토막 내면 어쩌나 걱정했다. 다 쓸데없는 걱정이고 토미가 그럴 리 없다는 걸 잘 알지만, 자꾸만 나쁜 생각이 머릿속에 떠올랐다.

어쨌거나 켄트와 나는 토미에게 다가가 우두커니 서 있었다. 1분이 지나, 토미가 자기 자리를 빗질하다 고개를 들고 물었다.

"뭐야?"

켄트는 자기 손만 바라볼 뿐 아무 말도 하지 않았다. 난 찔끔 앞으로 다가가 겨우 말을 꺼냈다.

"음, 우리가, 어, 궁금해서 말인데, 그러니까, 만약에 우리가, 나도 잘 모르지만, 혹시……."

"그냥 말해."

토미가 말했다.

"그러니까…… 네 눈 보고 싶은데…… 제이크 루소처럼."

토미는 날 뚫어져라 쳐다봤다. 그 시간이 1분도 더 되는 것처럼 느껴졌다. 그러더니 토미는 눈을 치켜떴다. 그런데 한쪽 눈은 위로 올라가지 않았다.

"너희 2달러 있어?"

우리는 돈을 토미에게 건네주었다.

"한 사람당 2달러야."

"아. 어, 우린 이것밖에 없는데."

토미는 언짢아했다. 우리 둘 얼굴에 주먹을 날릴 듯한 눈빛으로 쳐다봤다. 토미는 당연히 그럴 수 있었다. 토미의 몸집은 우리에 비하면 거인 같다. 이윽고 토미는 한숨을 쉬며 말했다.

"좋아."

토미는 우리에게 구석으로 오라고 손짓했다. 내 어깨 너머로 선생님이 지켜보고 있지 않은지도 확인했다. 선생님이 다른 곳을 보고 있는 걸 확인하자 토미의 손가락은 눈이 움푹 꺼진 곳을 파고들었다. 눈알의 위치를 찾는 듯 몇 초 동안 손으로 더듬거리더니 훅 흡입하는 작은 소리와 함께 가짜 눈알을 뽑았다.

내가 생각했던 것처럼 공 모양의 눈알이 아니었다. 앞만 렌즈처럼 볼록했다. 가짜 눈알이 빠지고 움푹 꺼진 자리를 자세히 들여다보았다.

켄트가 물었다.

"만져 봐도 돼?"

"당연히 안 되지."

토미가 대답했다. 토미가 몸을 돌려 다시 눈알을 넣으려고 낑낑대는 사이, 우리는 한 치의 망설임도 없이 뒤도 돌아보지 않고 도망쳤다.

점심시간에 나는 이단 옆에 앉았다.

"내가 오늘 뭘 봤는지 넌 절대 못 맞힐걸!"

내가 뭘 봤는지 말해 주자, 이단은 집요하게 파고들었다. 하나하나 작은 부분까지 충격적인 질문을 계속 퍼부었다. 이단은 나처럼 역겨워하면서도 놀라워했다.

다음 날 토미가 교감 선생님 방으로 끌려가는 걸 보았다. 가짜 눈알을 꺼내다 걸린 건지 궁금했다. 다른 사람에게 해를 끼친 건 아니니까 정말로 문제가 된다고 할 수 없지 않을까. 하지만 선생님들은 별거 아닌 것에 엄청 화를 낸다.

실습실에서 다시 토미를 만나자, 내가 물었다.

"너 혼났어?"

"응. 모범생 무리가 날 보고 기겁하고 도망갔거든. 정학당하거나 방과 후에 남을 줄 알았어. 교감 선생님은 그러려고 했는지도 모르지. 그런데 내가 점심값 때문에 그랬다고 했어.

학생이 점심값 벌겠다고 그랬다니 화를 낼 수 없었겠지."

"진짜야? 점심값 때문에 그랬어?"

"아니, 난 무료로 점심 먹는데."

토미가 웃으며 대답했다. 아무렇지 않게. 부끄러움 없이. 당황하지 않고. 그냥, 확! 사실대로 말했다.

말로 꼬집어 표현할 순 없었지만, 갑자기 토미가 가깝게 느껴졌다. 마치 한 가족 같았다. 아니면 적어도 친구 사이. 그러니까 다른 누군가도 무료 급식을 먹을 거라는 사실은 알고 있었지만, 누구인지는 몰랐다. 급식 명단이 든 빨간 바인더를 항상 들여다보고 싶은 마음은 굴뚝같았다. 아무튼, 싱긋 웃는 내 모습이 분명 바보 같았나 보다. 토미가 물었다.

"왜? 왜 날 그렇게 쳐다보는 거야?"

"나 말이야, 나도 무료 급식 프로그램에 등록돼 있거든. 괜찮다면, 언제 한번 같이 점심 먹을래?"

토미가 내 말을 듣더니 배꼽을 잡고 웃었다. 그러더니 이렇게 말했다.

"야, 됐어. 난 한심한 놈이랑은 밥 같이 안 먹어."

이사

아파트 계단을 올라가며 가방에 손을 쑤셔 넣어 열쇠를 찾았다. 하지만 그럴 필요가 없었다. 현관문은 활짝 열려 있었다. 부서진 문고리가 죽은 금속 동물처럼 축 늘어진 채 문에 매달려 있었다. 문에 테이프로 붙어 있던 종이를 누가 잡아뜯었나 보다. 종이 귀퉁이만 남아 있었다.

'우리 집에 다시 도둑이 들었구나.' 생각했다. 맨 처음 누가 우리 집에 침입했을 때는 정말 무서웠다. 내 인생 첫 번째 워크맨과 카세트테이프를 모조리 훔쳐 갔는데 그때 우리 고양이는 나가서 돌아오지 않았다. 마지막으로 도둑이 들었을 때는 도둑도 어이가 없었던 것 같다. 집에 훔칠 만한 물건이 하나도 없으니 그냥 창문을 깨고 빠져나갔다. 이상한 건 좋은 집이 아니라 가난한 동네에 살 때 도둑이 든다는 거다. 도둑은 좋은 물건을 훔치고 싶을 텐데 말이다.

집 안을 흘깃 둘러보니 도둑은 없었다. 짐을 싸고 있는 엄마뿐이었다. 엄마가 짐을 싸는 속도는 정말 빨랐다. 가진 물건이 얼마 없기도 했고, 뭐든 거실 한가운데 놓인 하드보드 상자에 던져 넣기만 하면 됐다.

어떤 상황인지 도무지 알 수가 없었다. 가슴 깊숙한 곳에서 한숨이 나왔다.

"도대체 무슨 일이에요?!"

"바보야, 어떤 상황인 것 같아? 우리 이사할 거야."

엄마가 대답했다.

4학년 때, 넉 달도 채 안 돼 다섯 번 전학했다. 엄마와 샘 아저씨가 일거리를 찾겠다고 자꾸 이사했기 때문이다. 새 동네, 새 학교, 새 수업, 새 선생님과 새 친구들과 지내는 건 여간 힘든 일이 아니었다. 엄마와 샘 아저씨가 한낮에 느닷없이 짐이 꽉 찬 트럭을 몰고 와서 날 데리고 가는 바람에 누구에게도 작별 인사조차 못 하고 떠나야 했을 땐, 더 힘들었다. 친구를 겨우 새로 사귀었는데 다음 날 그 친구들을 영영 보지 못하게 하다니.

"안 돼요!"

난 꽥 소리쳤다. 상자 하나를 집어 들어 바닥에 물건을 모조리 쏟아 버렸다.

"싫어. 아니야. 난 버밍햄이 좋아. 여기 친구도 좋다고. 아무 데도 안 가! 또 이사 안 갈 거야!"

엄마는 눈을 희번덕거렸다.

"오버 좀 하지 마. 버밍햄을 떠나는 게 아니야. 건너편 동네로 이사하는 거야. 학교에 걸어갈 수 있는 거리라고. 이젠 버스 탈 필요도 없어."

"잠깐만, 진짜요?"

매일 아침 학교 가는 동안 버스에서 보았던 동네들이 떠올랐다. 거리에는 가로수들이 늘어서 있고 집들은 모두 아기자기했다. 집들이 그리 크지는 않고 서너 집만 2층 높이였던 것 같다. 집들이 예쁜 파스텔 색조여서 정말 귀여웠다. 그리고 대부분 새하얀 나무 울타리로 둘러싸여 있었다. 어떤 한 집은 빨간 장미가 풍성한 정원에 돌로 만든 분수가 있는데 그 안에 인어 동상도 있었다. 그리 좋아 보이지 않는 집들도 우리 동네 집들보다 훨씬 좋아 보였다.

난 주택에서 산 적이 없다. 손볼 데가 좀 있더라도 괜찮았다. 집 안이든 집 밖이든 페인트칠이라도 할 거다. 샘 아저씨는 직장에서 얻어 온 제초제로 잔디를 관리할 수 있을 거고,

엄마는 청소를 잘하니까 집 안을 정말 근사하게 만들 수 있을 거다.

새집엔 포드가 놀 수 있는 작은 마당도 있겠지. 어쩌면 개 한 마리도 키울 수 있을 거다. 그럼, 바퀴벌레나 구질구질한 이웃을 부끄러워할 필요 없이 친구들을 집에 초대할 수 있을 거다. 가구도 들여놓을 수 있으려나.

"정말 새집으로 이사하는 거예요?"

"새집은 아니지만, 우리에게는 새롭겠지."

"새집이 아니어도 좋아요."

난 너무 들뜬 나머지 하나하나 다 알고 싶었다.

"언제 이사하기로 한 거예요? 왜 나한테 말 안 해 줬어요?"

"넌 몰라도 되니까. 우리에겐 변화가 필요해. 변화는 좋은 거잖아?"

난 고개를 끄덕였다. 내 방으로 달려가 곧장 짐을 쌌다. 짐을 싸는 내내 새집에 대해 상상의 나래를 펼쳤다. 내 물건을 다 싸는 데 고작 20분밖에 걸리지 않았다. 그러고 나서 엄마가 짐 싸는 것을 도왔다. 우리는 상자를 모두 아래층으로 가지고 가서 샘 아저씨의 작업용 트럭 뒤에 실었다. 가구가 없으니 좋은 점도 있구나 싶었다. 이사가 엄청 간편하니까.

난 베니와 브래드에게 작별 인사를 하러 달려갔다. 연락하게 전화번호를 꼭 적어 달라고 했다. 샘 아저씨와 베니 형제 아빠가 술친구라 우리끼리도 연락하며 계속 같이 놀 수 있을 거다. 리엄에게도 달려가 소식을 전하고 싶었지만, 엄마는 시간이 없다고 재촉했다. 어떤 이유에서인지 요즘 들어 리엄과 같이 논 적이 없었다. 내가 주택에서 살게 되면 상황이 달라질지도 모른다. 뒷마당에서 풋볼 연습을 할 수도 있을 거다. 아니면 앞마당에서라도.

깃털처럼 가볍고 빛나고 따뜻한 기분이 들었다. 한동안 그 감정을 뭐라 해야 할지 몰랐는데, 그것이 행복이라는 걸 깨달았다. 나뿐만 아니라 우리 가족, 엄마도 더 행복해질 거라고 믿었다. 새로 펼쳐질 미래에 마냥 신이 났다.

우리는 맥도날드에서 저녁을 먹었는데 별거 아닌 것에도 피식 웃음이 났다.

"포드하고 내 방도 있어요?"

"아니. 방 두 개에 화장실 하나야."

우리 집이 아파트라는 말처럼 들렸지만 괜찮았다. 주택이 아파트보다 더 좋으니까. 그건 돈이 더 많다는 뜻이니까. 게다가 마당이 있을 테니까.

"내 방은 내가 페인트칠해도 돼요?"

"마음대로 해라. 페인트 살 돈 있으면."

"좋아요!"

난 포드에게 물었다.

"넌 우리 방이 어떤 색깔이었으면 좋겠어?"

"까망!"

"까만색? 동굴처럼? 멋지겠는데."

"방을 까만색으로 칠하는 건 안 돼."

"핑크는요?"

포드가 물었다.

"안 돼. 핑 – 핑크는 여 – 여자애들 색이야."

샘 아저씨가 투덜댔다. 그러고 보니 샘 아저씨는 종일 말이 없었다. 늘 그렇듯 엄마는 투덜댔지만.

"두 분은 왜 신나지 않으세요? 엄마는 신나지 않으세요?"

엄마는 어깨를 으쓱했다. 난 이사 갈 돈이 어디서 났는지 물어보려다 돈 얘기는 사람들 앞에서는 꺼내지 않는 편이 낫겠다고 생각했다. 민감한 주제니까. 우린 집을 산 게 아니라 분명히 월세를 내야 할 거다. 월세로 사는 게 집을 사는 것보다 돈이 적게 든다.

"그래서 내일 우리가 그 집에 들어가서 제일 먼저 하고 싶은 건……."

엄마가 말을 꺼내자마자 내가 엄마의 말을 가로막았다.

"내일이라고요? 오늘 밤에 가는 게 아니라?"

"아니야. 내일 갈 거야."

"그럼, 오늘 밤엔 어디서 자요?"

"차랑 트럭에서."

엄마는 별거 아니라는 듯이 말했다.

"뭐라고요?!"

갑자기 머릿속이 복잡해져 꽥 소리를 질렀다.

"딱 오늘 하룻밤만."

"왜 새집에서 자면 안 되는데요?"

"내일 정오까지는 준비가 안 된대."

"모텔에 방 잡으면 안 돼요?"

"안 돼. 잠만 잘 텐데 돈 낭비야. 어쨌든 새집에 우리가 가진 돈을 모두 써야 하니까. 오늘 밤엔 아기처럼 굴지 좀 마. 캠핑한다고 생각해."

"엄만 캠핑 싫어하잖아! 게다가 지금은 12월이라 밖은 엄청 춥다고!"

"밖에서 자는 건 아니잖아. 차 안에, 침낭에서 잘 거야."

난 날카로운 목소리로 물었다.

"학교 가기 전에 샤워는 어디서 해?"

"샤워는 하루 정도 건너뛸 수도 있지. 조금 냄새난다고 안

243

죽어.”

“난 냄새나는 거 싫단 말이야!”

샘 아저씨가 손바닥으로 테이블을 쾅 치는 바람에 감자튀김이 떨어졌다. 감자튀김은 사방팔방으로 흩어지며 바닥으로 떨어졌다. 다른 가족이 우리를 건너보았다.

샘 아저씨가 투덜댔다.

“조-조용히 해! 둘-둘 다! 한-마디도 하-하지 마.”

비로소 모든 상황이 이해됐다. 샘 아저씨가 짜증 나서 말이 없었다는 걸 눈치채지 못했다. 아저씨는 나하고 눈도 마주치지 않으려고 했다. 우리가 차에서 자야 해서 화가 났는지, 다른 이유인지 그제야 궁금했다. 문고리가 부러지고 한 번도 본 적 없는 종이가 뜯긴 흔적이 있었던 이유가. 이렇게 갑자기 이사하는 게 우리의 선택이 아닐 수도 있었다. 어쩌면 떠나야만 할 이유가 있었을지도 모른다. 조용히 난 물었다.

“우리 쫓겨난 거예요?”

샘 아저씨는 먹다 남은 햄버거를 나에게 던졌다. 햄버거에 가슴을 맞는 바람에 셔츠에 케첩과 머스타드 소스가 묻었다.

샘 아저씨는 소리를 질렀다.

“제에에엔-장!”

그러고는 쿵쾅대며 트럭으로 갔다. 창문으로 보니 아저씨가 허공에 발길질과 주먹질을 하고 있었다. 엄마가 날 노려보며 말했다.

"네가 무슨 짓을 했나 봐라. 기분 좋니?"

기분이 좋지는 않았지만 쫓겨나는 게 무슨 대수라고 그러는지 모르겠다. 적어도 이사 갈 새(헌)집이 있는데. 잘된 거 아닐까?

그날 밤, 샘 아저씨는 트럭 운전석에서 잤다. 엄마와 포드도 트럭에서 잤다. 나 혼자 엄마 차 운전석에서 잤다. 조수석에는 상자가 쌓여 있었고 뒷좌석에는 짐이 너무 많아서 의자를 젖힐 수 없었다. 운전대가 중간에 있어서 어떤 자세를 해도 편하지 않았다. 바로 위로 가로등 불빛이 창문 가리개도 뚫고 들어왔다. 밤새도록 뒤척이다 한숨도 못 잤다. 아침이 되니 목이 아주 뻐근했다.

우리는 아침을 먹으러 다시 맥도날드에 갔다. 난 맥도날드 아침 메뉴를 정말 좋아하는데 특히 해시 브라운 감자를 좋아한다. 바삭하고 기름진 맛을 음미하며 오늘 밤, 새집 새 방에서 어떻게 잘지 상상했다. 창문이 어느 쪽에 있을지 궁금했다. 솔직히 상관없다.

관리 사무실로 가서 서류에 사인하고 열쇠를 받아오기만 하면 새집을 구경할 수 있었다. 열쇠를 받고 우리가 살 곳을 둘러본 다음 학교로 걸어갈 생각이었다. 집이랑 학교가 이렇게 가까워지다니! 마음이 들떴다.

아침을 다 먹고 차를 타고 이사 갈 동네의 가로수 길을 지나갔다. 어느 집이 우리 집일지 계속 맞혀 보았다. 저 집이 우리 집이면 좋겠다고 하는 집을 하나둘 지나쳐 갔다. 학교마저 지나 계속 가기만 했다. 결국 엄마에게 물었다.

"우리 어디 가는 거예요?"

"저기."

엄마가 손으로 가리켰다. 주차장에 들어서는 순간, 내 꿈은 유리병을 벽에 던진 듯 산산이 깨지고 말았다.

우리는 주택 앞 차도가 아닌, 까만 벽돌과 하얀 벽돌로 된 아파트 단지 주차장에 차를 세웠다. 중학교 풋볼장이 저 멀리 있고, 기찻길은 바로 앞에 있었다. 반대쪽에는 낡은 트레일러들이 모여 있는 구역과 폐차장이 보였다.

뭔가 잘못된 기분, 지금까지 속은 기분이었다. 새집이 이런 쓰레기 같은 곳일 줄은 전혀 짐작하지 못했다. 왜냐하면 버스 경로는 늘 이쪽이 아니라 주택가를 지나갔으니까. 모든 게 뒤죽박죽 잘못된 기분이었다.

"엄마가 분명 주택으로 이사 간다고 했잖아요!"

"그런 말 한 적 없어. 네가 그랬지."

"그러면 왜 내 말을 안 고쳐 줬어요?"

"주택이든, 아파트든, 다 똑같이 집이야."

"아니요, 달라요!"

난 소리쳤다.

주차장을 통과하면서 보니 지팡이를 짚거나 보조 보행기를 미는 노인들이 좀비처럼 떼를 지어 어슬렁거리고 있었다. 아이들은 하나도 보이지 않았다. 수영장도 없었다. 공원에 풀은 모두 말라 죽어 있었고 곳곳에 진흙 구덩이가 파여 있었다. 폐타이어로 만든 그네와 오르내리는 놀이 기구 몇 개가 놓여 있었다. 예전 동네도 쓰레기장 같았지만 그래도 수영장은 있었다. 여기보다 훨씬 좋았다. 알고 보니 한 단계 올라간 게 아니라 한 단계 내려간 거였다. 바퀴벌레가 득실거리던 예전 집이 그리울 정도였다.

아파트 관리 사무실은 버려진 교회 같아 보였고, '로이스 코트'라는 아파트 이름은 옛날 서부 시골에서 쓰던 글씨체로 휘갈겨 쓰여 있었다. 포드와 나는 엄마와 샘 아저씨를 따라 안으로 들어갔다. 엄마와 샘 아저씨가 계약서에 사인하고 열쇠 꾸러미를 받는 동안 난 가짜 나무 판때기 벽에 붙어 있는 서류들을 읽어 보았다. 주택도시개발부라는 기관에서 아파트를 지원해 주며 저소득층 가정은 월세를 '줄여 준다'라고 적혀 있었다. 한마디로 공공 주택이라는 말이었다. 정부가 우리 집 월세를 일부 내준다는 뜻이었다. 내 점심값을 내주듯이.

갑자기 속이 뒤집혀 해시 브라운이 속에서 출렁거려 토할 것 같았다. 서성여도 소용없길래 주저앉았다. 팔짱을 끼었지만 다리는 가만있지 않고 계속 덜덜 떨렸다. 도끼눈으로 엄마의 뒷모습을 노려보았다. 도끼눈에 정말 날이 있으면 좋겠다고 생각했다. 서류에 사인하는 동안 엄마는 내 눈을 애써 외면했다. 심장이 가슴 속에서 마구 쿵쾅거렸다. 길 건너에 바로 풋볼장이 있지만, 아마도 난 풋볼을 할 수 없을 것이다. 풋볼장을 볼 때마다 내가 가질 수 없는 것들이 매일매일 떠오를 것이다. 리엄이나 토드 아니면 재수가 없게 제크나 데릭까지 내가 여기 이 집으로 걸어오는 걸 본다면? 다른 아이들한테 죄다 떠벌리고 다닐 거다. 그럼, 전교생이 내가 이런 집에 사는 걸 알게 되겠지.

관리인이 열쇠 꾸러미를 샘 아저씨와 엄마에게 건네주고 정중하게 악수했다. 엄마와 샘 아저씨는 포드만 데리고 밖으로 나가다가 그제야 생각났는지 나에게 고개를 까딱하며 따라오라고 했다.

난 주차장에서 걸음을 멈추고선, 더 이상 견딜 수가 없어 고래고래 소리를 질렀다.

"나한테 어떤 상황인지 설명해 줄 때까진 여기서 한 발짝도 안 움직일 거야!"

"뭘 설명해 달라는 거야?"

엄마가 말했다.

"왜 정부가 우리 집 월세를 내주는 건데?"

"넌 이해 못 해."

"그러니까 이해시켜 달라고! 엄마는 늙지도 않았고, 아프지도 않잖아. 장애인도 아니고, 샘 아저씨는 일하잖아. 엄마도 정말 간절하면 일할 수 있는 거 아니야? 엄마는 할머니가 우리 먹을 것도 못 사 오게 하면서 왜 다른 사람이 우리 집 월세는 내게 해 주는 건데?"

"다른 사람이 아니잖아. 정부라고. 그게 정부가 할 일이야!"

엄마도 나에게 고함을 쳤다.

"자신을 돌볼 수 있는 사람들을 돌봐 주는 게 정부가 할 일이라는 거야?!"

"우리는 우리를 돌볼 수 없어!"

엄마는 창자 끝에서부터 끌어올려 있는 힘껏 소리쳤다.

"너는 우리가 여기서 살고 싶어 하는 것 같아? 샘 아저씨하고 엄마가 여기로 이사 와서 좋아하는 거 같니? 그렇냐고?!"

사람들이 우리를 지켜보고 있었다. 싸움을 먼저 시작하고 먼저 고함치고 사람들 앞에서 소란을 피운 사람이 바로 나였다는 걸 깨달았다. 엄마처럼 똑같이. 내가 그렇게 싫어하는 짓을 내가 하고 있었다니.

엄마가 소리쳤다.

"넌 아무것도 이해 못 해. 넌 그냥 애니까!"

"난 그냥 애가 아니야!"

나도 엄마에게 소리쳤다. 스스로 멈출 수가 없었다.

"내가 엄마보다 더 어른스러워. 수표 잔액 확인도 내가 하잖아. 알지?"

"그럼, 너도 잘 알겠네. 우리 돈이 빌린 돈 때문에 신용카드 계좌에서 다 빠져나가는 걸. 샘 아저씨가 지금 일하더라도 우린 마이너스야. 우린 빚에 허우적거리고 있다고!"

대형 트레일러트럭에 치인 느낌이었다. 어떻게 내가 우리집 상황을 제대로 파악하지 못했을까? 매달 엄마가 수표 쓰는 걸 지켜봤다. 엄마 계산이 맞는지 확인하려고 1센트 동전 하나까지 세곤 했었다. 매번 마이너스라는 걸 알면서도 그게 무슨 의미인지는 미처 알지 못했다.

내가 이렇게 멍청하다니! 왜 늘 연체료를 내고 마이너스 통장에 대한 이자를 내는지 이해하지 못했다는 게 부끄러웠다. 엄마 입장에서 돌아가는 상황을 생각해 본 적 없었던 내가 부끄러웠다. 샘 아저씨의 입장에서라도. 두 사람 모두 여기 오고 싶지 않았을 테다. 어째서 난 이 상황을 둘이 원한 거라고 줄곧 생각한 걸까?

끔찍하고 역겨운 기분이 엄습했다. 동시에 분노도 차올랐다. 심장이 얼마나 세게 쿵쾅거리는지 내 귀에도 들릴 정도였다. 분노의 수문이 활짝 열려서 어찌할 바 몰랐다. 마치 영혼이 몸에서 빠져나오고 온몸은 비명을 지르는 것 같았다. 내 몸의 모든 피가 얼굴로 몰려와 얼굴이 터지도록 비명을 질렀다.

"다 엄마 잘못이야! 난 이 집 싫어! 엄마도 싫어!"

엄마가 팔을 뒤로 젖혔는데 마치 야구 선수가 슬로 모션으로 움직이는 것 같았다. 너무 순식간에 일어나 피할 생각도 못 했던 것 같다. 엄마가 내 뺨을 너무 세게 때리는 바람에 왼쪽 귀가 떨어져 나갈 듯 고통스러웠다. 귀가 윙윙거리기를 멈추질 않았다.

뇌까지 맞은 것처럼 아팠다. 몸 구석구석 충격을 받은 느낌이 들었다. 예전에 단순한 호기심에 클립을 콘센트에 찔러 넣었을 때 찌릿찌릿했던 것처럼. 갑자기 현기증이 나서 옆으로 털썩 바닥에 쓰러졌다. 엄마가 뭐라고 소리를 질렀는데 아무 소리도 들리지 않았다. 하지만 엄마의 입을 보고 무슨 말인지 알 수 있었다. 엄마도 내가 싫다고 했다. 눈앞에서 꺼지라고 했다. 나에게 다가오며 이를 악물고 고함치는 엄마는 꼭 사나운 투견 같아 보였다. 샘 아저씨가 엄마를 뒤에서 잡았다. 그러고서 엄마를 끌고 나에게서 멀리 떠나갔다. 포드도 데려갔다.

나는 하염없이 누워 있었다. 꼼짝도 하지 않고. 내 눈에서 불과 몇 센티미터 떨어진 곳에서, 개미들이 한 줄로 쭉 줄지어 가고 있었다. 개미들은 분주해 보였다. 모두 함께 일하고 있었다. 따로 떨어지지 않고. 개미들은 틀림없이 절대 싸우지 않을 거다. 그 순간, 난 차라리 한 마리 개미가 되고 싶었다.

전당포

요즘 난 두려움을 가득 안고 집으로 향한다. 엄마와 말하지 않은 지 일주일이 넘었다. 단둘이 있을 때 엄마는 날 노려보기만 한다. 철천지원수라도 되는 것처럼. 날 증오하듯이. 그래도 괜찮다. 나도 엄마를 증오하니까.

우리 엄마는 수류탄이다. 안전핀이 안에 있는지 밖에 있는지 보이지 않는다. 그래서 샘 아저씨, 포드와 나는 빈둥거리면서도 엄마가 언제 폭발하나 촉각을 곤두세워야 한다. 난 절대 마음을 놓지 않았다. 평온하지도, 행복하지도 않았다. 늘 벼랑 끝에 서 있는 기분이었다.

우리가 모여 식사할 때도 엄마가 날 포크로 찌를까 봐 신경이 곤두섰다. 엄마가 다림질할 때면 다리미로 내 머리를 칠까 봐 노심초사했다. 엄마가 운전할 때는 갑자기 브레이크를 확 밟아 일부러 급정거하지 않을까 상상했다. 우리 차에는 에어백이 없다.

어제는 집으로 들어가기 무서워 10분 동안 현관문 밖에 서 있었다. 오늘은 현관문 손잡이에 손을 올려놓은 채 거의 15분 동안 서 있다가 숨을 훅 깊게 들이마시고 나서 문을 열었다. 샘 아저씨는 티브이 코드를 뽑고 있었다. 그러고 나서 티브이를 들어 바닥으로 내려놓았다.

"지금 뭐 하시는 거예요?"

샘 아저씨의 눈에서 분노와 함께 수치심이 보였다. 샘 아저씨는 아무 대답도 하지 않았다. 커다란 상자가 하나 놓였는데, 상자 안에는 토스터와 오디오, 아저씨가 모은 음반 한 꾸러미와 내 소니 카세트 오디오가 들어 있었다. 카세트 오디오는 친아빠한테서 받은 크리스마스 선물인데 테이프 두 개를 동시에 재생할 수 있다. 내가 툴툴대며 말했다.

"지금 뭐 하시는 거냐고요?"

"어 - 어 - 엄마한테 무 - 물어봐."

순간, 화가 끓어올라 몸에 바짝 힘이 들어갔다. 어찌할 바를 몰라 화장실로 쿵쾅대며 걸어갔다. 마침 엄마가 드라이어로 머리를 말리고 있었다. 난 벽에서 코드를 뽑고 고함을 질렀다.

"저 물건들로 뭐 하실 거예요? 티브이는 어쩔 거냐고요?"

엄마도 소리 질렀다.

"어차피 아무도 안 보잖니."

"우리 다 봐요! 매일매일!"

"참, 너 책 읽는 것도 좋아하잖아. 그러니까 책이나 봐!"

"그리고 내 카세트 오디오는 어쩌려고요?!"

포드는 바닥에 앉아 있었다. 포드가 티 렉스 공룡 장난감을 손으로 '쾅' 치니 가장 좋아하는 소방 트럭 안으로 '탁' 들어갔다. 포드가 말했다.

"전당 뽀!"

난 포드의 말을 고쳐 주며 물었다.

"전당 뽀? 전당포 말하는 거야?"

포드가 고개를 끄덕이며 말했다.

"전당 뽀!"

난 엄마에게 고개를 돌렸다.

"왜 우리 물건을 전당포에 맡기는 건데요?"

엄마는 코웃음 반 웃음소리 반을 내며 말했다.

"그래! 그냥 물건일 뿐이야. 물건은 소유하는 게 아니야. 전부 쓰레기일 뿐이야!"

"글쎄, 이 쓰레기는 내 거라고요!"

엄마는 내 살을 꽉 꼬집더니 비틀었다. 엄마가 이런 식으로 꼬집으면 며칠 동안 거무죽죽 푸르딩딩한 별 모양으로 멍이 들고 통증은 가시지도 않는다. 엄마는 무자비하게 꼬집은 손을 놓지 않았다. 난 괴로움에 비명을 질렀고, 다리에 힘이 풀려 털썩 무릎을 꿇었다.

"내가 물건을 전당포에 맡기고 싶어서 맡기는 줄 아니? 나도 싫어! 하지만 가끔 그래야 할 때도 있는 거야. 그래야 불을 켤 수 있고 우리가 먹을 걸 살 수가 있어!"

엄마는 무릎 꿇은 날 허벅지로 차서 넘어뜨렸다. 그리고 다시 드라이어 플러그를 꽂았다. 난 끝내 엄마가 모든 걸 결정하도록 가만있지 않았다. 엄마의 손에서 드라이어를 낚아채 벽에서 코드를 확 뽑아서 곧장 거실로 걸어가 상자에 던져 버렸다.

"아저씨랑 내가 이 물건들 없이 살아야 한다면 엄마도 그러라고요!"

엄마가 고함쳤다.

"좋아! 드라이어 맡기고 6달러 받으면 다행인 줄 알아. 어떤 기분인지 넌 모를 거야. 그거 알아? 이번에는 너도 전당포에 가 봐. 난 가지 않을게. 먹을 걸 구걸하는 게 어떤 건지 네 눈으로 똑똑히 보라고. 어서 가. 샘, 얘도 데려가!"

"여 – 여 – 여보⋯⋯."

엄마가 소리쳤다.

"아니! 데려가. 얘는 한 번도 간 적 없잖아. 자기 것을 주는 일이 얼마나 힘든지 본 적 없다고. 데려가! 직접 어떤 기분인지 알려 줘!"

엄마는 하드보드지 상자를 들어 올려 내 팔에 확 밀어 넣었다. 엄마가 침실로 쿵쾅쿵쾅 걸어가 문을 세게 닫자, 집 전체가 흔들렸다.

샘 아저씨가 말했다.

"가 – 가 – 가 – 가자."

* * *

샘 아저씨는 운전하면서 입을 꾹 다물고 있었다. 나도 조용히 있었다. 차창 밖으로 여러 화려한 상점과 식당이 지나갔다. 고급 시계와 유명한 그림들, 반짝이는 보석과 값비싼 의류를 파는 곳이었다. 어떤 가게에서는 작은 유리 조각상 하나를 수백 달러에 팔았다. 어떤 해산물 요리 식당에서는 가장 저렴한 요리가 한 접시에 30달러 정도 되는 샐러드였다.

우리는 그런 곳에서 한 번도 먹어 본 적이 없었다.

엄마와 샘 아저씨는 예전에도 물건을 전당포에 맡긴 적이 있다. 티브이나 오디오는 여러 번 전당포에 맡겼다. 보통은 며칠 있다 찾아왔다. 이제껏 토스터나 내 물건을 맡긴 적은 없었다. 그래서 내가 너무 화났던 것 같다. 한편으로 걱정도 됐다. 엄마와 샘 아저씨는 이 정도로 돈이 한 푼도 없는 걸까? 우리는 버밍햄을 떠나야만 하나? 정부 보조 주택에서조차 쫓겨나면 어디로 가게 될까? 다리 아래에서 살며 고속도로 옆에서 잔돈을 구걸하는 노숙자 신세가 될까?

근심이 가득 차올랐다. 우리는 결국 굶어 죽게 될까? 전당포에 맡길 만한 다른 물건을 떠올려 봤다. 책 말고는 내가 가진 게 거의 없었다. 중고 서점에 한 권당 고작 25센트에 팔 수 있을 것이다. 양장 제본 책이라면 50센트 정도일 테고 새 책 같아 보여서 1달러에 팔면 다행일 거다.

차를 가게 앞에 세운 샘 아저씨는 나에게 눈길 한 번 주지 않았다. 뭐 거의 그럴 여유도 없었다. 아저씨는 뒷자리에서 티브이를 꺼냈고 난 다른 물건들이 담긴 상자를 들었다. 아저씨를 따라 건물 안으로 들어갔다. 우리가 들어서자, 문에 달린 낡은 금색 벨에서 종소리가 흘러나왔다. 들어온 문 앞에 다른 문이 하나 더 있었다. 우린 철창 같은 두 개의 문 사이에

간혔다.

한 늙은 남자가 형광등이 켜진 밀실에서 나왔다. 그 남자는 살짝 흠집이 난 유리를 통해 우리를 지켜봤다. '방탄'이라고 적힌 스티커가 붙은 그 유리는 일종의 보호벽이었다. 유리를 둘러싼 창틀에 쇠창살이 박혀 있었다. 감옥이 떠올랐다.

늙은 남자는 전당포 주인이었는데, 그가 버저를 누르자 두번째 문이 열렸다. 전당포 주인은 우리 물건을 보더니 계산대로 오라는 손짓을 했다. 팔려고 내놓은 고물들이 사방에 줄줄이 쌓여 있었다. 보석과 반지, 손목시계는 더 두꺼운 유리벽 뒤에 갇혀 있었다. 티브이나 오디오, 전자제품들은 빨간 금속 철장에 보관돼 있었다. 털 코트나 고양이 모양 도자기, 조개껍데기들, 금속 카우보이 조각상 같은 잡동사니도 있었다. 벽에는 시계와 호프집 네온사인이 다닥다닥 붙어 있었다. 책장이 여러 개 있었지만, 책은 없고 쓰레기 같은 잡동사니만 가득 채워져 있었다.

누가 이런 잡동사니를 살까 궁금했다. 대부분 먼지가 켜켜이 쌓여 있거나 얼룩이 묻었거나 망가져 있었다. 간혹 꽤 근사해 보이는 것도 있었다. 아리따운 여성이 가득 조각된 나무 상자, 손잡이가 달린 흑백 티브이, 사냥칼과 멋진 닌자 수리검, 가게 뒤편 선반은 온갖 종류의 장난감이 가득 찬 상자들로 꽉 채워져 있었다. 나는 어떤 물건이 있나 뒤적거렸다. 정말 멋진 액션 피규어 몇 개를 발견했지만 대부분 팔이나 다리 하나가 없었다. 장난감의 주인이 누구인지, 어쩌다 왜 여기로 왔는지 궁금했다. 내 물건도 이렇게 되면 어쩌나 생각하니, 갑자기 역겨운 느낌이 배에 가득 퍼져 펑펑 울고 싶었다. 꾹 참았다. 하지만 다시 울음이 터질 것 같았다. 이런 걱정이나 하는 겁쟁이 같은 나 자신에게 몹시 화가 났다.

샘 아저씨는 평소보다 더 말을 더듬었다. 난 안 듣는 척했지만 다 듣고 있었다.

"이-이거 다-다 해서 어-어-얼마 바-받을 수 있나요?"

전당포 주인이 대답했다.

"85달러요."

난 셈을 하려 머리를 굴렸다. 티브이는 낡았어도, 하나만으로 그 두 배는 받을 수 있을 것 같았다.

"파-파-팔십오-오-라고요? 여-여-여보세요. 이-이 달엔 크-크-크리스마스도 있잖아요. 배-백-이-이-이십 달러 주-주세요."

"85달러."

전당포 주인은 똑같이 말했다.

"때-때-때려 쳐요."

샘 아저씨는 티브이를 집어 들고 나가려 했다.

전당포 주인이 입을 열었다.

"레이놀즈 전당포는 지난 달에 문을 닫았소. 이 동네에서 전당포는 이제 여기 하나뿐이오."

샘 아저씨는 망설이다가 티브이를 다시 내려놓았다.

"그럼 배-배-백 시-시-십 달러 주-주세요."

"95달러 주겠소. 마지막 제안이오."

계산대를 꽉 움켜잡은 샘 아저씨의 손가락 마디마디가 하얘졌다.

"조-조-좋아요."

전당포 주인은 청구서를 작성했다. 흰색과 분홍색 청구서에서 노란색 복사본 종이를 뜯어 샘 아저씨에게 주었다. 그러더니 금전 등록기에서 꺼낸 95달러를 세고 또 세고 난 뒤 방탄유리 벽에 뚫린 구멍으로 돈을 내주었다.

전당포를 운영하는 방식은 이렇다. 사람들이 전당포로 물건을 가져간다. 물건을 전당포에 판다. 사실은 일정 기간 맡기는 거다. 전당포에서는 맡긴 물건의 값을 매겨 돈을 준다. 많은 돈은 아니지만, 주유하거나 우유나 먹을거리를 바로 살 정도는 된다. 맡긴 물건은 30일 안에 되사러 가야 한다. 그렇지 않으면 그 물건은 전당포 것이 되고, 전당포는 다른 사람에게 그 물건을 팔 수 있다. 그래서 30일이 지나 전당포에 가면 더 많은 값을 내야 물건을 찾을 수 있다. 좋은 운영 방식은 아니지만, 급하게 돈이 필요한 사람은 이용할 수밖에 없을 것 같았다.

트럭에 탄 샘 아저씨는 아무 말이 없었다. 창밖만 뚫어져라 쳐다보는데 얼굴은 점점 더 뻘겋게 달아올랐다. 주차장을 제한속도보다 더 빨리 빠져나오다 차 한 대를 칠 뻔했다. 신호등이 빨간불로 바뀌자 아저씨는 운전대를 주먹으로 세게 내리쳤다. 쾅, 쾅, 쾅. 경적이 울리든 말든 사람들이 빤히 쳐다보든 말든 아저씨는 상관하지 않았다.

난 자리에서 몸을 웅크렸다. 나 자신을 더 작게 만들어서 샘 아저씨가 내가 이 자리에 있다는 걸 잊길 바라면서. 아저씨가 나에게 화를 내지 않을까 조마조마했다. 엄마가 느닷없이 차를 세우고 아무 이유도 없이 날 마구 때릴 때도 있었으니까. 하지만 샘 아저씨는 그러다 말았다. 양손으로 눈을 가리더니 머리를 절레절레 흔들었다.

"얘야, 미-미-미안하구나. 네-네-네가 이-이런 꼴을 보-보-보게 해서 미-미-미안하단다. 두-두고 보렴."

"뭘 보라는 거예요?"

샘 아저씨가 훌쩍이며 말했다.

"날 말이야. 구 - 구 - 구걸하고. 질 - 질 - 질질 짜기나 하고. 네 - 네 카 - 카세트 - 오 - 오디오는 되찾아 올게. 내가 일 - 일을 더 - 더 많이 해야 할지라도. 꼭 - 꼭 그럴게. 약 - 약 - 약속하마."

샘 아저씨는 단 한 번도 나에게 무얼 약속한 적이 없었다. 난 당황스러웠다.

"괜찮아요. 그냥 카세트 오디오일 뿐인데요, 뭘. 어차피 필요 없어요."

신호등이 파란불로 바뀔 때까지 아저씨와 나 사이에는 침묵만 흘렀다. 파란불이 켜지자, 우리는 집으로 향했다.

엎질러진 우유

포드가 물었다.

"초끄 우유?"

"뭐라고 해야지?"

"주쩨요."

"맞아. 잘했어."

포드는 초콜릿 우유를 아주 좋아한다. 나도 그렇다. 직접 만들어 먹는 초콜릿 우유를 특히 좋아한다. 엄마는 가루나 시럽으로 된 걸 사 주지 않지만, 할머니는 사 준다. 추수감사절 외할머니 추방 사건 때 나는 엄마 몰래 배관 뒤에 초콜릿 시럽을 몰래 숨겨 놓았다. 유리컵에 대고 시럽 통을 꽉 짰더니 마지막 남은 시럽이 '찍' 나왔다. 딱 한 사람 먹을 양이었다.

"우리 같이 먹을래?"

내가 물었다.

포드는 고개를 끄덕였다. 어린 동생이 있어서 싫은 점은 여러 가지다. 어지럽힌 것 치우기, 목욕시키기, 먹이기, 늘 옆에서 돌보기. 하지만 동생이 착할 땐 참 좋다. 내가 잘 돌보고 있다는 뜻인 것 같아서. 게다가 포드는 정말 웃길 때도 있다.

포드에게 먼저 갈색 초콜릿 우유를 한 모금 마시게 했다. 포드는 마실 수 있는 양껏 들이켜 꿀꺽 삼켰다. 컵에서 입을 떼자, 입술 위로 우유가 묻어 있었다.

"콧수염 멋진데!"

"수염?"

포드가 마신 것처럼 나도 벌컥 들이켰더니 나한테도 우유 수염이 생겼다. 오븐 유리창에 반사된 우리의 모습을 가리켰다. 우리 둘은 깔깔대고 웃었다.

유리컵을 포드에게 다시 건네주었다. 포드가 천천히 홀짝거렸는데 그만 컵이 손에서 미끄러지고 말았다. 우유가 사방으로 바닥에 튀었다. 포드는 커다란 눈망울로 겁에 질려 날 올려다보았다. 그건 마지막 남은 초콜릿 시럽이었다. 순간 화가 치밀어 올랐지만 아주 찰나였다. 울음이 터질 것 같은 포드의 얼굴이 바로 눈에 들어왔기 때문이다.

포드는 아직 어리다고 되뇌었다. 포드가 일부러 그런 건 아니라고. 내가 말했다.

"괜찮아, 포드. 정말이야. 그냥 얼른 치우자. 엄마가……."

엄마가 모퉁이를 돌아와 사방에 쏟아진 우유를 목격했다. 엄마는 우리 중 하나가 손가락이라도 잘린 양 비명을 질렀다.

"괜찮아요, 엄마. 제가 치울게요."

"그게 마지막 우유였다고!"

"또 사면 되죠."

"무슨 수로? 무슨 돈으로?!"

엄마가 울음을 터뜨렸다. 엄마는 자기 머리를 쥐어뜯더니 비명을 지르며 울부짖었다. 주먹으로 진열장을 쳤다. 그러고는 벽에 기대어 미끄러져 내려가 우유가 흥건하게 쏟아진 부엌 바닥에 주저앉았다. 엄마는 우유에 흠뻑 젖은 두 손으로 얼굴을 감쌌다. 우유가 팔을 타고 흘러내려 다리에 뚝뚝 떨어지고, 반바지는 우유에 푹 젖었다.

엄마는 그렇게 바닥에 주저앉은 채 흐느끼며 한참 울었다.

그때 난 깨달았다.

'엄마가 망가졌구나.'

모르겠다. 엄마가 이런 성격으로 태어난 건지, 무언가 쭉 엄마의 성격을 망가뜨린 건지. 어쩌면 가난해져서 엄마가 망가졌을 수도 있고. 어찌 됐든 엄마가 무너진 건 확실했다. 엄마의 인생이 이렇게 흘러가는 한 엄마는 영영 회복할 수 없을 것이다.

그런데 내 마음껏 엄마를 싫어할 수가 없다. 엄마는 우리 엄마니까. 하나밖에 없는 우리 엄마니까. 난 우유가 흥건한 바닥을 기어가 엄마를 안았다. 엄마는 계속 울부짖고 있었다. 어떤 유령이 엄마의 몸속 아주 깊숙한 곳에서 달아나려고 안간힘을 쓰고 있는 모양이었다. 그 울음소리가 내 마음 구석구석에 죄책감을 차곡차곡 실어 주어 너무 무겁게 했다. 그 속에 빠져 허우적거릴 것만 같았다. 이제 엄마와 싸우는 걸 그만둬야 한다. 엄마를 도우려고 애써야 한다. 어떻게 도와야 하는지 알았으면 좋겠다.

사과

"미안해요."

내가 먼저 입을 열었다.

"뭐가 미안한데? 지금 뭐 하는 거야?"

엄마가 물었다. 엄마는 며칠 동안 나에게 거의 말을 하지 않았다. 엄마 말에 화를 내는 대신 나 자신에게 되뇌었다.

'엄마한테 잘하자. 엄마한테 잘하자. 엄마한테 잘하자.'

"모르겠어요. 그냥 다. 제가 좀 모났잖아요."

"그래, 맞아."

엄마는 뭔가 기다리는 듯 눈으로 날 더 살폈다.

"무슨 속셈이야? 뭘 바라는 거야?"

난 고개를 저었다.

"아니요. 그냥 말하고 싶었어요. 힘들다는 거 알아요. 엄마가 처리해야 할 일이 많잖아요. 그러니까 어른들 일 말이죠. 이런저런 요금도 내야 하고, 직장도 찾아야 하는 그런 모든 상황이요."

엄마가 내 진심을 몰랐을 수도 있겠지만, 난 진심이었다. 엄마도 어느 정도 진심을 느꼈나 보다. 말투가 조금 부드러워진 걸 보니. 하지만 아주 조금이었다.

난 아직도 어린아이 같은 구석이 있다. 어린아이 대부분은 나쁜 일이 일어난 게 자기 때문이라고 생각한다. 그래서 나도 털썩 주저앉아 펑펑 울고불고 애원하며 다 잘못했다고 말하고 싶은 마음이 있었다. 모든 나쁜 상황이 다 내 잘못이라고. 싸우고, 가난하고, 이사한 것까지도 다 나 때문이라고. 엄마가 그저 날 따뜻하게 안고 사랑한다고 말해 주기만 하면 충분하니까.

하지만 다른 한편으로는, 더 나이 먹은 내가 자리 잡고 있어서 사과하고 싶은 마음이 추호도 없다. 왜냐하면 난 미안한 게 없으니까. 뭐가 됐든 내 잘못은 아니니까 사과하지 않을 거다. 사과한다면 그건 거짓말이다. 난 내가 저지르지도 않은 것에 대해 책임지지 않을 거다. 엄마가 날 때리거나 샘 아저씨가 날 때리거나 아니면 엄마와 샘 아저씨가 싸우거나 하는 일은 내 잘못이 아니다. 그런 상황이 일어나는 건 안타깝지만, 내가 그런 게 아니었다. 그래서 난 미안하다고 말하지 않을 거다. 단, 그 밖의 다른 일은 미안했다. 그래서 미안하다고 한 거였다.

"제가 한 성질 한다는 거 알아요."

난 천천히 말했다. 할 말을 고민하느라 천천히 말했다. 내가 정작 하고 싶었던 말은 '엄마한테 물려받은 성질'이었지만 말하지 않았다. 그런 말은 이 상황에 도움이 하나도 안 될 게 뻔하니까.

"그리고 엄마한테 소리 질러서 미안해요……"

이번에는 입술을 깨물었다. '하지만 엄마가 늘 먼저 소리 지르죠.'라는 말이 나올까 봐.

"더 잘할게요. 이 집에서 많이 도와줄게요."

엄마가 내 진짜 속마음을 캐내려고 눈을 가늘게 뜨고 쳐다봤다.

"좋아, 네가 사과할 때도 됐지."

엄마는 못마땅한 어조로 얘기했다. 하지만 이내 좀 더 부드러운 말투로 덧붙였다.

"나도 미안하다. 이런 생활이 쉽지 않다는 거 알아."

"엄마 잘못이 아니에요."

난 반사적으로 말했다. 내 진심이었는지는 모르겠지만, 엄마가 듣고 싶은 말이었나 보다. 어쩌면 엄마가 들어야만 했던 말이었을지도 모른다. 내 말이 맞았다. 엄마의 눈시울이 울음을 터뜨릴 것처럼 갑자기 촉촉해졌다.

엄마는 훌쩍이며 말했다.

"정말 힘들지. 이 나라에서 가난하게 산다는 건 뭐든 먹을 수 있는 뷔페를 앞에 두고도 쫄쫄 굶는 거나 마찬가지야. 음식이 높이 쌓여 있는 게 보이는데 하나도 먹을 수 없지. 손을 뻗어도 닿질 않아. 다른 것도 마찬가지야. 일자리, 집, 티브이 광고에 나오는 모든 것이 우리 같은 사람들에겐 그림의 떡일 뿐이야. 아이쇼핑을 할 뿐이지. 마트, 백화점, 자동차 판매점 모두 휘황찬란해도. 사람들은 그런 것들을 살 돈이 있다는 게 얼마나 행운인지 몰라. 우리는 잘 알잖아. 우리는 아무것도 가질 수 없으니까. 우리가 아무리 열심히 일해도 저 위에 있는 사람들처럼은 절대 돈을 가질 수 없어. 우리도 그 사람들만큼 열심히 일하는데 말이야. 가끔 더 열심히 할 때도 있고. 하지만 부자들이 버는 만큼은 절대로 벌 수 없지. 사회시스템이 잘못된 거야. 그건 공평하지 않아."

평소에 내가 '그건 공평하지 않아.'라고 하면 엄마는 '인생은 원래 공평하지 않은 거야.'라고 말한다. 하지만 난 입을 꾹 닫고 고개만 끄덕였다.

엄마가 속삭였다.

"나도 일하고 싶어. 정말이야. 일을 해야 다른 일자리도 얻기 쉬워. 하지만 일을 안 하면 다른 일자리 얻기도 힘들지. 일한 경험이 없으면 아무도 뽑고 싶어 하지 않거든. 아무도 모험하고 싶진 않을 테니까."

"누군가는 뽑아 주겠죠."

"누가?"

"모르죠, 누군가는."

난 살짝 미소를 머금었다. 엄마도 나에게 미소를 지었다. 엄마가 날 안았다. 커다란 변화가 아니란 걸 알지만 지금부터 시작이었다.

리엄네 이층집

금요일, 느닷없이 리엄이 자기 집에 놀러 올 수 있냐고 물었다.

"너무 오래됐다. 같이 놀래?"

"그래."

"자전거 타고 놀자. 예전처럼."

"나 이사했어. 이제 다른 동네에서 살아."

"아……."

"좋아. 너희 집으로 갈게."

"그래. 내일 보자."

토요일 아침, 우리 집에서 리엄네 집까지 걸어가는 데 1시간이 걸렸다. 리엄네 이층집에 도착했을 때, 리엄은 차 진입로에 있는 농구 골대에 공을 던지고 있었다. 리엄은 흠뻑 땀에 젖은 채 날 바라보며 물었다.

"왜 이렇게 오래 걸렸어?"

"걸어오느라 오래 걸렸어."

"걸어왔어?"

난 어깨를 으쓱했다. 우리 엄마는 기름값이 비싸서 데려다주지 않았을 거란 말은 하지 않았다.

"배고프지? 우리 자전거 타기 전에 뭐 좀 먹자."

집 안으로 들어가니 리엄 엄마가 팬케이크, 달걀, 베이컨, 신선한 과일로 요리하고 있었다. 리엄 엄마는 날 보자마자 달려와 두 팔 벌려 따뜻하게 안았다.

"렉스, 너무 오랜만이다! 잘 지냈어? 어머 세상에 내 옷차림 좀 봐, 지저분해라!"

하지만 지저분하지 않았다. 머리는 완벽하게 손질했고 빨간색 크리스마스 스웨터에 진주 귀걸이와 진주 목걸이를 하고 있었다. 지저분한 것을 굳이 꼽자면 팬케이크 반죽이 묻은 손과 앞치마뿐이었다.

"리엄이 네가 풋볼을 안 한다고 하더구나. 오히려 잘됐어. 리엄이 풋볼 시작하니까 성적이 곤두박질쳤지, 뭐니. 그래서 요즘 풋볼 그만하라고 부추기고 있어."

"엄마! 말 좀 그만 하세요. 내 친구라고요. 엄마 친구가 아니라!"

리엄이 툴툴댔다. 리엄 엄마는 깔깔 웃더니 입술에 지퍼 닫는 시늉을 했다. 그러더니 날 다시 안아 주며 속삭였다.

"널 보니까 너무 반가워서 그랬어. 또 놀러 와. 편하게 먹고 놀다 가렴."

난 접시에 모든 음식을 조금씩 담았다. 리엄 엄마는 늘 음식을 딱 알맞게 만든다. 1달러짜리 은화 크기의 팬케이크, 부드럽게 휘저어 볶은 달걀, 바싹하게 구운 베이컨. 심지어 예쁘게 잘라 놓은 가장 맛 좋은 과일들도 있었다. 딸기, 멜론, 파인애플. 한 접시를 다 비우고 나서 한 접시 더 갖다 먹었다. 리엄은 엄마가 만든 음식에 손도 안 대고, 팝 타르트를 꺼내 데워 먹었다.

우리는 아침을 먹고 나서 자전거 열쇠를 가져오려고 리엄의 방으로 달려 올라갔다. 집이 정말 컸다. 방이 세 개에다 화장실도 세 개이고, 집무실과 다락방이 있고 차고가 두 개, 뒷마당엔 작은 수영장도 있었다. 세 사람이 쓰기엔 공간이 너무 넓은 거 아닌가 생각했지만 나도 이런 집에서 살고 싶었다.

리엄은 자전거가 두 대였다. 나에게 한 대를 빌려줬다. 리엄

275

을 따라 버밍햄 호수로 갔다. 우리는 호수에서 돌을 던지기도 하고, 학교와 영화 이야기 그리고 5학년 때 같이 놀았던 추억들을 얘기했다. 난 풋볼에 대해서는 묻지 않았다. 내가 놓친 재미있는 일들을 알게 될까 봐. 질투하고 싶지 않았다.

자전거를 타고 집으로 가는 길에 우리는 패스트 마트에 들렀다. 리엄이 말했다.

"아, 목말라. 뭐 먹을래?"

나도 목이 탔지만, 동전 하나조차 없었다. 난 아니라고 고개를 저었다. 리엄은 마트 안으로 들어가 냉장고에서 콜라 하나를 꺼내 계산도 하기 전에 따서 벌컥벌컥 마셨다. 난 절대 저렇게 할 수 없을 거다. 당장 계산원이 경찰을 부를 테니까.

리엄은 게토레이 한 병과 감자칩 한 봉지를 집어 들어 나한테 하나씩 던졌다.

"이거 들고 갈래?"

한 여자가 주유한 돈을 내러 마트로 들어왔다. 리엄은 어깨 뒤로 계산원이 바쁜지 확인했다. 그러더니 주머니에 막대 사탕 네 개를 찔러 넣고 나한테 말했다.

"자, 너도 뭐 좀 집어."

난 아니라고 고개를 저었다.

리엄의 아빠는 변호사다. 리엄은 잡히면 외출 금지 정도나 당할 것이다. 난 잡히면 평생을 감옥에서 썩을 테지만.

리엄은 어깨를 으쓱하며 말했다.

"네 맘대로 해."

리엄은 톡톡 터지는 사탕 한 팩을 다른 주머니에 찔러 넣었다. 그러고서 계산대로 걸어가 계산원의 눈을 똑바로 바라보며 사람 마음을 녹이는 매력적인 미소를 지었다. 리엄은 그런 아이다. 모두 리엄을 좋아한다. 그래서 리엄은 어떤 것이든 그냥 가져갈 마음이 생기나 보다.

리엄은 아까 마신 빈 콜라 캔을 올려놓고선 정말 크게 꺽트림하고는 "실례합니다."라고 했다. 리엄은 감자칩과 게토레이를 집어서 계산대에 올려놓으며 싱긋 웃었다. 주머니에서 돌돌 말린 지폐 뭉치를 꺼냈는데, 5달러와 10달러짜리 지폐였다. 리엄은 계산을 마치고 윙크하며 말했다.

"멋진 하루 보내세요, 아저씨."

우리가 막 걸어 나가려는데 계산원이 날 불러 세웠다.

"거기! 넌 산 거 없어?"

"아니요."

"주머니 안 좀 보자."

계산원이 톡 쏘아붙였다.

잔뜩 짜증이 나서 내가 스스로 셔츠를 올리고 손으로 내 몸을 툭툭 쳤다. 내 주머니에는 아무것도 없었다. 1센트 동전 하나도. 그래도 계산원은 날 의심에 가득 찬 눈으로 쳐다봤다.

패스트 마트를 빠져나오자, 리엄은 눈물이 나올 정도로 깔깔 웃었다.

"이런 건 돈 주고도 못 봐."

"그렇게 웃기다니 기쁘다."

"너무 웃겨! 계산원이 날 못 보는 동안 슬쩍한 거야. 저 사람이 내내 널 지켜보고 있더라. 우리 보석 가게라도 같이 가야겠다."

"아니, 됐어."

난 여러 이유로 확 짜증이 났다. 첫째, 만약 리엄이 걸렸다면 아무것도 훔치지 않은 나도 분명 같이 문제가 생겼을 것이다. 둘째, 늘 계산원한테 뭘 훔쳤다는 의심을 받는 게 싫다. 그러면 너무 화가 난다. 셋째, 이 부분은 그냥 모르겠다. 그래서 물었다.

"너 왜 그러는 거야? 넌 돈 있잖아. 그것도 많이. 근데 왜? 혼나면 어쩌려고 위험한 짓을 하냐?"

리엄은 어깨를 으쓱하고는 말했다.

"몰라. 내 마음이지."

집으로 걸어오는 내내 오늘 겪은 일을 곰곰이 생각해 봤다. 리엄과 내가 예전만큼 친하게 지내지 않는 게 잘된 일인지도 모른다. 어릴 때는 어리석은 짓들이 마냥 재미있었다. 하지만 이젠 나도 십 대가 됐으니, 계속 그랬다가는 정말 큰일 날 수 있다. 우리 형편이 더 나빠지기만 할 거다. 나뿐만 아니라 우리 가족 모두가. 샘 아저씨와 엄마, 포드까지도.

문득 이단은 처음 만났을 때 진짜 괴짜라고 생각했지만, 이단이랑 친구가 되어 정말 기쁘다는 생각이 들었다. 이단은 아무 이유 없이 물건을 훔치는 아이가 아니다. 이단은 좋은 아이다. 이단이랑 계속 어울려 놀다 보면 나도 좋은 사람이 될 거라는 희망을 조금이라도 품게 되었다.

젓가락

"렉스!"

내가 방에서 나오자마자 엄마가 큰 소리로 불렀다. 엄마는 황소처럼 나에게 돌진했다. 난 온몸에 바짝 힘을 주고 문틀에 기대어 머리를 감쌌다.

엄마는 날 때리려는 게 아니었다. 대신 날 꽉 껴안아서 숨이 막힐 정도였다. 엄마가 소리쳤다.

"나 해냈어! 직장을 구했다고!"

엄마가 펄쩍펄쩍 뛰었다. 미소를 짓고 있었다. 하얀 이를 밝게 드러내며 활짝 함박웃음을 지었다.

"드디어 해냈어!"

엄마가 두 팔로 날 다시 감쌌다. 폐소공포증을 느낄 정도로 너무 어색했다. 그렇다고 좋지 않다고 할 수도 없었다. 좋긴 한데, 뭐랄까, 그냥 익숙지 않았다고 해야 하나.

"어디요?"

"버밍햄에 식당이 새로 생겼어. '만다린 가든'이라는 곳이야. 렉스, 이제는 우리도 형편이 많이 나아질 거야. 식당이 엄청 화려하더라! 위치도 마을 중심에 있는 고속도로 바로 옆에 떨어져 있어서 밤낮이고 손님이 많을 거야. 너무 신나는 거 있지. 이제 엄마가 돈을 많이 벌 수 있어! 우리는 부자가될 거야!"

부자가 되기엔 아직 한참 먼 것 같았지만 그런 말은 하지 않았다. 오히려 미소를 지으며 엄마를 안았다.

"우리도 거기서 먹을 수 있어요?"

"제일 좋은 점이 바로 그거야. 엄마는 하루에 한 끼는 공짜로 먹을 수 있어. 밤에 영업이 끝나면 남은 음식도 싸 올 수 있대. 개업 날 저녁엔 너도 와서 먹을 수 있어. 직원 가족들 전체를 초대할 거래. 그날은 모든 메뉴가 반값이야!"

그날 밤 난 거대한 에그롤 위를 달리고, 김이 모락모락 나는 계란탕에서 수영하다가 집채만 한 용이랑 싸우는 꿈을 꾸었다. 용이 불을 내뿜어 내 한쪽 다리를 태웠지만, 그 자리에 젓가락 하나가 생겼다. 그 꿈이 어떤 의미인지 모르겠다. 어쨌든 배가 꼬르륵거리며 깼다.

금요일 무렵엔 자꾸만 입에서 군침이 돌았다.

포드도 신이 나서 자꾸만 물었다.

"젓꼬락 써도 돼?"

"젓가락이야."

포드 말을 고쳐 줬다.

"그래, 내가 말했잖아. 젓꼬락!"

샘 아저씨는 평소보다 한 시간 일찍 집에 왔다. 온종일 잔디에 화학약품을 뿌리고 온 아저씨한테 제초제와 비료 냄새가 지독하게 났다. 아저씨가 30분 동안 박박 씻고 화장실에서 나오자 다른 사람처럼 보였다. 아저씨는 특별한 날이나 엄마랑 교회 갈 때 입으려고 아껴둔 와이셔츠를 꺼내 입었다. 머리도 가르마를 타서 단정하게 빗어 넘겼다. 향수 냄새도 살짝 났다. 심지어 덥수룩했던 수염도 깎았다.

샘 아저씨가 물었다.

"너-너희 이제 배-배 채울 준비 됐어?"

포드와 내가 소리쳤다.

"네!"

우리는 식당 간판이 보이자 고속도로를 빠져나왔다.

'만다린 가든. 패밀리 스타일 중국 요리. 신장개업!'

식당 건물은 중국에서 건물을 만들어 그대로 옮겨 놓은 듯
했다. 아랫부분은 갈색 벽돌이고 이음새는 검은색, 창문은
짙은 빨간 타일로 둘렀고 장식은 금색이었다. 비스듬한 지붕
이 석양을 받아 금빛으로 반짝였다. 커다란 진홍색 문마다
커다란 사자 석상이 양옆을 지키고 서 있었다. 내가 사자 입
에 손을 쑥 집어넣고선 외쳤다.

"포드, 도와줘! 사자가 날 잡아먹고 있어!"

모두 웃음이 터졌다. 포드가 기어 올라와 사자 입에 손을
넣더니 말했다.

"나도 잡아먹는다!"

평소에는 포드가 날 따라 하면 짜증이 났지만, 오늘 밤엔
우리 모두 더할 나위 없이 기분이 좋았다.

식당 안으로 들어가니 훨씬 더 중국 분위기가 났다. 용이
꿈틀거리는 벽화가 천장에 그려져 있고, 검은색 가구는 빨간
가죽으로 감싸져 있었다. 벽에는 전투 중인 전사와 호랑이가
금색으로 장식되어 있었다.

"만다린 가든에 오신 걸 환영해요."

주인아주머니는 중국어 억양이 섞인 말투였다. 내가 물었다.

"루시아나 씨가 담당하는 곳에 앉아도 될까요?"

엄마가 우리를 보고는 서둘러 달려왔다. 엄마는 나와 포드

를 꽉 안고서 샘 아저씨 입에 입을 맞추었다. 식당 주인 부부에게 우리를 소개한 뒤 엄마가 담당하는 테이블로 데려갔다. 엄마는 금색 술이 달린 커다란 검은 메뉴판을 건네줬다.

"엄청 화려하지 않니?"

엄마가 우리에게 속삭였다.

"메뉴가 모두 영어랑 중국어로 쓰여 있어."

나중에 중국어를 써 보려고 한 글자씩 읽으며 끙끙대다가 이내 포기하고 식당에 장식된 여러 동물의 소개 글을 읽어 봤다. 열두 띠 이야기였다. 내가 호랑이나 용띠면 좋겠다고 생각했는데 나는 말띠였다.

말띠 설명을 크게 소리 내어 읽었다.

"이성에게 인기가 많고 매력적이다. 종종 허세를 부리고 인내심이 부족하다. 사람이 곁에 있어야 한다. 호랑이띠나 개띠와 일찍 결혼하면 좋지만, 쥐띠와는 절대 결혼하지 말 것."

포드는 이게 무슨 말인가 하는 표정이었다.

"멍멍이랑 결혼한다고? 동물이잖아!"

마침 엄마가 식전 음식을 가지고 와서 열두 띠에 관한 대화가 끊겼다.

"이게 계란탕, 완탕 수프, 에그롤이랑 달콤새콤 소스고 이건 새우튀김이랑 크랩 랭군이야."

"크랩 라구가 뭐예요?"

"라구가 아니라 랭군이야. 게살이랑 마늘, 크림치즈를 만두 피 안에 넣어 바싹하게 튀겼어."

"으웩."

"한번 먹어 봐."

엄마가 부드럽게 활짝 웃자, 한 입 먹고 싶어졌다. 랭군을 한 입 깨물자 따뜻한 속이 입안 가득 터졌다. 천국의 맛이었다.

"진짜 맛있어요!"

"그렇지?"

엄마도 활짝 웃었다. 엄마는 샘 아저씨의 손을 잡고 엄마가 제일 좋아하는 메뉴가 뭔지 말해 줬다. 엄마는 검정 치마에 빳빳하게 다린 하얀 셔츠를 입고 검정 앞치마를 두르고 있었다. 엄마는 아주 오랜만에 최고로 행복해 보였다. 복권이라도 당첨된 사람처럼. 엄마가 이만큼 미소를 지었던 적이 언제였을까 떠올려 보려 했지만 떠오르지 않았다.

엄마가 다른 테이블로 가자, 샘 아저씨는 엄마의 엉덩이를 찰싹 때리며 말했다.

"일하러 가는군, 예쁜 엄마."

엄마가 깔깔 웃었다. 난 얼굴을 찡그리며 말했다.

"어휴! 징그러워!"

285

엄마가 지나갈 때마다 포드가 "예쁜 엄마!"라고 해서 우리도 자꾸 웃음이 터졌다.

포드와 샘 아저씨와 난 식전 음식을 걸신들린 듯 먹어 치우며 오늘 하루 어땠는지 이야기를 나눴다. 샘 아저씨는 학교 생활에 관해 물었다. 나는 주로 미술 시간에 있었던 일을 얘기했다. 포드는 새로 시작한 만화영화가 재미있다고 했다. 샘 아저씨는 일할 때 겪은 일을 말해 주었다. 아저씨가 어쩌다가 개똥을 밟았는데 신발에 묻어서 의도치 않게 주인집에 개똥 발자국을 남겼는데 여자 집주인이 개똥 자국을 이리저리 피하려다 진주 목걸이를 꽉 움켜잡고 기절할 뻔한 이야기였다.

숨이 넘어갈 듯 웃다가 간장이 내 코에서 나왔다. 우리는 다 같이 더 자지러지게 웃었다. 샘 아저씨랑 같이 살면서 오랜 시간 동안 이렇게 대화를 나눈 적이 없었다는 게 이상했다. 샘 아저씨가 말할 때 얼마나 재미있는 사람인지 잊고 있었다.

엄마가 갓 지은 밥이 담긴 커다란 접시와 시트러스 레몬 치킨, 탕수육, 고추잡채, 매콤달콤한 양념 닭튀김, 식당의 특별 메뉴인 만다린 가든 치킨이 모두 담긴 접시를 가져왔다. 만다린 가든 치킨은 달콤한 마늘 소스에 버무린 너깃이었다. 어느 것 하나 빠짐없이 모두 먹음직스러웠다. 육즙이 입안 가득 터지는 시트러스 레몬 치킨은 지금껏 먹어 본 것 중 가장 맛있었다. 그런데 만다린 가든 치킨을 한 입 먹었더니 시트러스 레몬 치킨보다 더 맛있었다! 칙필레 치킨너깃과 견주어도 더 뛰어났다.

우리 모두 젓가락을 써 보자고 했다. 샘 아저씨는 몇 번 시도하더니 포기했다. 포드는 젓가락질을 한다기보다 음식을 내던지는 수준이었다. 샘 아저씨가 음식을 그만 버리라고 꾸짖기 전까지 난 계속 웃음이 나왔다. 나도 젓가락질을 여러 번 시도해 봤지만, 입에 쌀알 하나도 집어넣을 수 없었다. 계속 젓가락질하다가 배가 너무 고파서 포기하고 포크로 바꿔 먹었다.

우리는 배가 터질 때까지 먹고 또 먹었다. 배가 너무 불러서 토할 것도 같았지만 기분이 좋았다. 뇌까지 음식 위에 둥둥 떠 있는 느낌이었다. 엄마가 우리 자리로 와서 앉아 옆에서 날 껴안았다. 엄마가 포드에게 해 주듯이 내 이마에 입을 맞추었다. 그리고 물었다.

"음식 어땠어?"

"아, 세상에, 정말 끝내줬어요. 매일 밤 와서 먹어도 돼요?"

엄마가 다시 깔깔 웃었다.

"글쎄, 매일은 안 되지. 한 달에 한 번 정도 오자. 그런데 엄마가 집으로 음식을 싸 갈 수 있어. 그건 어때?"

포드와 내가 하이 파이브를 했다.

"어머, 깜빡할 뻔했네!"

엄마는 한달음에 달려가 포춘쿠키가 담긴 작은 금빛 접시를 가지고 왔다. 우리는 한 명씩 돌아가며 열어 보기로 했다. 샘 아저씨가 먼저 쿠키를 열어 안에 있는 작은 쪽지를 꺼내 읽었다.

"날 - 날아다니는 새에게는 늘 땅 - 땅이 생각납니다. 무 - 무슨 말이야?"

이번에는 엄마가 읽었다.

"당신의 신발 덕분에 오늘 행복할 것입니다."

샘 아저씨와 난 웃음이 터졌지만, 엄마가 말했다.

"아니, 맞아! 일할 때 새 신발을 신고 있어서 종일 정말 좋았어!"

포드의 쪽지는 내가 대신 읽어 주었다.

"당신의 진정한 사랑과 결혼할 것입니다. 게다가 곧!"

포드는 눈이 커지더니 말했다.

"예쁜 엄마!"

우리 모두 웃음이 터졌다. 샘 아저씨와 나는 눈물이 볼에 흐를 정도로 배꼽을 잡고 웃었다. 엄마는 식당 주인 앞에서 간신히 웃음을 참느라 얼굴이 빨개졌다. 마지막으로 내 쿠키를 깨서 조그맣고 네모난 하얀 쪽지를 꺼내 큰 소리로 읽었다.

"엄청난 부가 다가오고 있습니다."

갑자기 온몸에 전율이 흘렀다.

"엄마, 엄마가 말한 대로예요. 엄마 말이 맞네요."

엄마가 내 손을 꼭 잡고 다시 한번 안아 주었다. 이젠 어색하지 않았다.

다른 종업원이 우리 접시를 가져가 남은 음식을 조그만 하얀 상자에 담아 가져왔다. 상자마다 작은 철제 손잡이가 달려 있고 옆면마다 중국 사원이 붉게 인쇄돼 있었다. 나이가 지긋한 주인아주머니가 나에게 포춘쿠키와 젓가락을 더 챙겨 주었다. 다음에 식당에 오기 전까지 젓가락 사용법을 배우라는 말도 잊지 않았다.

엄마는 우리와 식당 밖으로 나왔다. 엄마는 포드의 뺨을 어루만지며 양 볼에 뽀뽀를 네 번씩 했다. 엄마는 샘 아저씨 입술에 입을 맞추고 껴안았다. 그러고선 나도 다시 끌어안았다. 표현은 안 했지만 새로 일하는 엄마가 좋았다.

"렉스, 내일 학교에 남은 음식 좀 가져가."

"정말요?"

엄마가 고개를 끄덕였다. 정말 좋은 생각이었다. 아이들은 점심으로 샌드위치나 파스타, 샐러드를 싸 온다. 중국 음식을 학교에 가져온 아이는 없었다. 정말 괜찮겠는걸. 큰 소리로 '무료 급식'이라고 말할 필요도 없이 공짜로 먹는 점심이라니.

집으로 출발하기 전에 난 달려가 다시 엄마를 껴안았다. 이번에는 한참 동안 엄마를 힘껏 안았다.

크리스마스트리

크리스마스가 가장 좋은 건 2주 동안 학교에 가지 않는 것이다. 방학 전날 수업에는 별로 하는 것 없이 지나갔다. 선생님들도 방학 시작하는 날만 손꼽아 기다리는 모양이었다. 윈스테드 영어 선생님만 빼고. 선생님은 쪽지 시험을 냈다.

선생님은 다른 아이들에게 채점하는 것과 똑같이 내 단어 시험에 점수를 매겼다. 단어 하나가 틀렸지만, 보너스 단어를 맞혀서 100점을 받았다. 틀린 단어는 어플람(aplomb)이었는데 진짜 스트레스받을 때도 차분한 상태를 말한다. 맞힌 보너스 단어는 렉시컨(lexicon)이었는데 어휘라는 뜻이다.

점심시간이 되자 두근두근 설렜다. 비록 "무료 급식이요."라고 말해야 했지만, 점심 메뉴로 칠면조 고기와 드레싱이 나왔기 때문이다. 추수감사절처럼.

이단이 같이 자리에 앉으면서 물었다.

"넌 어디 안 가?"

"응 안 가. 넌?"

"가족이랑 콜로라도 가. 무슨 스키 리조트라나."

"재미있겠다."

"아니 별로. 가족들이랑 여행가는 게 제일 재미없어. 우리 아빠가 비행기 타는 게 너무 비싸다고 해서 거기까지 차로 갈 거래. 차 타고 가는 동안 서로 소리 지르고 난리야. 도착할 때쯤이면 서로 아무 말도 안 해. 보통 첫날부터 이틀 동안 한마디도 안 하고 지낼 정도야."

난 흠칫 놀랐다.

"너희 가족도 싸워?"

"안 싸우는 가족이 어디 있냐."

난 말은 안 했지만 이렇게 생각했다.

'너희 가족은 우리 가족처럼 싸우지는 않겠지.'

"넌 다행인 줄 알아. 난 차라리 집에 있고 싶어. 넌 티브이도 볼 수 있고 네 침대에서 잘 수도 있잖아. 호텔 방에 내내 처박혀서 여동생하고 같은 방을 써야 한다니. 정말 지겹다."

"우리 집 바꿀래?"

"내 동생이랑 한 방 쓰고 싶어서?!"

이단이 나에게 감자칩을 내던졌다. 입으로 감자칩을 물려고 했는데 뺨을 맞고 튕겨 나갔다.

"그게 아니라, 여행 가는 게 재미있을 거 같아서."

내가 방학 때 갈 데라고는 외할머니나 친아빠를 보러 가는 것밖에 없다. 가족 여행은 간 적이 있었나?

"아, 잊어버리기 전에……."

이단은 책가방에 손을 넣었다. 그러고 나서 빨간색과 초록색이 섞여 반짝거리는 종이로 포장한 얇은 직사각형 물건을 꺼냈다.

"이게 뭐야?"

이단이 웃으며 대답했다.

"도대체 어느 행성에서 온 거야? 크리스마스 선물이잖아. 네가 유대인이라면 하누카라고 하겠지. 너 혹시 유대인이야?"

"아닌데."

난 포장지를 뜯어서 열었다. 포장지 안에는 엑스맨 만화책 여러 권이 들어 있었는데 내가 갖고 싶었던 '뉴 뮤턴트' 호 특별판도 있었다. 특별판은 보통 책 크기의 두 배였다. 난 페이지를 스르륵 넘기며 화려하고 밝은 색감이 뛰어난 그림에서 눈을 떼지 못했다. 1분이 지나서야 아차 싶었다.

"난 너한테 줄 게 없는데."

부끄러워서 이단의 눈을 피했다.

이단은 어깨를 으쓱했다.

"괜찮아. 우리가 점심시간마다 같이 앉는 것만으로도 좋아. 넌 정말 좋은 아이야. 알다시피 내 단짝 친구이기도 하고."

난 뭐라 해야 할지 몰랐다. 이단의 솔직한 생각 그대로 듣는 게 어색했다. 예전에는 리엄을 내 단짝 친구라고 하면 제크가 날 보고 여자애 같다며 놀렸다. 하지만 이단은 그렇게 생각하지 않는다.

내가 말했다.

"너도 내 단짝 친구야."

이단은 선물은 신경 쓰지 않는다고, 그건 진심이라고 했다. 하지만 이단에게 줄 선물을 준비 못 한 죄책감의 파도가 커다랗게 몰려왔다. 방학 동안 이단을 주인공으로 해서 만화책을 만들어 줘야겠다고 마음먹었다. 이단을 영웅으로 만들어서 글도 쓰고 그림도 그릴 거다. 이단은 정말 영웅 같기도 하니까.

마지막 수업 종료 종이 울렸지만 난 교실에서 시간을 좀 더 보냈다. 미술 시간에는 늘 더 뭉그적거리게 된다. 어떤 작업을 하든지 5분에서 10분 정도 시간을 더 보내며 마무리한다. 사물함으로 아주 느릿느릿 걸어간다. 절대 서두르는 법이 없다. 내가 왜 이러냐면 학교 뒤편에서 버스를 타는 애들이 내가 우리 동네로 걸어가는 걸 보지 않게 하기 위해서다.

최대한 천천히 걸어가면, 내가 학교 밖을 나설 때쯤 거의 모든 버스가 떠나고 없다. 학교에서 우리 집 현관문까지 가는 데 5분이면 족하다. 이러는 게 멍청하고 어리석은 짓이라는 걸 알지만 내가 어디에 사는지 아직 아무에게도 알리고 싶지 않다. 집에서는 엄마나 샘 아저씨를 더 잘 돕는 건 할 수 있다. 하지만 여전히 가난한 게 창피한 건 어쩔 수가 없다. 글쎄, 어떤 아이든지 창피한 게 한 가지는 있지 않을까? 나에게는 가난이 그것이다.

집에 도착하자 유리세정제 레몬 향이 났다. 엄마는 고무장갑을 끼고 티브이의 묵은 때를 박박 닦고 있었다.

내가 말했다.

"티브이를 다시 찾아왔네요!"

"엄마 오늘 월급 받았어! 비디오 플레이어도 샀으니까 이제 영화도 볼 수 있어!"

설렜다. 늘 여느 친구들처럼 비디오를 빌려서 집에서 영화를 보고 싶었다.

엄마는 계속 세정제를 뿌리고 문질렀다. 일종의 엄마만의 작은 의식이었다. 전당포에서 어떤 물건을 되찾아 오든, 엄마는 1시간 동안 그 물건을 깨끗이 닦고 또 닦는다. 엄마는 세균이라면 질색한다. 게다가 엄마는 청소하는 걸 즐기는 것 같다. 우리가 가진 물건이 얼마 없지만, 엄마는 모든 물건을 자국 하나 없이 늘 깨끗이 닦고 매일 하루도 빠짐없이 청소기를 돌린다.

난 반들반들해진 티브이에 플러그를 꽂고 안테나를 세웠다. 비디오 플레이어도 연결해서 잘 작동하는지 확인했다. 토스터를 박박 닦고 있는 엄마를 보니 무언가 번뜩 떠올랐다.

"엄마, 내 카세트 오디오는 어디 있어요?"

"얘야, 그건……."

엄마 목소리가 점점 기어들어 갔다.

"전당포에서 실수가 있었다지 뭐니. 모르고 네 카세트 오디오를 팔아 버렸대."

난 갈라진 목소리로 말했다.

"뭐라고요?!"

"우리가 어떻게든 보상해 줄게. 괜찮지?"

"그건 아빠가 사 준 건데요."

"아빠가 어쩌면 하나 더 사 줄 수도 있겠지."

엄마가 언짢은 걸 눈치챘다. 화가 났지만, 가슴 속 깊이 숨을 들이마셨다. 날 안으려는 엄마를 밀쳐 내지 않고 가만히 안겨 있었다. 나도 엄마를 안았다.

"괜찮아요."

"내가 늘 뭐라고 했지? 인생에 모든 건 잠깐 왔다 갈 뿐이야. 그러니까 갖고 있을 때 가진 것에 감사해야 해."

난 고개를 끄덕였다. 말도 안 되는 말이지만 엄마 말이 무슨 말인지 잘 안다. 더 나은 사람이 되려 노력하는 건 정말 힘들다. 왜 그런지 모르겠지만 화를 내지 않는 건 정말 어려운 일이다. 어쩌면 그건 내가 그냥 그렇게 생겨 먹어서 그럴지도.

아무튼 우리 집에 있는 물건은 한 번쯤은 없어졌다. 보통 며칠 내로 다시 찾아왔지만 때로는 영영 돌아오지 않기도 했다. 대부분 샘 아저씨나 엄마의 물건이었다. 내 물건이 사라져 돌아오지 않은 건 처음이었던 것 같다.

그건 우리 아빠도 마찬가지다. 난 아빠를 고작 1년에 한 번밖에 못 만난다. 아빠를 만나면 날 쇼핑몰에 데려가 옷 몇 가지와 새 신발을 사 준다. 아빠가 착해서 그런 게 아니다. 아빠와 새엄마가 다른 사람들 앞에 내 옷차림 그대로 보이기가 부끄러워서 그런 것이다. 내가 정말로 갖고 싶은 것은 절대로 사 주지 않았다. 아빠는 이런 말을 했다.

"장난감을 갖기엔 너도 많이 컸잖아?" 아니면 "네가 저 책을 다 읽을 거 같진 않구나." 아니면 "내가 네 나이 땐 여자들만 목걸이를 했단다." 하지만 카세트 오디오를 사달라고 했을 땐 아빠가 기꺼이 사 주었다. 그래서 나에겐 좀 특별히 의미 있는 물건이었다.

이제는 사라져 버렸다. 아빠가 나를 위해 친절을 베풀었던 유일한 물건이 말이다. 난 숨을 깊이 들이마시고 잊어버리려고 애썼다. 아빠도 오래전 날 떠난 사람이니까.

엄마는 부엌으로 가서 안 보이더니 상자를 하나 가지고 왔다.

"네가 좋아하는 딩동 과자 사 왔어. 포일에 싼 게 초콜릿 맛이야."

"이걸 엄마가 샀다고요? 두 개 먹어도 돼요?"

엄마가 웃으며 말했다.

"안 돼. 지금 하나 먹고 하나는 저녁 먹고 먹어."

설탕 맛인지 초콜릿 맛인지 크림 맛인지 모르겠지만, 기분이 한결 좋아졌다.

* * *

엄마와 샘 아저씨, 포드와 나는 소파에 앉아 다 같이 티브이를 봤다. 크리스마스 무렵이면 티브이에서 늘 똑같은 영화를 한다. 그중 몇몇은 정말 시시하지만, 비비 총을 갖고 싶어 하는 아이가 나오는 영화는 재미있다. 우리가 바로 그 영화를 보고 있었다. 우리는 다 같이 왁자지껄하게 웃기도 하고 광고가 나오는 동안 각자 좋아하는 장면을 얘기했다.

다음 날 아침, 샘 아저씨가 우리를 놀라게 했다.

"자, 우리 드-드라이브 가-가자."

엄마가 물었다.

"어디로?"

"가-가 보면 알-알 거야."

우리 넷이 차를 타고 향한 곳은 콜리빌이었다. 달리는 차 안에서 샘 아저씨는 방귀를 빵 뀌었다. 차 전체에 썩은 내가 진동했다. 포드와 난 소리를 지르며 캑캑댔다.

"너희 왜 그래?!"

엄마가 소리 지르더니, 바깥이 꽁꽁 얼 것처럼 추운데도 창문 손잡이를 돌려 열었다.

"썩은 방귀 냄새를 맡느니 차라리 얼어 죽는 게 낫겠어."

우리 모두 웃음이 터졌다.

샘 아저씨가 좌회전하지 않고 우회전해서 고속도로를 빠져

나가기 전까지 우리는 마트에 가는 줄 알았다. 아저씨는 차가 빽빽하게 들어차고 사람들이 북적이는 주차장에 차를 세웠다. 흙바닥인 주차장에 촘촘하게 줄지어 있는 크리스마스트리가 보였다. 샘 아저씨가 차 문을 열자 향긋한 소나무 냄새가 내 코끝을 간지럽혔다.

"안 돼. 안 되고말고. 진짜 안 돼."

엄마가 말했다. 엄마는 팔짱을 끼며 차에서 내리지 않겠다고 했다.

"크리스마스트리라니, 돈 낭비야."

"난 그-그렇게 생-생각 안 해. 난 독-독일인이라고. 우리 독-독일 사람들이 크-크리스마스트리를 발명했어. 올-올해는 집에 하나 놓-놓고 싶어. 집 안에 소-소나무 향-향기가 가득할 거야."

엄마는 고개를 저었다.

"누가 나무를 관리하겠어? 누가 나무에 물 주고 떨어진 솔잎을 치우겠어? 그리고 포드가 트리 전등에 감전되지 않게 누가 보겠느냐고? 바로 나겠지!"

"여보 쉬-잇. 내가 다 알아서 할게."

샘 아저씨는 미소 지으며 엄마 볼에 입을 맞추었다.

우리 집에 있던 크리스마스트리는 플라스틱이었다. 상자에

300

서 꺼내 조립하면 됐다. 하지만 어느 해 전당포에 간 후 돌아오지 않았다.

우리 집엔 진짜 나무가 있은 적은 없다. 처음엔 별로 대수롭지 않은 일 같았는데 생각할 게 많았다. 전나무, 가문비나무, 소나무 주위를 서성이다 우리 가족처럼 서성이는 다른 가족들이 눈에 들어왔다. 나무 향과 모양에 대해 떠들다가 나무가 차에 들어갈 것 같냐, 현관문을 통과할 거 같냐, 너무 큰 것 같다는 이야기를 주고받고 있었다. 문득 우리도 여느 다른 가족처럼 행동하고 있다는 걸 깨달았다. 아니, 실제로 다른 가족과 별반 다르지 않았다. 대단한 대회에서 우승이라도 한 기분이었다. 뜨거운 코코아 한 잔을 마신 듯 온몸이 따뜻해졌다. 비로소 깨달았다. 진짜 살아 있는 나무에는 신비한 무언가가 있구나. 벌써부터 매년 크리스마스 때마다 나무를 고르고 싶어졌다.

제일 마음에 드는 나무를 고르려고 얼른 포드와 샘 아저씨를 뒤쫓아갔다.

"난 아직도 돈 낭비인 거 같아."

엄마는 같은 말을 반복했다. 하지만 팔짱을 끼지는 않았다. 샘 아저씨는 엄마에게 스피커에서 흘러나오는 크리스마스 캐럴을 따라 부르도록 부추겼지만, 엄마는 전혀 동요하지 않았다. 샘 아저씨는 엄마를 쿡 찌르더니 말했다.

"기-기분 좀 내자. 크리스마스 분위기 좀 느껴 봐."

"안 그러고 싶어."

샘 아저씨는 나를 쿡 찌르며 말했다.

"너도 트-트리 있으면 좋겠지?"

난 고개를 끄덕였다.

"나무 냄새가 너무 좋아요. 우리 아파트에도 이 향기가 가득할까요?"

"그럼."

"당신 방귀 냄새는 안 나겠네."

엄마는 투덜댔다.

포드와 난 깔깔대고 웃었다. 샘 아저씨는 날 가리키더니 말했다.

"엄지손가락 당-당겨 봐."

"안 돼, 그것만은!"

"안 돼, 그것만은!"

포드도 따라 했다.

"자! 산타를 위해 당-당겨."

손가락을 당기자마자 샘 아저씨는 뿡 방귀를 뀌었다. 그런데 방귀 끝에 찔끔하는 소리가 났다. 샘 아저씨의 얼굴이 창

백해졌다.

"왜 그래?"

엄마가 물었다.

아저씨는 입 뻥긋하지 않고 그대로 뒤돌아 고속도로 쪽으로 꽃게처럼 걸어갔다.

"여보, 왜 그러는 거야?"

엄마는 아저씨 뒤통수에 대고 외쳤다. 아저씨가 좌우를 살피더니 고속도로를 가로질러 한 식당으로 들어가더니 헐레벌떡 화장실로 달려갔다.

"아저씨 괜찮을까요?"

"엄마 생각엔 말이야…… 사고가 났나 보다."

"무슨 말이에요?"

엄마는 듣는 사람이 없는지 주위를 한번 둘러보고 말했다.

"좀 지렸나 봐."

포드와 난 서로 뚫어지게 쳐다보다가 웃음이 터져버렸다. 포드가 웃으며 외쳤다.

"아빠가 바지에 똥 쌌대! 아빠가 바지에 똥 쌌대!"

"뭐가 그렇게 웃겨!"

말은 그렇게 했지만 결국 엄마도 웃음을 참지 못했다.

20분 후에 샘 아저씨가 돌아왔다.

"아 – 아무 말도 하 – 하지 마."

아저씨는 돈을 내고 나무를 묶은 다음 조심스럽게 차 위에 나무를 실었다. 우리 모두 차에 타자마자 엄마가 먼저 웃음을 터뜨렸다. 이어서 포드와 나도 웃음이 터졌다.

"아빠가 바지에 똥 쌌대!"

포드 말에 샘 아저씨도 웃음을 터뜨렸다.

* * *

크리스마스 아침, 포드가 바로 내 머리 위쪽으로 달려와 펄쩍펄쩍 뛰었다.

"형 일어나! 산타가 왔다 갔어. 선물을 놓고 갔어!"

포드가 신이 나서 외쳤다.

난 산타를 믿을 나이는 아니었지만, 동생을 따라 믿는 척했다.

"정말 왔다 갔어? 가서 보자!"

거실로 갔더니 트리 아래에 선물이 놓여 있었다. 신문지와 포일로 포장된 걸 세어 보니 모두 열네 개였다. 포드와 난 상자를 들어 살짝 흔들며 안에 뭐가 들었는지 맞혀 보려고 했다. 그러면서도 우리는 아무것도 열어 보지 않았다. 행여 혼날까 봐 엄마와 아빠가 일어날 때까지 기다렸다. 둘이 일어나고서도 좀 더 기다려야 했다. 엄마와 샘 아저씨는 커피를 마실 때까지 상자 하나도 못 열게 했다.

내가 선물을 나눠 주었다. 우리 가족 모두를 위한 선물 하나, 엄마 거 두 개, 샘 아저씨 거 두 개, 포드 거 여덟 개, 내 거 하나. 트리 아래를 다시 확인했지만 그게 다였다. 내 건 딱 하나뿐이었다.

속이 막 뒤집히려고 하는데…… 문득 멕시코에서 자란 할머니 생각이 났다. 도로 옆에서 동전을 구걸하던 노숙자도 생각났다. 우리 가족이 집 없이 지냈던 하룻밤이 어땠는지도 떠올랐다. 정말 끔찍했다. 지금은 머리 위에 비바람을 막아줄 지붕이 있었다. 한동안 티브이나 토스터 없이 지내야만 했지만, 샘 아저씨와 엄마가 우리를 쫄쫄 굶긴 적은 없었다. 엄마가 무료 급식 프로그램에 날 등록한 건 벌 주려고 한 게 아니었다. 엄마가 등록한 덕분에 내가 점심을 먹을 수 있었다.

엄마가 날 배은망덕한 녀석이라고 하는 게 어쩌면 아주 틀린 말은 아닐지도 모른다. 엄마 말이 완전히 맞는 것도 아니지만 틀린 말도 아닌 것이다. 모든 상황이 내가 늘 생각했던 것처럼 흑백으로 분명히 나뉘는 건 아니었다. 어떤 상황은 흑과 백 사이 어딘가, 회색 지대에 놓였던 것 같다.

내 선물을 쳐다봤다. 그리고 끓어오르는 화를 꿀꺽 삼켰다. 여전히 슬펐지만, 스스로 다른 아이들과 비교하며 슬픔을 자초한 것도 있었으니까. 대다수 부잣집 아이는 크리스마스 때 선물을 한 꾸러미 받는다는 걸 알고 있었다. 컴퓨터 공학 수업에서 어떤 유대인 아이는 자기가 믿는 종교에서는 크리스마스를 '하누카'라고 하는데 일주일 내내 매일 선물을 받는다고 자랑했다.

선물을 수백만 개 받지는 못했어도 난 하나는 받았다. 아무것도 없는 것보다는 하나라도 있는 게 분명 낫다. 신경 쓰지 말자. 그래봤자 다 물건일 뿐이다.

난 억지로 미소를 지었다. 포드는 입꼬리가 양쪽 귀에 걸린 채 선물 포장지를 뜯고 있었다. 포드는 가장 큰 선물을 먼저 열었는데 그건 우리 가족 모두에게 외할머니가 보낸 선물이었다. 커다란 상자 안에는 훈제 소시지, 질 좋은 치즈, 크래커와 박하사탕 같은 먹을 것들이 가득했다. 내가 제일 좋아하는 초콜릿으로 감싼 프레즐도 있었다.

엄마도 선물 상자를 열었다. 샘 아저씨가 주는 팔찌와 내가 미술 시간에 만든 도자기 그릇이 들어 있었다.

샘 아저씨도 선물 상자를 열었다. 엄마가 준비한 신상 고급 지포 라이터와 박하 맛 담배 한 상자가 들어 있었다. 난 기술

시간에 만든 나무 상자를 선물로 넣어 두었다.

다시 포드 차례가 돌아왔다. 포드는 선물을 포장한 신문과 포일을 마구 뜯어서 사방에 휙휙 던졌다. 상자를 여니 내가 넣어 둔 빨간불이 번쩍이고 작업 사다리가 있는 소방 트럭과 엄마와 샘 아저씨가 넣은 커다란 노란 덤프트럭이 나타났다. 산타에게서는 집짓기 블록 장난감과 옷 몇 가지, 책 한 권을 받았다.

드디어 내 차례. 선물을 집어 들면서도 도대체 무슨 선물인지 감을 잡을 수 없었다. 신발 상자 크기였는데 그리 가볍지는 않았다. 상자를 흔들었더니 살짝 펄럭거리는 소리가 들렸다. 뭔지 도저히 알 수 없었다. 어쩌면 정말 놀라운 선물일지도? 난 신문지를 뜯고서 상자 끄트머리에 붙은 테이프를 뗐다. 내 앞으로 부친 수표 한 장이 들어 있었다. 아빠가 보낸 거였다. 샘 아저씨가 아닌 친아빠. 메모난에 이렇게 쓰여 있었다.

"네가 좋아하는 재미있는 것 사렴!"

수표에는 50달러라고 적혀 있었다.

엄마가 말했다.

"양육비로 온 거란다. 수표를 포장하면 열 때 더 재미있을 것 같았어."

엄마는 포드의 선물 상자 더미를 밟고 올라가 벽에 압정 핀으로 고정해 두었던 내 스타킹 양말을 잡았다. 그러더니 양말에서 작은 상자 하나를 꺼내어 나에게 건네주었다.

"이게 뭐예요?"

"한번 열어 봐."

열어 보니 엄마가 주는 수표가 있었다. 엄마는 웃으며 말했다.

"이건 50하고 1달러야. 너희 아빠보다 더 많이 주고 싶었어. 그리고 내가 약속하는데 수표가 부도 처리되는 일은 없을 거야. 이제 우리 계좌에도 돈이 있어. 너도 한번 계산해 봐."

난 엄마를 안았다. 엄마도 나를 안고서 내 이마에 세게 입을 맞췄다. 엄마가 속삭였다.

"이게 큰돈이 아니라는 걸 엄마도 잘 알아. 하지만 우리 생활비는 아직도 빠듯하단다. 엄마는 네가 굉장히 성숙하고 이해심도 많아서 자랑스러워."

엄마는 샘 아저씨 무릎에 앉아 포드가 놀고 있는 모습을 바라봤다.

포드는 소방 트럭을 밀며 "삐용 - 삐용 - 삐용!" 소리를 냈다.

포드는 내 무릎으로 기어와 짧은 팔로 내 목을 감싸며 말했다.

"고마워."

바로 그때 샘 아저씨가 말했다.

"렉스, 네가 놓-놓친 게 있어. 저기 뒤 좀 봐. 트-트리 뒤-뒤에."

그 말을 들으니, 티브이에서 나왔던 영화 〈크리스마스 스토리〉의 한 장면이 떠올랐다. 난 벌떡 일어나서 그쪽을 바라봤다.

샘 아저씨가 말했다.

"아니, 왼-왼쪽으로. 티브이 장-장 뒤-뒤에 말이야."

엄마도 나처럼 어리둥절한 모양이었다.

"여보, 뭔데 그래?"

티브이 장 뒤로 몸을 숙이니, 벽에 신문지로 포장한 상자 하나가 있었다. 난 상자 위아래 옆면 모두를 살펴보았다.

"누구 건지 안 쓰여 있는데요."

샘 아저씨가 말했다.

"네-네 거야. 하-하지만 동생이랑 같-같이 가지고 놀-놀 아야 한다. 알겠지?"

난 신문지를 벗겨 냈다. 새로 나온 닌텐도 게임기였다. 심지어 중고도 아니었다. 완전히 새것이었다.

다리가 후들거렸는데, 내 마음대로 멈출 수가 없었다. 어릴 때부터 닌텐도를 갖고 싶었다. 학교에선 닌텐도가 없는 아이가 없었다. 게임 콘솔은 컨트롤러 하나, 총 하나와 〈슈퍼 마리오〉와 〈덕 헌트〉 게임 두 개였다. 난 어찌할 바를 몰라 소리를 꺅 지르며 샘 아저씨에게 달려가 아저씨를 끌어안았다. 진심이었다. 엄마도 안으려고 달려가니 엄마도 나만큼 놀란 눈치였다.

"여보……"

엄마가 입을 열었다.

샘 아저씨는 엄마의 말을 가로막았다. 차분하게 설명했다.

"다 끝 - 끝났어. 영 - 영수증도 버 - 버렸다고. 카 - 카세트 오디오 없 - 없어졌잖아. 지극히 공평한 거야."

잠시 엄마는 짜증 난 표정이었다. 샘 아저씨가 다시 말했다.

"그냥 애 - 애들 갖고 놀게 하 - 하자. 이젠 우리 둘 - 둘 다 돈 벌잖아. 괜 - 괜찮아 질 거야."

처음으로 엄마는 더 이상 토를 달지 않았다. 종일 못마땅한 눈빛을 보이긴 했어도 게임기를 두고 아무 말도, 아무 행동도 하지 않았다.

단연코 내 인생 최고의 크리스마스였다.

새해

샘 아저씨는 차를 몰며 재빨리 박하 맛 담배를 입으로 문채 불을 붙였다. 라디오 다이얼을 이리저리 돌리다가 고전 록 방송에 주파수를 고정하고 흥얼흥얼 노래를 따라 불렀다. 그전에는 미처 눈치채지 못했는데, 재미있는 사실을 알아냈다. 샘 아저씨는 노래 부를 땐 더듬거리지 않는다.

난 이런 종류의 음악을 싫어한다. 하지만 오늘은 잠자코 있었다. 이단과 올해의 마지막 날을 같이 보낼 수 있게 샘 아저씨가 날 이단네에 데려다주는 중이니까. 그래서 아저씨가 무슨 음악을 듣든지 신경 쓰지 않았다.

빨간 신호에 차가 멈춰 섰다. 창문을 내리자 요란하게 우르릉거리는 디젤 엔진 소리가 들렸다. 내 코는 제초제 냄새에

탈 것 같았다. 트럭에는 제초제가 담긴 커다란 통 두 개가 실렸고, 호스와 각종 도구가 담긴 철제 상자들이 널브러져 있었다. 운전석에는 빈 맥도날드 종이봉투, 찌그러진 종이컵, 담배꽁초들이 버려져 있었다. 샘 아저씨가 스틱 기어를 밀어 속도를 올리자 차가 앞으로 울컥했다. 그러자 커다란 통에 든 제초제가 철벅거리며 우리 뒤로 튀었다.

이단네 집이 어떨지 상상이 안 됐다. 이단이 사는 동네에 들어서는 순간, 집들이 얼마나 으리으리한지 입이 떡 벌어졌다. 모두 이층집이었다. 어떤 집 앞마당에는 작은 폭포가 있었고, 어떤 집은 영화에 나올 법하게 철문이 굳게 닫혀 있기도 했다. 샘 아저씨가 트럭을 이단 집 앞에 세우자, 난 주소를 한 번 더 확인했다.

"우와."

난 혼잣말로 속삭였다. 그야말로 엄청난 저택이었다.

"데려다주셔서 고마워요."

인사를 하고 차 문을 열고 나가려는데 샘 아저씨가 내 팔을 탁 잡았다.

"잠-잠-잠깐만. 잔디밭이 꽤-꽤 크-큰걸. 친-친구가 관리하니? 아니면 아-아빠가 하시니?"

대답할 틈도 없이 이단네 현관문이 열렸다. 이단과 이단 아빠가 걸어 나왔다. 샘 아저씨는 날 내려주고 갈 줄 알았는데, 트럭에서 내려 집 쪽으로 어슬렁어슬렁 걸어갔다. 아저씨는 이단 아빠와 악수했다.

"저 - 저기, 잔디 관 - 관 - 관리하는 사 - 사 - 사람이 따로 있나요?"

이단과 나 사이의 엄청난 격차가 바로 내 눈앞에 펼쳐졌다. 이단의 아빠는 로퍼 구두를 신고 정장 셔츠에 넥타이를 매고 있었다. 웃을 때는 가지런한 치아가 보였다. 멋진 새 차가 차도에 주차되어 있었다. 내 옆에 샘 아저씨는 진흙투성이 신발을 신고, 잔디로 얼룩진 작업복 티셔츠를 입고 있었다. 담배를 뻐끔거리며 더듬더듬 말할 때는 누런 이가 보였다. 아저씨의 낡은 작업용 트럭이 우리 뒤편에 세워져 있었다. 불쑥 내 안에서 거대한 수치심 덩어리가 차올랐다.

이단은 내 책가방을 꽉 잡고 말했다.

"가자. 어른들끼리 얘기하게 내버려 둬."

이단은 날 집 안으로 끌어당겼다. 거실은 천장이 2층 높이에다 나선형의 계단이 있었다. 벽에는 가족사진을 넣은 액자들이 완벽하게 수평을 맞춰 걸려 있었다. 카펫에도 새하얀 가구에도 얼룩 하나 없었다. 물건들은 저마다 자리를 차지하고 있었지만, 공간은 적당히 여유로웠다. 생기 넘치는 꽃들이 꽂힌 꽃병들이 곳곳에 보였다. 이단의 새엄마는 2층 거실 난간에 기대어 다정하게 손을 흔들고 있었다.

이단의 새엄마는 치마와 고운 블라우스를 입고 금목걸이를 하고 있었다. 입술엔 립스틱을 발랐고 머리는 단정하게 세팅되어 있었다.

"네가 렉스구나. 만나서 반가워. 먹을 거나 마실 거 필요하면 편하게 마음껏 먹으렴."

"고맙습니다."

"이쪽으로 가자."

이단이 말했다. 이단이 오른쪽으로 가자고 손짓한 쪽에 거대한 방이 보였다. 아치형 천장에 앞마당이 훤히 내다보이는 커다란 창문이 있었다. 멀찍이 떨어진 벽에는 이층 침대가 있고 여기저기 만화책 포스터가 붙어 있었다. 커다란 책장에는 책이 가득 채워져 있고, 구석에는 책상이 있었는데 그 위에 컴퓨터도 한 대 놓여 있었다.

나는 턱을 쭉 빼서 샘 아저씨가 이단 아빠와 이야기하고 있는 창밖을 가리키며 말했다.

"아직도 저러시네. 미안해."

"뭐가?"

"우리 새아빠 말이야. 네 아빠한테 잔디 관리 일을 맡겨 달라고 저러시는 거잖아."

이단은 어깨를 으쓱하며 말했다.

"그래서?"

"그게 부끄럽다고."

"우리 아빠는 회계사야. 난 그게 부끄러워."

"넌 이해 못 해."

"그럼, 나한테 잘 설명해 봐."

이단에게 내가 얼마나 가난한지를 어떻게 설명해야 할지 막막했다. 어쩌다 공공임대주택에 살게 됐고, 어쩌다 무료 급식을 받게 됐는지. 입을 꾹 다문 채 바닥만 뚫어져라 쳐다봤다.

이단이 내 등을 두드렸다.

"다른 아이도 자기 부모를 부끄러워한다는 걸 잘 알게 됐잖아. 그렇지?"

"그래, 그런데 말이야……."

이단은 내 말을 잘랐다.

"그런데 뭐? 네가 부끄러운 게 나보다 더 심하다고 생각해? 오해하지 말고 들어. 넌 그다지 다른 것도 아닐 거야. 그냥 다른 사람하고 비슷할걸. 새아빠하고 문제 있어? 그래서 뭐? 난 새엄마랑 문제 있어. 사람 사는 건 다 거기서 거기야."

"그래도 새엄마는 좋은 분이시잖아."

"네 앞에서만."

이단은 방문을 슬쩍 닫았다.

"내 말 진짜야. 새엄마는 악몽 같아. 진심으로 날 좋아하지 않아."

"정말?"

"그렇다니까. 새엄마는 우리 친엄마를 싫어해. 더군다나 나까지. 스키 여행 내내 새엄마가 이렇게 잔소리를 늘어놓더라. '이단, 식탁에 팔꿈치 올려놓지 마. 이단, 셔츠 좀 바지 안으로 넣어. 이단, 우리 스키 여행 왔는데 2초라도 그 책 좀 내려놓을 수 없니? 이단, 왜 더 웃을 수 없는 거니?' 정말 진절머리 나더라."

"네가 완벽한 인생을 사는 줄 알았는데. 그러니까 넌 좋은 옷 입지, 만화책도 엄청 많지, 학교에도 늘 집에서 만든 점심을 가져오지. 그렇게 점심을 싸 주시는 걸 보고 너희 부모님이 분명 너한테 신경을 많이 쓰는 줄 알았어."

이단이 폭소를 터뜨리며 말했다.

"하! 내가 직접 점심 싸는 거야!"

"네가 한다고?"

"그래. 이 바보야. 모든 상황을 단정해서는 안 돼. 이 봐, 누

316

구에게도 완벽한 인생은 없다고. '완벽한 인생' 그런 거 따위는 존재하지 않아. 그건 그냥 머릿속에 존재하는 말뿐이야."

"한 번도 그런 생각해 본 적 없어."

정말 완벽하다는 의미가 뭘까 생각했다.

이단이 말했다.

"좋아. 심각한 얘기는 이쯤 해 두자. 만화책이나 보자."

내가 가져온 것이 생각났다. 책가방에서 꺼내 이단에게 주었다. 이단이 물었다.

"이게 뭐야?"

"크리스마스 선물. 늦어서 미안해. 하지만 너만의 책이야. 널 영웅으로 만들었어. 내가 이야기를 직접 써서 우리 이웃집 타자기로 다시 친 거야. 실수가 좀 있으니까 엑스 표시해 놓은 단어는 그냥 무시하고 봐."

"잠깐. 네가 직접 만든 거라고?"

"10페이지밖에 안 되는걸. 널 주인공으로 만화책을 만들려고 했는데, 내가 그림을 아주 잘 그리는 화가는 아니어서 ……."

"삽화가야."

이단이 내 말을 고쳐 주었는데, 못된 말투는 아니었다.

"엄밀히 말하면 화가는 그림 그리는 것이 직업인 사람인 거잖아. 삽화가는 책이나 신문 잡지에 그림을 그리는 사람이고. 하지만 넓은 범위에서는 삽화가도 화가라고 할 수 있겠지. 아니다. 됐다."

"원래 이걸 선물로 주려고 했던 건 아닌데……."

난 말끝을 흐렸다. 인정하고 싶지 않았다. 내가 돈이 한 푼도 없다는 사실을. 하지만 이단이 나에게 뭔가 주었으니 나도 이단에게 뭔가 줘야 했다. 그래서 이 책을 만든 거다.

하지만 난 이렇게 말했다.

"약간 시시하긴 해. 네가 좋아하지 않아도 괜찮아."

"괜찮지 않은 게 아닌데, 이야, 대단하다!"

"에이, 별것도 아닌걸."

이단은 내 눈을 똑바로 바라보았다.

"아니야, 정말이야. 내가 받은 최고의 선물이야."

난 이단의 방을 둘러봤다. 만화책과 멋진 포스터가 가득 들어 있는 나무 상자가 하나 있었다. 티브이도 있고 시디를 넣는 오디오와 망원경까지 있었다. 아마 온갖 멋진 선물은 다 받아 봤을 것이다.

내가 말했다.

"그래, 그렇구나."

"진짜라니까. 네가 만든, 이거, 이 책이 진짜 선물이라고. 아

318

무 생각 없이 만든 게 아니잖아. 기죽을 필요 없어. 네가 만든 건 대단하니까. 진짜 마음에 들어. 고마워."

"그거 만드는 데 한 푼도 안 들었어."

"돈이 다는 아니야. 내 말이 맞다니까. 우리 가족은 돈은 있지만 그렇다고 행복한 건 아니야. 저기 가족사진 속 미소는 다 거짓이야. 집안 곳곳에 있는 꽃도 다 가짜고. 항상 친절한 새엄마? 다 거짓이야. 모든 상황은 늘 가까이 들여다보면 밖에서 보는 거랑 다를 수가 있어."

이단은 점점 목소리가 작아졌다. 그러다가 덧붙였다.

"넌 나에 대해 모르는 게 많아."

내가 말했다.

"너도 나에 대해 모르는 게 많아."

우리 둘은 서로를 바라보았다. 우리 중 누구도 먼저 말을 꺼내고 싶어 하지 않았다. 그러다 갑자기 동시에 웃음이 새어 나왔다.

이단이 말했다.

"자, 이제 만화책 모음집이나 볼까?"

"이제야."

난 농담했다. 우리는 더 크게 웃었다.

무료 급식

학교로 돌아온 첫날, 아이들은 크리스마스에 얼마나 굉장한 선물을 받았는지, 방학은 얼마나 즐겁게 보냈는지 왁자지껄 떠들고 있었다. 난 별 대단한 선물을 받지도 않았고 멋진 곳을 간 것도 아니었다. 하지만 그래도 괜찮았다. 내 상황을 딱히 좋아하지는 않지만, 굳이 싫어할 필요도 없었다.

처음 몇 교시는 시간이 참 느리게 흘러갔지만, 이단과 만나 수다를 떨 생각을 하니 점심시간이 손꼽아 기다려졌다. 급식 줄에 서자 이제 어떻게 해야 할지 생각했다. 화내거나 부끄러워하기보다 그냥 상황을 담담히 받아들이려 했다. 쉬운 일은 아니지만, 어쩔 수 없는 일이었다.

계산원을 마주했지만, 계산원을 재촉하지 않고 소리치거나 짜증을 내거나 답답해하지 않았다. 그냥 이렇게 말했다.

"전 무료 급식 프로그램에 등록돼 있어요. 제 이름은 렉스 오글이고요."

나이 많은 계산원은 손가락에 침을 묻혀 가며 엄지손가락으로 빨간 바인더에 있는 명단을 넘겼다. 처음으로 계산원의 이름표가 눈에 들어왔다. 항상 이름표를 달고 있었는지 새삼 궁금했다. 아마 그랬을 텐데 조금 미안한 기분이 들었다. 지난 학기 동안 내 이름을 기억해 주길 그토록 바랐지만, 정작 나는 계산원의 이름을 알려고 한 적이 한 번도 없었다니. 계산원의 이름은 페기였다.

내가 물었다.

"휴일은 어떻게 지내셨어요? 페기 아주머니?"

페기 아주머니가 미소를 지으며 말했다.

"아, 행복하게 지냈단다. 물어봐 줘서 고맙구나."

페기 아주머니는 빨간 바인더 명부에 연필로 확인 표시를 작게 하고서 물었다.

"얘야, 새해 잘 지냈니?"

난 고개를 끄덕였다. 끄덕끄덕. 이제 난 새 출발을 할 준비가 되었다.

작가의 말

전 여러분이 방금 읽은 이야기의 마침표를 이제 막 찍었습니다. 그런데 몹시 지치고 슬프기도 하고 속이 좀 울렁거리기도 해요. (걱정하지 마세요, 여러분한테 토하지는 않을 테니.) 대체 어떤 이유로 매슥거리고 눈물이 터질 것 같기도 할까요? 그건 이 책의 모든 일들이 저한테 실제로 있었던 일이기 때문이에요. 모든 이야기는 제 스스로 과거에 묻힌 감정 속으로 풍덩 뛰어들어 깊이 헤엄쳐 나온 결과예요.

중학교에 갓 입학했을 땐 저도 여느 아이들처럼 친구들과 잘 지내고, 좋은 성적을 받고, 사물함 자물쇠 비밀번호를 잘 사수하려고 노력했어요. 하지만 이외의 것들로 걱정을 짊어지며 지냈어요. 다음 점심시간에는 어디에 앉아야 할까, 학교를 마치고 집으로 들어가면서 오늘 엄마나 새아빠의 기분은 어떨까, 다른 아이들에게 가장 숨기고 싶은 비밀, 가난하다는 사실을 들키면 어쩌나.

친구들이 우리 부모가 생활복지비를 받고, 푸드 스탬프로 식재료를 사고, 공공임대주택에서 산다는 사실을 알게 될까 늘 전전긍긍했어요. 최저 생계비 이하로 가난하게 살면서 일상생활에서 언어적, 신체적 학대를 당하기도 했어요.

하지만 우리 가족이 하루하루 버티는 상황을 사람들에게 알리고 싶지 않았어요. 왜냐하면 가난하다는 건 뭐든 부족하다는 의미라고 믿었거든요. 게다가 가난을 뼛속 깊이 부끄러워했고, 설상가상으로 가난으로 인해 너무나 외로웠어요.

어른이 되고서야 가난을 부끄러워한 생각이 잘못됐다는 걸 깨달았어요. 게다가 저뿐만 아니라 가난한 사람들이 많다는 사실도 알게 됐지요. 현재 미국에서는 4310만 명의 사람들이 가난하게 살고 있어요. 그 전체 중 1450만 명의 아이들이 만 18세 이하랍니다. 미국통계국에 따르면 18세 이하 인구가 다른 연령대의 인구보다 가난한 비율이 더 높아요. 미국 어린이 다섯 명에 한 명꼴로 가난한 환경에서 살고 있지요.

이 통계로는 전 세계에 가난으로 인해 고통받는 사람들이 얼마나 되는지 알 수 없어요. 대다수가 제가 경험한 가난보다 훨씬 심각합니다.

가난하게 사는 와중에 절 가장 비참하게 만든 건 그 시절에 자꾸 떠오른 생각들이었어요. '난 혼자다, 창피하다, 쓸모없다'라는 생각들 말이지요. 여러 안 좋은 상황이 영향을 끼쳤겠지요. 하지만 전혀 그렇게 생각할 필요 없었어요.

어떤 아이도 외로움을 느끼거나, 부끄럽거나, 가치 없다고 느껴서는 안 됩니다. 아이들은 자신이 처한 환경이 자기 잘못이 아니라는 걸 반드시 알아야 해요.

오랜 세월 작가로서 제 어린 시절 이야기는 되도록 쓰지 않으려고 했어요. 솔직히 회피한 셈이지요. 어린 시절을 떠올리는 것이 너무 고통스럽다는 단순한 이유였어요. 하지만 최근 들어 미국을 비롯해 전 세계 사회경제 시스템이 거의 변하지 않았다는 걸 알게 됐어요. 여러 면에서 오히려 나빠지기도 했지요. 그런 사실을 알고 나니 제 이야기를 써야겠다는 결심이 서더군요. 제 경험이 많은 사람들과 나눠야 할 중요한 이야기라고 믿었기에 이 책을 썼어요. 실제 경험을 나누는 차원을 넘어, 가난한 아이들에게 혼자가 아니라고 알려주고 싶었어요. 더 나아가 누군가의 도움이 절실히 필요한 어린이 청소년 독자들에게 꼭 들려주고 싶었어요.

그래요, 인생은 힘들 수 있어요. 가끔은 정신을 잃을 것 같고, 끔찍하고, 말도 안 되게 힘들지요. 반면에 인생은 또한 아름답고, 경이롭고, 엄청 기쁜 일로 가득할 수도 있어요. 대개 인생은 좋은 일과 나쁜 일 사이를 시계추처럼 왔다 갔다 해요.

만약 여러분이 힘든 시간을 보내고 있다면 제 조언은 단순해요. 포기하지 마세요. 시간은 지나가요. 강하게 버티세요. 여러분의 상황은 얼마든지 변할 수 있어요. 상황이 변하기 전까지 여러분의 가장 강력한 재능, 바로 희망을 품는 능력은 누구도 빼앗아 갈 수 없다는 걸 기억하세요.

당신은 결코
혼자가 아니에요!

혹시 학교나 가정에서 굶주림, 우울감, 불안감, 폭력에 노출돼 있나요? 여러분이나 여러분 주변의 누군가가 이런 고통 속에 있다면, 주변에 도움을 요청할 곳이 있다는 걸 알려주고 싶어요. 전문 상담원에게 어렵고 힘든 상황을 이야기하고 여러 도움을 받아 보세요.

청소년 상담 1388

위기 상황에 놓이거나 생활 지원이 필요한 청소년이 온라인으로 상담받을 수 있어요. 청소년기에 겪을 수 있는 학업 및 진로, 친구 관계, 가족 문제, 학교폭력, 성폭력 등 다양한 고민과 문제에 대해 전문상담자와 직접 심리상담을 나눌 수 있어요.

- **전화상담**

  국번 없이 1388 (24시간 운영)

  일반전화 1388 (또는 110)

  휴대전화 지역번호 + 1388 (또는 110)

- **온라인상담**

  상담 시간 365일 24시간

  이용 방법

  ① www.cyber1388.kr 로그인 후 1 : 1 채팅상담실에서 상담

  ② 카카오톡 메신저의 카카오톡 채널에서 '청소년상담 1388'을 검
     색하여 친구 추가 후 채팅창에 메시지 보내기

  ③ 1388로 상담 내용 작성하여 문자 메시지 보내기

긴급복지지원제도

갑작스러운 위기로 생활이 어렵지만, 법적 기준에 맞지 않
아 지원받지 못하는 취약계층이 위기를 벗어날 수 있도록 지
원하는 제도입니다. 지역복지관이나 동주민센터에 직접 방문
하거나 전국 어디서나 국번 없이 129(보건복지콜센터)로 전화
하여 상담 후 신청합니다.

지은이 **렉스 오글**

텍사스에서 나고 자라났으며 대학교 졸업 후 뉴욕 마블 코믹스에서 인턴으로 일을 시작했다. DC 코믹스, 스콜라스틱, 리틀 브라운 영 리더 출판사의 편집자로 일했다. 또한 엑스맨, 저스티스 리그, 스타워즈, 레고, 파워 레인저, 트랜스포머, 마인크래프트, 어쌔신 크리드 등 대형 게임 브랜드에서 발행하는 도서에 글을 쓰기도 했다. 현재는 로스앤젤레스에서 주로 글을 쓰며 지내며, 그 외의 시간에는 반려견 토비와 산책하고 친구들과 비디오 게임을 하거나 책을 읽는다.

옮긴이 **정영임**

두 아이의 엄마가 되어 아이들과 함께 책을 읽는 행복에 빠졌고, 그 행복을 키우고자 한겨레 교육 문화 센터에서 어린이책 번역 과정을 공부했다. 우리말로 옮긴 책으로《엄마! 엄마!》《마리 퀴리, 대단한 과학자도 도움이 필요해》《강에서 지독한 냄새가 나요》등이 있다.

불편한 점심시간

초판 1쇄 발행 2025년 1월 20일

글 렉스 오글 옮김 정영임 그림 클로이
펴낸이 김명희 편집 이은희 디자인 씨오디

펴낸곳 다봄 등록 2011년 6월 15일 제2021-000136호
주소 서울시 마포구 토정로 222 한국출판콘텐츠센터 305호
전화 02-446-0120 팩스 0303-0948-0120
전자우편 dabombook@hanmail.net 인스타그램 instagram.com/dabom_books

ISBN 979-11-94148-25-8 73840

＊ 책값은 뒤표지에 있습니다. ＊ 잘못 만든 책은 구입하신 곳에서 교환해 드립니다.

품명 아동 도서 사용연령 8세 이상 제조국 대한민국 제조년월 2025년 1월 20일 제조자명 다봄
주소 서울시 마포구 토정로 222 한국출판콘텐츠센터 305호 연락처 02-446-0120
주의사항 종이에 베이거나 긁히지 않도록 조심하세요. 책 모서리가 날카로우니 던지거나 떨어뜨리지 마세요.
＊KC마크는 이 제품이 공통안전기준에 적합하였음을 의미합니다.